넛셸

이 도서의 국립중앙도서관 출판예정도서목록(CIP)은
서지정보유통지원시스템 홈페이지(http://seoji.nl.go.kr)와
국가자료공동목록시스템(http://www.nl.go.kr/kolisnet)에서 이용하실 수 있습니다.
(CIP제어번호: CIP2017011715)

IAN
McEWAN

넛셸
Nutshell

이언 매큐언
장편소설

민승남 옮김

문학동네

로지와 소피에게

아아, 나는 호두껍데기 속에 갇혀서도
나 자신을 무한한 왕국의 왕으로 여길 수 있네.
악몽만 꾸지 않는다면.
—셰익스피어, 『햄릿』

1

　나는 여기, 한 여자의 몸속에 거꾸로 들어 있다. 참을성 있게 두 팔을 엇갈려 모으고서, 기다리고 기다리며, 나는 누구 안에 들어 있고, 내게 무슨 일이 닥칠지 궁금해한다. 내 반투명 자루, 내 생각 풍선 안 전용 바다에서 천천히 공중제비를 하던 과거, 나를 가둔 투명한 경계에, 사악한 음모를 꾸미는 공모자들의 목소리를 가로막는 동시에 그로 인해 진동하는 은밀한 막에 가볍게 부딪히며 꿈결처럼 떠돌던 그 시절을 추억할 때면 향수에 젖어 눈이 감긴다. 태평한 어린 시절이었다. 이제 나는 완전히 뒤집힌 자세로 한 치의 여유 공간도 없이 두 무릎을 배에 바싹 붙이고 있으며, 머리는 생각으로 꽉 차 있다. 밤낮으로 빌어먹을 벽에 귀를 붙이고 있으니 어쩔 수 없는 노릇이다. 나는 듣고, 마음에 새기고, 걱정한다. 나는 그들이 잠자리에서 나누는 끔찍한 모의를 들으며 나를 기다리고 있는 일에, 내가 연루될 수도 있는 사건에 공포를 느낀다.

나는 추상에 빠져 있고, 오직 추상들의 확산적 관계만이 이미 알려진 세계에 대한 환상을 만든다. 한 번도 눈으로 본 적 없는 '파랑'이라는 말을 들으면 나는 '초록' —그 역시 본 적 없다—에 가까운 모종의 정신적 사건을 상상한다. 내가 생각하는 나는 순수하고, 의리와 의무의 짐을 지고 있지 않으며, 비록 비좁은 공간에서 살고 있으나 자유로운 정신의 소유자다. 반박이나 질책을 당할 걱정도 없고, 이름이나 전 주소, 종교, 빚, 적도 없다. 내 스케줄 수첩이라는 게 존재한다면 그곳에는 다가오는 내 생일만 적혀 있을 것이다. 오늘날 유전학자들이 뭐라고 떠들든 지금 혹은 과거의 나는 하나의 빈 석판에 지나지 않는다. 구멍이 많고 미끌거려 학교에서 필기를 하거나 오두막 지붕을 얹을 때는 사용할 수 없는 석판. 하루하루 자라면서 스스로를 채워 빈 공간이 점점 줄어들 석판. 나는 스스로를 순수하다고 여기지만 아무래도 음모에 연루된 듯하다. 내 어머니가, 쉬지 않고 요란하게 뛰는 그녀의 심장에 신의 가호가 있기를, 그녀가 음모에 가담한 듯하다.

듯하다고요, 어머니? 아니, 한 거죠. 그래요. 어머니는 가담했어요. 나는 처음부터 알고 있었다. 나의 첫 발상과 함께 당도한 창조의 순간을 돌이켜보자. 오래전, 여러 주 전, 나의 신경구가 폐쇄되어 척추가 되고, 수백만 개의 어린 신경세포가 누에처럼 분주히 움직이며 길게 뻗은 축삭돌기에서 실을 뽑아 나의 첫 생각이라는 눈부시게 아름다운 황금 피륙을 짜냈다. 너무도 단순한 생각이라 지금은 기억이 잘 나지 않는다. 나였나? 너무 자기애적이다. 지금이었나? 지나치게 극적이다. 그렇다면 그 둘에 선행하면서도 둘 다 내포하는 것, 순수한 존재의, 수용의 정신적 한숨 혹은 황홀경으로 전해진 하나의 단어, 말하자면—이것? 너무 점잔 빼는 느낌이다. 그럼, 더 가까이 접근하면, 내 첫 생각은 존재To be였다. 그게 아니라면 그것의 문법적 변형인 is. 그것이 나의 원시적 관념이었고 거기에 핵심이 있다—is. 바로 그것이다. Es muss sein.* 의식적인 삶의 시작은 환상, 비존재의 환상의 종말이었고 현실의 분출이었다. 마법에 대한 사실성의 승리, 듯하다seems에 대한 그렇다is의 승리. 내 어머니는 음모에 가담을 했고 따라서 나 역시 마찬가지다. 내 역할은 저지하는 것이겠지만. 주저하는 바보인 내가 너무 늦게 태어난다면, 내 역할은 저지가 아닌 복수가 되겠지.

---

* 베토벤의 현악사중주 16번 악보에 적혀 있던 메모. 'It must be'의 의미다.

하지만 나는 행운 앞에서 징징거리지 않는다. 처음부터, 그러니까 황금 피륙에 싸인 의식이라는 선물을 처음 꺼냈을 때부터 내가 더 나쁜 곳에서 훨씬 더 나쁜 시기에 태어날 수도 있었음을 깨달았다. 일반적인 상황은 이미 명쾌하고, 그에 비하면 나의 집안 문제는 무시해도 될 만한 것이며 그래야만 한다. 축하할 일이 많다. 나는 현대적 환경(위생, 휴일, 마취제, 독서등, 겨울에도 나는 오렌지)을 물려받을 것이며, 지구상의 특권지역에 살게 될 것이다—잘 먹고 잘사는, 전염병 문제도 없는 서유럽에. 수백만의 불운한 사람들이 선택한 도착지 고대 유럽은 경직되고, 상대적으로 친절하며, 유령에 시달리고, 괴롭히는 자들에게 당하기 쉽고, 자기확신이 없던 곳이다. 나의 동네는 빛나는 노르웨이가 아닐 것이다—어마어마한 국부 펀드와 후한 사회복지 때문에 내가 가장 원하는 곳. 차선은 향토 음식과 태양의 축복을 받은 쇠락이 매력적인 이탈리아, 그다음은 피노 누아르와 의기양양한 자존감이 마음을 끄는 프랑스지만 이 나라들도 아닐 것이다. 나는 존경받는 늙은 여왕이 통치하는, 연합되지 않은 연합 왕국을 물려받게 될 것이다. 자선사업과 묘약(피를 맑게 해주는 꽃양배추 즙), 헌법에 위배되는 간섭으로 유명한 사업가 왕자가 왕관을 초조하게 기다리고 있는 나라. 이곳이 내 조국이 될 것이며, 그것으로 족하다. 마찬가지로 무경쟁 왕위 계승이 이루어지지만 자유와 먹을 것이 부족한 북한에서 태어날 수도 있었으니까.

어리다 못해 아직 세상에 태어나지도 않은 내가 어떻게 그 많은 걸 알고 그 많은 오해를 품을 수 있었을까? 내게도 정보를 얻는 방법이 있다. 듣는 것이다. 나의 어머니 트루디는 친구 클로드와 함께 있지 않을 때면 라디오를 즐겨 듣고 음악보다는 이야기가 나오는 방송을 선호한다. 인터넷이 시작될 때 라디오의 승승장구와 '무선'이라는 고풍스러운 단어의 부흥을 어느 누가 예견할 수 있었겠는가? 빨래방 소음 같은 위장과 창자 소리 너머로 온갖 악몽의 원천인 뉴스들이 들려온다. 나는 자해적 충동에 사로잡혀 분석과 반박에 귀기울인다. 매시 정각에 반복되는 소식과 삼십 분 간격의 간추린 뉴스가 지루하지 않다. 심지어 BBC 국제방송도, 뉴스 사이사이 나오는 유치한 트럼펫과 실로폰 합성음도 참아줄 수 있다. 조용하고 긴 밤이면 어머니를 힘껏 차기도 한다. 그러면 잠이 깬 어머니는 불면으로 괴로워하다가 라디오로 손을 뻗을 것이다. 잔인한 장난이라는 건 나도 알지만, 그러면 우리 둘 다 세상 소식을 더 많이 아는 상태로 아침을 맞이할 수 있다.

어머니는 팟캐스트 강의와 자기계발 오디오북도 좋아한다— 열다섯 개의 장으로 이루어진 『와인에 대해 알기』, 17세기 극작가들의 전기, 세계의 다양한 고전. 제임스 조이스의 『율리시스』

는 나를 전율하게 만드는 동시에 어머니를 잠들게 한다. 초기에 어머니가 이어폰을 꽂았을 때는 나도 소리를 분명하게 들을 수 있었다. 소리의 파동이 아주 효과적으로 어머니의 턱뼈와 쇄골을 지나 골격구조를 타고 내려와서 순식간에 양막을 통과했으니까. 텔레비전조차 그 빈약한 효용의 대부분을 소리로 전달한다. 또한, 어머니와 클로드 역시 이따금 세계정세에 대해 한탄조로 논한다. 세상을 더 끔찍한 곳으로 만들 모의를 하면서도 말이다. 지금 이곳의 나는 몸과 마음의 성장 외에 할 일이 아무것도 없는 처지인지라 모든 것을, 사소한 것까지도 받아들인다—사소한 것이 많지만.

클로드는 같은 말을 되풀이하는 걸 좋아한다. 리프*형 인간. 처음 만난 사람과 악수할 때면—나는 지금까지 두 번 들었다—그는 "클로드입니다. 드뷔시**와 같죠"라고 말한다. 말도 안 되는 소리다. 그는 작곡이나 창작 같은 건 해본 적이 없는 부동산 개발업자 아니던가. 그는 그럴듯한 생각이 떠오르면 입 밖에 내어 말하고, 나중에 다시 그 생각이 나면—안 될 게 뭔가?—또다시 말한다. 그럴듯한 생각으로 두 번 공기를 진동시키는 건 그가 누리

---

* 재즈나 대중음악에서 짧은 악절을 몇 번이고 되풀이하는 것.
** 프랑스의 작곡가 클로드 아실 드뷔시.

는 즐거움의 필수 요소다. 자신이 같은 말을 되풀이하는 것을 남들이 안다는 걸 그도 안다. 다만 남들은 자신처럼 그걸 좋아하지 않는다는 걸 알지 못할 뿐이다. 리스 강의*에서 배운 바로 이것은 전거의 문제다.

여기 클로드의 화법과 내가 정보를 모으는 방법 둘 다를 알 수 있는 사례가 있다. 클로드와 내 어머니는 전화로(나는 쌍방의 목소리를 다 들었다) 저녁식사 약속을 잡았다. 늘 그렇듯 나를 무시한—촛불을 밝힌 둘만의 저녁이다. 촛불에 대해서는 어떻게 아느냐고? 약속시간이 되어 두 사람이 자리로 안내될 때 어머니가 불평하는 소리를 들은 것이다. 우리 테이블만 빼고 다른 테이블에는 다 촛불이 켜져 있다고.

그다음에는 클로드의 짜증스러운 한숨과 건조한 손가락을 고압적으로 튕기는 소리, 내 짐작으로 허리를 굽혔을 웨이터의 아부 섞인 웅얼거림, 라이터 켜는 소리가 이어진다. 그들도 촛불 밝힌 저녁식사를 하게 된 것이다. 이제 빠진 건 음식뿐이다. 하지만 그들은 묵직한 메뉴판을 무릎에 올려놓고 있다—내 등허리에 트루디의 메뉴판 아래쪽 모서리가 느껴진다. 이제 나는 클로드가 메뉴판을 볼 때마다 그 중요하지도 않은 부조리를 처음

* BBC 라디오에서 명사를 초청해 방송하는 연례 강의.

발견한 사람인 양 떠들어대는 소리를 또 들어야 한다. 그는 '팬에 볶은'을 물고 늘어진다. 팬은, 통속적이고 건강에 해로운 볶음에 대한 기만적인 축복이 아니고 무엇이겠는가? 팬이 아니면 칠리와 라임주스를 넣은 가리비 관자를 어디서 볶는단 말인가? 달걀 삶기용 타이머에? 그는 다음 대상으로 넘어가기 전 강조에 변화를 주며 그중 일부를 되풀이한다. 그다음은 그가 두번째로 좋아하는 미국 수입산 '스틸 컷'*이다. 그의 설명이 시작되기도 전에 내가 먼저 입을 벙긋거려 그가 할 말을 하는 와중에 곧추선 내 몸이 앞으로 살짝 기울어 어머니가 그를 제지하려고 그의 손목을 잡고 있음을 알려준다. 어머니가 분위기를 바꾸며 다정하게 말한다. "자기, 와인 골라. 아주 좋은 걸로."

나는 어머니와 와인을 나눠 마시기를 좋아한다. 여러분은 건강한 태반으로 디캔팅한 훌륭한 버건디(어머니가 즐기는)나 상세르(역시 어머니가 즐기는)를 맛보지 못했거나 설령 맛보았을지라도 그 기억을 잊었을 것이다. 나는 와인이 도착하기도 전에—오늘은 장막스 로제 상세르다—코르크 마개 뽑히는 소리를 듣고 그것이 여름날 산들바람처럼 내 얼굴을 어루만지는 걸

---

* 껍질을 벗긴 귀리를 두세 조각으로 자른 것을 미국에서는 'steel-cut oat'라고 부른다.

느낀다. 알코올이 내 지능을 낮출 것임을 나도 안다. 알코올은 모두의 지능을 낮추니까. 하지만, 아, 기쁨 가득한 장밋빛 피노 누아르나 구스베리 향이 나는 소비뇽은 나로 하여금 나의 성, 나의 고향인 탱탱한 성의 벽에 부딪히며 내 은밀한 바다에서 이리저리 돌고 공중제비를 하게 한다. 물론, 움직일 공간이 많았을 때 얘기다. 이제 나는 차분히 즐긴다. 두번째 잔이 들어오자 나의 사색은 시의 이름으로 자유분방하게 꽃핀다. 내 생각들은 리드미컬한 약강 5보격으로 풀려나와 즐거운 변형 속에서 완결시행과 연속시행을 이룬다.* 하지만 어머니가 세번째 잔은 결코 받지 않아 나는 기분이 상한다.

"아기 생각 해야지." 그녀가 깐깐한 손길로 잔을 덮으며 하는 말이 들린다. 많은 하인을 둔 시골 저택에서 벨벳 끈을 당겨 사람을 부르듯 나는 기름진 탯줄을 당기고 싶은 심정이다. 뭐야! 우리 친구들을 위해 술을 더 돌리라고!

하지만 아니, 어머니는 나를 사랑해서 자제한다. 나도 어머니를 사랑한다—어떻게 그러지 않을 수 있겠는가? 내가 아직 만나지 못한, 안에서만 알고 있는 어머니. 그것으로는 부족하다! 나

---

* 약강 5보격은 한 행에서 약-강의 운율이 다섯 번 반복되는 형식으로 셰익스피어의 시극에서 많이 나타난다. 완결시행은 해당 시행의 끝에서 어절의 의미가 완결되는 경우를, 연속시행은 그렇지 않은 경우를 가리킨다.

는 어머니의 겉모습도 간절히 알고 싶다. 외관이 전부다. 어머니 머리칼이 '밀짚색 금발'이고, '동전 모양으로 돌돌 말려' '사과 속살처럼 흰 어깨' 위로 떨어져내린다는 것은 안다. 아버지가 어머니의 머리칼에 대해 쓴 시를 내 앞에서 읽어주었던 것이다. 클로드도 그보다 덜 창의적인 표현으로 어머니의 머리칼에 대해 언급한 적이 있다. 어머니는 기분이 내키면 탄탄하게 많은 머리채를 머리에 둥그렇게 둘러 아버지가 율리야 티모셴코* 스타일이라고 부르는 헤어스타일을 할 것이다. 나는 어머니 눈동자가 초록색이고, '진주 단추처럼' 작고 둥근 코가 본인은 더 컸으면 좋겠다고 생각하지만 두 남자 다 그 코를 찬양하며 어머니에게 확신을 주기 위해 애쓴다는 것도 안다. 어머니는 아름답다는 말을 수없이 들었지만 자신의 미모에 대해 회의적이며, 그 때문에 남자들을 사로잡는 순수한 힘을 갖게 되었다고 어느 오후 서재에서 아버지가 어머니에게 말했다. 어머니는 그게 사실이라고 해도 자신은 그런 힘을 얻으려 한 적도 없거니와 원치도 않는다고 대답했다. 부모님의 흔치 않은 대화여서 나는 주의깊게 들었다. 존이라는 이름의 내 아버지는 만일 자신이 어머니를, 여성을 사로잡는 그런 힘을 갖고 있다면 포기하는 것은 상상도 할 수 없

---

* 우크라이나 총리를 지낸 정치가.

다고 말했다. 무언가에 공명하는 파동에 잠깐 귀가 벽에서 떨어져, 나는 어머니가 이렇게 말하듯 단호하게 어깨를 으쓱했으리라 짐작했다. 남자들은 역시 다르다니까. 알 게 뭐람? 게다가 자신이 어떤 힘을 지녔든 그건 남자들이 본인의 환상 속에서 부여한 것이라고 어머니는 아버지에게 말했다. 그때 전화벨이 울려 아버지가 받으러 나갔고, 지배력을 가진 사람들에 대한 그 드물고 흥미로운 대화는 다시 이어지지 않았다.

다시 내 어머니 이야기로 돌아가자. 나의 진실하지 않은 트루디. 내가 그 사과 속살 같은 팔과 가슴을, 초록빛 시선을 갈망하는 내 어머니. 클로드에 대한 그녀의 불가해한 욕구는 나의 첫 의식, 나의 원초적 is 이전에 시작되었다. 그들은 자궁에 귀가 있을지 모른다고 의심이라도 하듯 베갯머리에서, 레스토랑에서, 부엌에서 작은 소리로 속닥거리곤 한다.

나는 그들의 그런 조심스러운 태도가 그저 연인 사이의 평범한 친밀감 때문인 줄 알았다. 하지만 이제 확실히 안다. 그들은 끔찍한 음모를 꾸미고 있기에 성대를 가볍게 우회하는 것이다. 일이 잘못되면 인생 망하는 거라는 그들의 말을, 나는 들었다. 그들은 일을 진행하려면 재빨리 행동에 나서서 서둘러야 한다고 믿는다. 그들은 서로에게 침착하라고, 인내심을 가지라고 말한다. 서로에게 실패에 따르는 대가를, 이 계획에는 몇 가지 단계가 있고 하나하나가 맞물려 있으며 그중 하나라도 실패하면 '구식 크리스마스트리 전구'처럼—이 불가해한 직유는 모호한 표현을 거의 하지 않는 클로드의 입에서 나온 것이다—다 실패임을 상기시킨다. 그들은 장차 하려는 일에 구역질과 공포를 느끼며, 그것에 대해 직접적으로 말하지 못한다. 그들의 속닥거림은 생략, 완곡 표현, 웅얼거리는 아포리아로 이루어져 있으며 목청을 가다듬는 소리와 빠른 화제 전환이 이어진다.

지난주의 덥고 잠 못 이루던 어느 밤, 나는 그들이 둘 다 오래전 잠든 줄 알았는데 어머니가 불쑥 어둠에 대고 말했다. 아래층 아버지 서재에 있는 시계로는 동트기 두 시간 전이었다. "우린 그걸 할 수 없어."

그러자 클로드가 즉시 단호하게 말했다. "할 수 있어." 그러곤 잠시 생각에 잠겼다가 다시 말했다. "할 수 있어."

2

자, 이제 내 아버지, 내 게놈의 나머지 절반을 이루며, 나선형으로 꼬인 그 운명이 몹시 걱정되는 덩치 큰 남자 존 케언크로스에 대해 이야기해보자. 내 부모님은 오직 내 안에서만 영원히 어우러진다. 각각의 당인산 뼈대를 따라 달콤하게, 시큼하게. 그것이 내 본질적 자아의 레시피다. 나는 몽상 속에서도 존과 트루디를 하나로 섞는다―부모가 별거중인 모든 아이가 그러하듯 나는 그들을, 이 기본 쌍을 재결합시켜 내 환경이 게놈에 합치되기를 갈망한다.

아버지가 가끔 집에 들를 때마다 어찌나 기쁜지. 아버지는 저드 스트리트에 있는 단골 가게에서 어머니에게 줄 스무디를 사오기도 한다. 아버지는 수명을 연장시켜준다는 이 끈적끈적한 당과류를 좋아한다. 나는 아버지가 늘 슬픔의 안개에 휩싸인 채 떠나면서도 왜 우리를 찾아오는지 모르겠다. 그동안 여러 가지로 추측해봤지만 모두 틀렸다는 게 입증되었고, 주의깊게 귀기울여 들은 결과 다음과 같이 가정하게 되었다. 즉, 아버지는 클로드에 대해 전혀 모르고 있고, 아직도 달처럼 어머니를 사랑하고 있으며, 조만간 어머니에게 돌아오길 바라고, 떨어져 지내는 생활이 서로에게 '성장할 시간과 공간'을 주어 새롭게 결속을 다질수 있을 거라는 어머니의 말을 철석같이 믿고 있다. 아버지는 인정받지 못하는 시인이지만 시를 포기하지 않았다. 가난한 출판사를 운영하며 누구나 아는 성공한 시인들의 첫 시집을 세상에 선보였고, 심지어 그중에는 노벨상 수상자도 한 명 있다. 하지만 시인들은 명성을 얻으면 성장한 아이가 더 큰 집으로 옮겨가듯 그의 출판사를 떠난다. 아버지는 시인들의 의리 없는 짓거리를 성자처럼 어쩔 수 없는 현실로 받아들이고 케언크로스 출판사를 옹호하는 찬사에 기뻐한다. 자신이 시인으로서 실패한 것에 대해서는 원통해하기보다 슬퍼한다. 한번은 자신의 시를 멸시하는 평론을 트루디와 나에게 읽어준 적이 있었다. 그의 작품이 구식이고, 뻣뻣할 정도로 형식적이며, 지나치게 '아름답다'는 평이었다. 하지만 아버지는 시로 먹고살고, 여전히 어머니에게 시를 낭송해주며, 시를 가르치고, 시평을 쓰고, 젊은 시인들의 진출을

도모하고, 심사위원으로서 시 수상작을 선정하고, 학교에서 시를 홍보하고, 작은 잡지에 시론을 싣고, 라디오에 출연해 시에 대해 이야기한다. 트루디와 나는 그가 나온 심야방송을 들은 적도 있다. 가진 돈으로 말할 것 같으면 트루디보다 적고 클로드보다는 훨씬 적다. 외우는 시는 천 편쯤 된다.

이상이 내가 수집한 사실과 가정이다. 나는 끈기 있는 우표 수집가처럼 그 위로 몸을 웅크리고 최근 입수한 몇 가지를 보탠다. 아버지는 피부병의 하나인 건선을 앓고 있어 양손이 비늘 같은 각질로 덮인데다 거칠고 붉다. 트루디는 그 모습과 감촉을 질색해 장갑을 끼라고 말한다. 그는 거부한다. 그는 쇼어디치에 있는 작은 방 세 칸짜리 집에서 육 개월 세를 내 살고 있고, 빚이 있으며, 과체중이라 운동을 더 해야 한다. 바로 어제 나는—이번에도 우표에 빗대자면—페니 블랙*을 입수했다. 어머니와 어머니 뱃속의 내가 사는 집, 클로드가 밤마다 찾아오는 집이 그 잘난 해밀턴 테라스에 위치한 조지 왕조풍의 웅장한 저택이며, 아버지가 어린 시절을 보낸 집이라는 사실이다. 아버지는 처음 턱수염을 기르기 시작한 이십대 후반, 어머니와 결혼한 지 얼마 되지 않았을 때 저택을 물려받았다. 그의 사랑하는 어머니는 돌아가

---

* 1840년 영국에서 발행된 세계 최초의 우표로 소장 가치가 매우 높다.

신 지 오래였다. 모든 정보를 취합해보면 집은 더럽다. 칠이 벗겨져간다, 무너져간다, 허물어져간다 따위의 상투적 표현에 딱 들어맞는 상태인 것이다. 커튼은 겨울이면 가끔 성에가 끼어 빳빳이 언 채 번들거리고, 배수구는 폭우가 쏟아지면 믿을 만한 은행처럼 원금에 이자까지 쳐서 돌려주고 여름에는 나쁜 은행처럼 악취를 풍긴다. 하지만 보라, 지금 내 족집게에는 가장 희귀한 수집품인 브리티시 기아나*가 있다. 그렇게 썩어가는 상태인데도 약 550제곱미터 크기의 이 집은 시가 700만 파운드에 이른다.

대부분의 남자는, 대부분의 사람은 자신이 어린 시절을 보낸 집에서 배우자에게 내쫓기는 걸 용납하지 않을 것이다. 하지만 존 케언크로스는 다르다. 이에 대한 합리적인 추론을 내놓자면 이렇다. 그는 착한 별 아래서 태어나 남을 기쁘게 해주기를 좋아하고, 지나치게 친절하고 진지하며, 야심찬 시인의 조용한 탐욕 같은 것도 없다. 어머니를(그녀의 눈, 머리칼, 입술을) 찬양하는 시를 써서 읽어주면 그녀의 마음이 누그러져 자신의 집에서 환영받게 되리라고 진심으로 믿고 있다. 하지만 어머니는 아버지가 '짙은 초록빛'을 표현하기 위해 쓴 '골웨이의 잔디'와 자신의 눈동자가 같지 않다는 걸 알고 있거니와 아일랜드 혈통도 아니

---

* 영국령 기아나에서 발행된 초기 우표.

므로* 그 구절은 옹색하다. 어머니와 함께 아버지의 시를 들을 때마다 어머니의 느려지는 심장박동에서 나는 지루함이 그녀의 망막을 덮어 그 장면―덩치 크고 마음 넓은 남자가 시대에 뒤진 소네트 형식으로 가망 없이 마음을 호소하는―의 파토스를 보지 못하게 하는 걸 감지한다.

아버지가 시를 천 편은 외운다는 건 과장일 수 있다. 그가 아는 시는 은행원들이 쓴 유명한 작품『샘 맥기의 화장』과『황무지』처럼 긴 게 많다.** 그가 이따금 시를 낭송하는 걸 트루디는 참고 들어준다. 그녀에게는 대화보다 독백이 낫다. 대화를 나누면 결혼이라는, 잡초를 뽑지 않은 정원으로 돌아가게 되니까. 어쩌면 그녀는 얼마 남지 않은 죄책감 때문에 그가 뜻대로 하도록 내버려두는지도 모른다. 아버지가 어머니에게 시를 읊어주는 건 한때 그들의 사랑의 의식이었던 게 분명하다. 이상하게도 어머니는 아버지에게 그가 분명 의심하고 있는 것, 그녀가 밝혀야만 하는 것에 대해 차마 말하지 못한다. 더이상 그를 사랑하지 않는다는 사실. 자신에게 연인이 생겼다는 사실.

오늘 라디오에서 한 여자가 한적한 밤의 도로에서 차로 개를,

* 골웨이는 아일랜드의 도시 이름이다.
**『샘 맥기의 화장』을 쓴 로버트 서비스와『황무지』를 쓴 T. S. 엘리엇은 은행에서 일한 경력이 있다.

골든레트리버를 친 일에 대해 이야기했다. 그녀는 자신의 차 전조등 불빛을 받으며 죽어가는 개 옆에 웅크리고 앉아 끔찍한 고통으로 경련하는 개의 발을 잡고 있었다. 개는 용서를 담은 커다란 갈색 눈으로 줄곧 그녀를 바라보았다. 그녀는 다른 한 손으로 돌멩이를 주워 가련한 개의 두개골을 몇 번 내리쳤다. 존 케언크로스를 보내버리는 데는 한 방이면 충분하다. 진실의 타격 한 방. 하지만 그가 낭송을 시작하면, 트루디는 건조한 표정으로 짐짓 듣는 체할 것이다. 나야 열심히 귀기울여 들을 테고.

우리는 대개 2층에 있는 아버지의 시 서재로 간다. 아버지가 늘 앉는 의자에 자리를 잡는 동안 소리를 내는 건 벽난로 선반 위 시계의 요란한 평형바퀴뿐이다. 여기, 시인이 있는 곳에서 나는 상상의 나래를 편다. 생각을 정리하려고 천장으로 시선을 던진다면 아버지는 애덤 양식* 디자인이 퇴락한 상태를 보게 될 것이다. 천장의 손상된 자리에서 퍼진 석고가루가 명저들의 책등에 가루설탕처럼 내려앉았다. 어머니는 앉기 전에 손으로 의자를 닦는다. 아버지는 과장된 동작 없이 심호흡을 하고 낭송을 시작한다. 감정을 실어 유창하게 시를 읊는다. 나는 대부분의 현대 시에 무감하다. 자신에 대한 내용이 지나치게 많고, 타인에 대해

---

* 18세기 후반 영국 건축가 애덤 형제가 확립한 신고전주의 양식.

서는 유리처럼 차갑고, 지나치게 짧은 시행에 지나치게 많은 푸념이 담겨 있다. 하지만 존 키츠와 윌프레드 오언의 시는 형제의 포옹처럼 따스하다. 내 입술에 그들의 숨결이 느껴진다. 그들의 키스. 설탕에 절인 사과, 마르멜루, 자두, 박이나 소녀들의 창백한 이마는 그들의 관을 덮는 보가 될지니* 같은 구절을 어느 누가 쓰고 싶지 않겠는가?

나는 아버지의 흠모하는 눈에 비친 서재 맞은편 어머니의 모습을 상상한다. 그녀는 프로이트의 빈 시절부터 썼을 커다란 가죽 안락의자에 앉아 있다. 유연한 맨다리를 얌전히 오므려 깔고 앉은 모습이다. 팔걸이에 한쪽 팔꿈치를 구부려 축 늘어뜨린 고개를 받치고, 반대편 손가락으로 발목을 가볍게 두드린다. 늦은 오후의 날씨는 덥고, 창문들은 열려 있고, 세인트 존스 우드를 지나는 차들의 유쾌한 윙윙거림이 들려온다. 어머니의 표정은 수심에 차 있고, 아랫입술이 무거워 보인다. 티끌 하나 없는 혀로 입술을 적신다. 고불거리는 금발이 힘없이 목덜미에 늘어져 있다. 나를 감싸기 위해 넉넉하게 재단된 그녀의 민 원피스는 연초록색이다. 그녀의 눈동자보다 연한 초록. 임신이 꾸준히 진행

---

* 각각 존 키츠의 『성 아그네스 전야』와 윌프레드 오언의 「불운한 청년들을 위한 노래」.

되면서 그녀는 지쳐 있지만 보기 좋은 모습이다. 존 케언크로스는 그녀의 뺨에 어린 여름 홍조와 목, 어깨, 부푼 가슴이 그리는 사랑스러운 선, 내가 만든 희망에 찬 둔덕, 햇빛을 받지 못한 창백한 종아리, 밖으로 드러난 주름 없는 한쪽 발바닥과 가족사진 속 아이들처럼 점점 작아지는 순수한 발가락들의 선을 본다. 그는 생각한다. 그녀의 모든 것이 임신으로 인해 완벽해졌다고.

그는 그녀가 자신이 떠나기를 기다리고 있다는 걸 알지 못한다. 임신 말기의 아내가 남편에게 따로 나가 살라고 종용하는 일이 정상이 아니라는 것도 알지 못한다. 정말로 자신의 소멸에 그렇게 가담할 수 있는 걸까? 그런 거구의 남자가, 내가 듣기론 190센티미터라던데, 우람한 팔뚝에 검은 털이 무성한 거인이 아내에게 필요하다는 '공간'을 주는 것이 현명하다고 미련스레 믿고 있는 것이다. 공간이라니! 그녀도 여기 들어와봐야 한다. 최근에는 손가락 하나 구부리기도 힘든 이곳으로 말이다. 공간이 필요하다는 어머니의 말은 그녀의 이기심과 기만과 잔인함의 동의어가 아니라면 그에 대한 기형적인 은유다. 잠깐, 하지만 나는 어머니를 사랑한다. 어머니는 나의 신이고, 나는 어머니가 필요하다. 방금 그 말은 취소한다! 고통스러워서 나온 소리였다. 나도 아버지처럼 착각에 빠져 있다. 그리고 이건 사실이다. 어머니의 아름다움과 냉담함과 결의는 하나다.

그녀의 머리 위 썩어가는 서재 천장에서 훅 뿜어져나온 입자들의 구름이 빙글빙글 돌면서 막대 모양 햇살을 지나며 희미하게 빛난다. 그리고 일찍이 히틀러나 트로츠키나 스탈린이 빈 시절, 그들이 미래의 자신의 태아에 불과했을 때 널브러져 있었을지도 모르는 갈색의 갈라진 가죽 안락의자에서 그녀는 얼마나 아름답게 빛나는지! 인정한다. 나는 그녀의 것이다. 그녀가 명령하면 나 또한 쇼어디치로 쫓겨나 추방자 신세로 스스로를 돌보아야 한다. 탯줄 따위 필요 없다. 아버지와 나는 가망 없는 사랑으로 연결되어 있다.

어머니가 보내는 신호—퉁명스러운 대답, 하품, 전반적인 무관심—에도 불구하고 아버지는 혹시 식사를 할 수 있을까 해서 초저녁까지 버틴다. 하지만 어머니는 클로드를 기다리고 있다. 결국 어머니는 휴식이 필요하다고 선언하며 남편을 내몬다. 그녀는 문까지 배웅할 것이다. 머뭇머뭇 작별인사를 하는 아버지의 목소리에 어린 슬픔을 누가 무시할 수 있겠는가. 그가 어머니 곁에 단 몇 분이라도 더 머물 수 있다면 어떤 수모도 견딜 거라는 생각이 나를 아프게 한다. 다른 남자들이라면 아내보다 앞서 부부 침실로, 그와 내가 잉태된 그 방으로 들어가 침대에 큰대자로 눕거나 김이 모락모락 피어오르는 욕조에 들어간 다음 친구들을 초대해 와인을 따라주며 주인 노릇을 했겠지만 그는 그러지 못하고 있으며 그건 오로지 그의 천성 때문이다. 그는 자신을 내세우지 않고 그녀의 요구에 맞춰주는 태도와 친절함으로 승부를 보려 한다. 내 예측이 틀리길 바라지만, 아무래도 그는 이중으로 실패할 것 같다. 어머니는 나약한 그를 계속 경멸할 것이고 그는 필요 이상으로 고통받을 것이다. 그의 방문은 끝나지 않고 조금씩 희미해져간다. 그는 공명하는 슬픔의 장을, 상상 속 모습을, 여전히 그의 의자를 차지한 채 실의에 잠긴 홀로그램을 서재에 남긴다.

이제 우리는 그를 배웅하러 현관으로 다가가고 있다. 여기저기 파손된 곳에 대해서는 많은 논의가 있었다. 나는 현관문 경첩하나가 목조부에서 떨어져나간 걸 안다. 그리고 문틀은 건조부패로 단단한 가루덩어리가 되었다. 바닥 타일 일부는 사라졌고 나머지는 깨졌다―한때 알록달록한 다이아몬드 문양을 이루었던 조지 왕조풍 타일은 대체가 불가능하다. 그 사라지거나 깨진 자리를 빈병과 썩어가는 음식물이 든 비닐봉지들이 감추고 있다. 재떨이에서 나온 쓰레기, 케첩이 흉물스럽게 남은 종이접시, 생쥐나 요정이 모아놓은 작은 곡식자루처럼 흔들거리는 티백, 발치에 널린 이게 다 불결한 집의 상징물이다. 청소부는 이미 내가 생겨나기 한참 전에 슬퍼하며 떠났다. 트루디는 뚜껑이 높이 달린 바깥 쓰레기통에 쓰레기를 갖다 버리는 일은 임산부의 몫이 아님을 안다. 그냥 아버지에게 현관을 치워달라고 부탁해도 되지만, 그렇게 하지 않는다. 가사의 의무는 가사의 권리를 부여할 수 있으니까. 어쩌면 남편이 자신을 유기한 것처럼 교묘하게 꾸미고 있는지도 모른다. 클로드는 이 문제에서 손님으로, 외부인으로 남아 있지만 나는 그가 집 일부를 치워봐야 나머지 지저분한 부분이 도드라질 뿐이라고 말하는 걸 들었다. 폭염에도 불구하고 나는 악취로부터 잘 보호받고 있다. 어머니는 거의 매일 악취에 대해 불평하지만 나른한 목소리다. 그건 이 집의 퇴락의 일면일 뿐이다.

어머니는 아버지의 신발에 묻은 커드 한 방울이나 바닥 몰딩 옆 코발트색 곰팡이로 덮인 오렌지가 아버지의 작별인사를 짧게 줄여주리라 생각하는지도 모른다. 그녀가 틀렸다. 현관문은 열려 있고, 아버지는 문턱 양쪽에 발을 두고 서 있으며, 어머니와 나는 문 바로 안쪽에 있다. 클로드가 십오 분 내로 도착할 것이다. 그는 가끔 약속시간보다 일찍 오기도 한다. 그래서 트루디는 동요하고 있지만 꿋꿋하게 졸린 시늉을 한다. 그녀는 달걀 껍데기를 밟고 서 있다. 무염버터를 포장했던 기름투성이의 네모난 종이가 샌들 아래 걸려 발가락에 기름이 묻는다. 그녀는 곧 클로드를 만나면 우스개 삼아 그 이야기를 할 것이다.

아버지가 말한다. "저기, 우리 얘기 좀 해야겠어."

"그래. 하지만 지금은 말고."

"계속 미루고만 있잖아."

"나 지금 말도 못하게 피곤해. 어느 정도인지 당신은 상상도 못할걸. 가서 누워야겠어."

"물론 그래야지. 바로 그것 때문에 집으로 다시 들어올 생각을 하는 거야. 그래야 내가—"

"제발, 존. 지금 말고. 여태 잘 견뎌왔잖아. 난 시간이 더 필요해. 배려심 좀 가져봐. 난 당신 아이를 임신하고 있어, 잊었어? 지금은 당신 자신을 생각할 때가 아니야."

"당신 혼자 여기서 지내는 게 걸려서—"

"존!"

나는 아버지가 어머니를 그녀가 허락하는 한도 내에서 가장 가깝게 포옹하며 한숨짓는 소리를 듣는다. 그다음에는 어머니가 아버지의 고통받는 손을 조심스럽게 피하며 팔목을 잡고 그를 돌려세워 길 쪽으로 살며시 몰아내는 게 느껴진다.

"여보, 제발, 그냥 가……"

그후, 어머니가 화나고 진이 빠져서는 몸을 뒤로 기대고 있는 동안 나는 근원적인 의문에 빠져든다. 그는 어떤 종류의 존재인가? 거구의 존 케언크로스는 전쟁과 약탈, 노예화를 종식시키고 세상의 여성들과 동등한 위치에서 그들을 배려하도록 우리가 미래에 보내는 남자 형상의 사절일까? 아니면 야수들에게 짓밟혀 망각 속으로 사라지게 될까? 두고볼 일이다.

3

내 가족과 내 희망들 사이에서 벌레처럼 기어다니는 사기꾼 클로드는 누구인가? 언젠가 듣고 마음에 새겨둔 말이 있다. 아둔한 촌놈. 나의 모든 전망이 어두워졌다. 그의 존재는 양친의 보살핌 아래 행복한 삶을 누릴 나의 정당한 권리를 부정한다. 만약 내가 대책을 세우지 않는다면. 그는 내 어머니를 홀리고 내 아버지를 추방했다. 그와 나는 이해관계가 다를 수밖에 없다. 그는 나를 짓밟을 것이다. 만약, 만약, 만약─그 한마디 말, 뒤바뀐 운명의 섬뜩한 징표, 징징대는 약강격의 희망적 시어가 눈알 유리체에서 떠다니는 부유물처럼 내 생각 여기저기를 흘러다닌다. 그저 희망일 뿐이다.

클로드 또한 부유물처럼 거의 현실감이 없다. 다채로운 기회주의자도 아니고, 히죽거리는 악당의 느낌도 없다. 그렇기는커녕 탁월하리만큼 아둔하고, 창의력을 넘어설 정도로 따분하며, 블루 모스크의 아라베스크 문양만큼이나 정교하게 진부하다. 끊임없이 휘파람을 불어대는데, 노래가 아닌 텔레비전 CM송이나 휴대전화 벨소리다. 노키아의 타레가 벨소리*로 아침을 밝히는 인물. 그가 반복적으로 하는 말들은 어리석고 매가리 없는 주절거림이고, 그의 빈곤한 문장들은 어미 없는 병아리처럼 쉽게 약해져서 죽어버린다. 내 어머니가 세수를 하는 세면대에서 음부를 닦는 인간. 아는 거라곤 옷과 자동차가 전부인 인간. 어느 차, 또는 어느 차, 또는 하이브리드, 또는 뭐…… 또는…… 뭐는 절대 안 사고 운전대조차 잡지 않겠다는 말을 골백번은 했을 것이다. 양복은 반드시 여기, 아니, 메이페어 스트리트에 있는 거기서만 사고, 셔츠는 다른 데서, 양말은, 기억이 안 나는데…… 만일…… 하지만. 문장을 '하지만'으로 끝내는 사람은 없다.

그 애매하고 김빠진 목소리. 나는 평생 그의 휘파람과 말이라는 이중의 고통을 견뎌왔다. 그의 모습을 보는 고통은 면할 수 있었지만 그것도 얼마 남지 않았다. 피비린내 나는 어두운 분만

---

* 세계적인 기타리스트 프란시스코 타레가의 〈그란 발스〉에서 선율을 따온 노키아의 상징적인 벨소리.

실에서 마침내 세상으로 나와 그를 만나게 되면(트루디는 아버지가 아닌 그를 부르기로 결심했으니까), 그의 외형이 어떻건 내 의문은 변함없을 것이다. 어머니는 무슨 짓을 하고 있는 거지? 도대체 뭘 원하는 거지? 클로드에게 성애라는 수수께끼의 예시가 되어달라고 간청한 건가?

아버지의 라이벌의 남근이 코앞에 있는 경험을 누구나 하는 건 아니다. 임신 말기에 접어들었으니, 그들은 나를 위해 자제해야 한다. 임상적 판단은 아니더라도 그것이 당연한 예의다. 나는 눈을 질끈 감고 잇몸을 꽉 깨물고 자궁벽에 기대어 버틴다. 이정도 난기류라면 보잉기 날개도 떨어질 것이다. 어머니는 유원지에서 들을 법한 비명으로 연인을 자극하고 부추긴다. 죽음의 벽!* 그가 피스톤 운동을 할 때마다 나는 그의 남근이 내 무른 두개골을 뚫고 들어와 내 생각에 그의 진액을, 정충이 바글거리는 크림 형태의 진부함을 뿌릴까봐 겁에 질린다. 그렇게 뇌손상을 입으면 나도 그처럼 생각하고 말하게 되리라. 클로드의 아들이 되어버리는 것이리라.

하지만 그의 전희의 밤을 하루 더 예약하느니 차라리 날개 잃은 보잉기에 갇혀 대서양 한가운데 추락하는 게 낫다. 나는 여기

---

* 거대한 원통형 벽 안쪽을 오토바이로 달리는 곡예.

앞자리에 위아래가 뒤집힌 거북한 자세로 앉아 있다. 이것은 미니멀한 작품이다. 황량하고 모던한 2인극. 조명이 다 밝혀져 있고, 클로드가 등장한다. 그는 내 어머니의 옷을 벗기는 대신 자신의 옷을 벗는다. 벗은 옷은 의자 위에 가지런히 걸쳐놓는다. 그의 알몸은 회계사의 양복처럼 전혀 놀랍지 않다. 그는 벌거벗은 채 독백의 가랑비를 뿌리며 무대 뒤쪽으로, 앞쪽으로 돌아다닌다. 숙모의 분홍색 생일 비누를 커즌 스트리트에 도로 갖다줘야 한다느니, 꿈을 꿔도 다 잊어버린다느니, 디젤차 값이 어떻다느니, 오늘이 꼭 화요일 같다느니. 하지만 화요일이 아니다. 매번 새로운 화제가 용감하게 끙 소리를 내며 일어섰다가, 비틀거리다가, 다음 것을 향해 쓰러지는 식이다. 그리고 내 어머니는? 침대 이불 속에서 옷을 일부만 입은 채로 클로드의 말에 온전히 귀기울이며 웅얼웅얼 장단을 맞추고 고개를 끄덕여 동조의 뜻을 나타내기도 한다. 그리고 나만 알게, 이불 속에서 조신한 머리망 모양의 음핵 위로 집게손가락을 구부려 1센티미터나 안으로 집어넣는다. 그녀는 모든 걸 수긍하고 자신의 영혼을 바쳐 손가락을 부드럽게 움직인다. 그렇게 하면 아주 기분좋은 모양이다. 그녀는 한숨 사이사이로 중얼거린다. 그래, 나도 그 비누가 마음에 걸렸어, 그래, 나도 꿈을 꾸면 금세 잊어버려, 나도 화요일인 줄 알았어. 디젤차에 대해서는 장단을 맞추지 않는다—그나마 다행이다.

그의 무릎이 최근에 내 아버지를 떠받쳤던 부정한 매트리스를 누른다. 어머니는 능숙한 두 엄지손가락을 갈고리처럼 걸어서 팬티를 벗는다. 클로드 입장. 가끔 클로드는 그녀를 나의 생쥐라고 부르는데 그녀도 마음에 드는 듯하다. 하지만 그들은 키스를 나누지도, 서로를 어루만지거나 쓰다듬지도, 웅얼거리거나 약속을 하지도, 다정하게 핥지도, 장난스러운 공상에 잠기지도 않는다. 그저 침대의 삐걱거림만 고조되다가 마침내 죽음의 벽에 도달한 어머니가 비명을 지르기 시작한다. 여러분도 유원지의 이 구식 구경거리를 알 것이다. 죽음의 벽이 돌아가고 가속도가 붙으면 원심력에 의해 몸은 벽에서 떨어지지 않지만 아래쪽 바닥이 아찔하게 멀어진다. 트루디는 더 빨리 돈다. 그녀의 흐릿해진 얼굴은 크림을 끼얹은 딸기처럼 보이고 눈이 있던 자리에는 신선초의 초록색 얼룩이 번진 듯하다. 비명소리가 높아지고, 마침내 그녀가 마지막으로 솟구쳤다 떨어지며 전율한 후 나는 그의 갑작스럽고 숨가쁜 신음소리를 듣는다. 아주 짧은 막간 휴식. 클로드 퇴장. 다시 매트리스가 쑥 꺼지더니 그의 목소리가 들린다. 이번에는 욕실에서—커즌 스트리트나 요일 이야기의 반복이고, 활기차게 노키아 벨소리도 시도한다. 기껏해야 삼 분 길이의 단막극이고 재연도 없다. 그녀도 종종 그와 함께 욕실에 들어가고, 그들은 서로를 만지는 일 없이 죄를 사해주는 뜨거운 물로 자신의 몸에서 상대를 지운다. 그들 사이에는 다정함도 없고, 다른 연인들처럼 뒤엉켜 달콤한 졸음에 빠지는 법도 없다. 오르가슴으로 마음을 깨끗이 닦아낸 그들은 이 사무적인 목욕중에 종종 음모를 짜지만, 타일로 덮인 공간의 울림과 수도꼭지에서 떨어지는 물소리 때문에 나에게는 그들의 말이 들리지 않는다.

그런 이유로 나는 그들의 계획에 대해 거의 모른다. 그 계획이 그들을 흥분시키고, 둘만 있다고 생각할 때조차 목소리를 낮추게 만든다는 것 정도만 알 뿐이다. 나는 클로드의 성도 모른다. 직업은 부동산 개발업자인데, 대부분의 경우만큼 성공하지는 못했다. 카디프의 수익성 있는 고층 아파트를 잠시 소유한 것이 그의 가장 큰 성공이었다. 부유하냐고? 100만 파운드대의 유산을 물려받았지만 이제 남은 건 25만 파운드 정도인 듯하다. 우리집에서는 열시쯤 나가 여섯시가 넘어서 돌아온다. 두 가지 상반된 추정이 가능하다. 첫째, 그의 밋밋한 껍데기 속에는 더 단단한 인격이 숨어 있다. 이렇게까지 무미건조할 수는 없다. 약삭빠르고 음흉하고 계산적인 본모습이 숨어 있을 것이다. 그러니까 그는 하나의 작품, 스스로 고안한 장치, 냉혹한 사기를 위한 도구다. 트루디와 함께 음모를 꾸미면서도 그녀를 속일 궁리를 하는. 둘째, 그는 보이는 모습 그대로 빈 조개 같은 인간이고 내 어머니만큼 정직한, 다만 더 둔할 뿐인 모사꾼이다. 어머니로 말하자면 삼 분 내에 자신을 천국의 문 너머로 들여보내주는 남자를 의심하려 하지 않는다. 그에 반해 나는 판단을 유보하고 있다.

나는 비밀을 더 캐고 싶어서 그들이 또 한번 절제되지 않은 새벽의 노래를 부르길 기다리며 밤을 지새운다. 평소의 클로드답지 않은 "할 수 있어"라는 말에 나는 처음으로 그의 아둔함을 의심하게 되었다. 그후로 오 일이 지났고―진전은 없다. 내가 발길질로 어머니를 깨우지만 그녀는 연인의 잠을 방해하지 않는다. 그녀는 이어폰을 끼고 팟캐스트 강연을 들으며 인터넷의 경이에 빠져든다. 그녀는 마구잡이로 듣는다. 내가 다 들은 것이다. 유타에서의 구더기 재배. 버른 하이킹. 히틀러의 마지막 기회였던 아르덴 공격. 야노마미족의 섹스 에티켓. 포조 브라촐리니는 루크레티우스를 잊힐 위험에서 어떻게 구해냈는가. 테니스의 물리학.

나는 잠들지 않고 듣고, 배운다. 오늘은 동트기 한 시간쯤 전에 평소보다 무거운 이야기를 들었다. 어머니의 뼈를 통해 정식 강연으로 위장한 악몽과 맞닥뜨렸던 것이다. 세계정세에 관한 내용이었다. 국제관계 전문가라는 합리적인 여자가 굵직하고 풍성한 목소리로 내게 세계의 상황이 좋지 않다고 알려주었다. 그녀는 자기연민과 공격성이라는 두 가지 흔한 심리상태에 대해 이야기했다. 개인에게 이 각각은 잘못된 선택이고, 집단이나 국가 차원에서 둘이 합쳐질 경우 유해한 결과를 빚을 수 있다는 것이다. 자기연민과 공격성의 결합은 과거 세르비아인들의 이성을 마비시켰던 것처럼 그들과 우호관계인 우크라이나의 러시아인들을 최근 도취시켰다. 우리는 무시당했고, 이제 우리의 힘을 보여줄 것이다. 현재 러시아 정부가 조직범죄의 정치적 팔이 되었으니 유럽에서의 또다른 전쟁은 상상하지 못할 것도 아니다. 리투아니아의 남쪽 국경과 북독일 평원으로 탱크 사단을 출동시킬 준비를 하라. 이 약물은 야만적인 이슬람 과격파의 가슴에도 불을 지른다. 이 약을 마시면 똑같은 구호를 외치게 된다. 우리는 치욕을 맛보았다. 복수할 것이다.

강사는 사이코패스가 상시 존재하는 우리 인간 종에 대해 비관적인 견해를 갖고 있었다. 그들은 정당한 것이든 아니든 무력투쟁에 끌린다. 지역분쟁을 더 큰 싸움으로 이어지도록 유도한다. 강사의 말에 따르면, 각양각색의 자기애적 민족주의가 바로 그 맛난 혼합물을 마심으로써 유럽은 다혈질의 나약한 존재로 실존적 위기에 처해 있다. 가치관의 혼란, 반유대주의 배양 균, 고향을 그리워하는 분노와 권태에 찬 이민자들. 다른 모든 곳에서도 부의 불평등이 극에 달해 갑부들은 별개의 지배자 종족이 되었다. 국가는 최고의 첨단 무기를 개발하기 위해, 다국적기업은 세금을 피하기 위해, 정의로운 은행은 크리스마스 복권으로 배를 불리기 위해 독창성을 발휘한다. 너무 커서 친구나 조언이 필요하지 않은 중국은 냉소적으로 이웃 국가를 탐색하고, 열대 모래로 섬을 만들고, 반드시 닥칠 전쟁에 대비해 계획을 세운다. 무슬림이 다수를 차지하는 국가들에서는 종교적 엄숙주의와 성병, 창의력 말살이 심각한 문제가 되고 있다. 중동은 세계 전쟁 가능성의 고속증식로 역할을 한다. 그리고 편의상의 적, 즉 고문죄를 저지른 국가이자 분가루 뿌린 가발의 시대에 착상된 신성한 텍스트, 코란만큼이나 이의 제기가 불가능한 헌법 앞에서 무력한 미국도 세계의 희망이라고 보기는 어렵다. 그곳의 불안정한 국민은 비만에다 겁에 질려 있고, 불분명한 분노로 괴로워하며, 통치를 경멸하고, 온갖 신형 권총으로 잠을 망친다. 아프리카는 민주주의의 장기—평화적인 권력 이양을 아직 배워야 한다. 그곳에서는 깨끗한 물, 모기장, 싼 약처럼 우리가 쉽게 구할 수 있는 것들이 없어서 매주 수천 명씩 어린이가 죽어간다. 인류 전체 차원에서도 따분하고 해묵은 문제들이 존재한다. 기후변화, 사라져가는 숲과 생물과 극지방의 빙산. 수익성 높고 유독한 농업이 생물학적 아름다움을 없애고 있다. 바다는 약산성으로 변해간다. 수평선 저 너머에서는 암과 치매를 안고 보살핌을 요하는 급속한 노령화의 지린내 나는 쓰나미가 빠르게 접근중이다. 그와 반대로 출산율은 감소해 머지않아 인구는 파국적으로 줄어들 것이다. 자유 언론은 더이상 자유롭지 못하고, 자유민주주의는 더이상 확실한 운명의 항구가 아니며, 로봇이 일자리를 빼앗고, 자유는 보안과 접전을 벌이고, 사회주의는 명예를 잃었고, 자본주의는 썩었고 파괴적이고 명예를 잃었으며, 아무런 대안도 보이지 않는다.

강사는 이런 재난들이 우리의 두 가지 본성의 산물이라고 결론지었다. 영리함과 유치함. 우리는 우리의 다투기 좋아하는 본성이 감당하기에 너무 복잡하고 위험한 세상을 만들어놓았다. 이런 절망 속에서 대중은 초자연을 선택할 것이다. 제2의 이성의 시대가 황혼을 맞이했다. 우리는 경이로운 존재였지만 이제 운이 다했다. 이십 분. 딸깍.

나는 초조하게 탯줄을 만지작거린다. 탯줄은 내게 마음을 진정시키는 염주 역할을 한다. 잠깐, 나도 앞으로 유치함의 시기를 맞이하게 될 텐데, 유치한 게 뭐가 문제라는 거지? 나는 그런 강연을 많이 들어서 반론을 제기할 수 있을 만큼 유식하다. 비관주의는 너무 쉽고 달콤하기까지 하며, 어디서나 지식인의 증표요 상징이다. 비관주의는 생각하는 계층에게 해결책 제시의 책임을 면해준다. 우리는 연극과 시, 소설, 영화 속 어두운 생각에 흥분한다. 그리고 이제 논평의 어두운 생각에까지도. 인류가 지금처럼 풍요롭고 건강하고 장수한 적이 없는데 왜 그런 말을 믿어야 하는가? 지금만큼 전쟁과 출산시의 사망률이 낮았던 적이 없고—지금만큼 우리 모두가 지식에, 과학을 통한 진실에 가까이 접근한 적이 없지 않은가? 따뜻한 호의—어린아이, 동물, 외래 종교, 미지의 먼 곳의 외국인들에 대한—가 나날이 커지고 있지 않은가? 수억 명의 인구가 비참한 최저 생활을 벗어나지 않았던가? 서구에서는 서민들도 안락의자에 비스듬히 기대앉고, 매끄러운 고속도로를 말보다 네 배는 빠르게 운전해서 달리며 음악을 즐기지 않는가? 아주 많은 나라에서 천연두, 소아마비, 콜레라, 홍역, 높은 유아사망률, 문맹, 공개 처형, 국가에 의한 일상적인 고문이 사라지지 않았는가? 불과 얼마 전만 해도 그런 저주들이 도처에 만연해 있었다. 태양전지판, 풍력발전 단지, 핵에너지, 그리고 아직 알려지지 않은 발명품들이 이산화탄소 오수로부터 우리를 구제하고, 유전자 변형 곡물이 우리를 화학농법의 폐해로부터, 가난한 사람들을 굶주림으로부터 구해주지 않을까? 세계적 추세인 도시로의 인구 이동은 광대한 농지를 황야로 되돌리고, 출산율을 낮추고, 여자들을 무지한 촌장들로부터 구해주지 않을까? 평범한 육체 노동자도 카이사르 아우구스투스의 부러움을 사게 해줄 흔한 기적들은 어떻고? 통증 없는 치과 치료, 전깃불, 사랑하는 사람이나 세계 최고의 음악이나 여남은 문화의 요리를 즉시 만나는 기적들 말이다. 우리는 불만 못지않게 특권과 즐거움으로 배가 불렀으며 현재 그렇지 않은 사람들도 곧 그렇게 될 것이다. 러시아인들 문제로 말할 것 같으면, 가톨릭 국가 스페인도 같은 경우였다. 우리는 그들의 군대가 우리 해안에 상륙하리라 예상했다.* 하지만 대부분의 일이 그렇듯, 그 일도 일어나지 않았다. 그 문제는 화공선 몇 척과 스페인 선단을 스코틀랜드 꼭대기로 몰아간 고마운 폭풍우 덕에 해결되었다. 우리는 언제나 현재 상태에 괴로워한다—그것이 의식이라는 선물이 주는 고난이다.

내가 갖게 될 멋진 세상에 대한 찬가일 뿐. 나는 좁은 곳에 갇혀 지내며 집단적 꿈의 감식가가 되었다. 무엇이 진실인지 누가 알겠는가? 나 혼자의 힘으로는 증거를 모으기 어렵다. 모든 주장이 다른 주장과 합치하거나 상반된다. 다른 모든 사람처럼 나도 내가 원하는 것, 내게 맞는 것을 취하겠다.

그런 생각에 정신이 팔려 나는 밤을 새워가며 기다려온 대화의 첫 부분을 놓치고 말았다. 그들의 새벽의 노래 말이다. 알람이 울리기 몇 분 전이었고, 클로드가 뭐라고 웅얼거렸으며, 어머니가 대꾸했고, 그가 다시 말했다. 나는 정신을 차리고 벽에 귀

---

* 1588년 스페인 무적함대의 영국 침공 시도를 가리킨다.

를 댄다. 매트리스가 요동치는 게 느껴진다. 간밤에는 날씨가 더
웠다. 클로드가 잠옷으로 입는 티셔츠를 벗으며 일어나 앉는 듯
하다. 오늘 오후 형을 만날 거라는 그의 말이 들린다. 전에도 형
이야기를 한 적이 있다. 더 집중해서 들었어야 했다. 하지만 그
가 하는 이야기들은 늘 따분하다—돈, 계좌, 세금, 빚.

클로드가 말한다. "형은 이번에 계약하는 시인에게 모든 희망
을 걸고 있어."

시인? 시인과 계약하는 사람은 세상에 그리 많지 않다. 내가
아는 사람은 하나뿐이다. 그의 형이라고?

어머니가 말한다. "아, 그래, 그 여자. 이름은 잊어버렸어. 올
빼미에 대한 시를 쓰는."

"올빼미! 굉장한 소재로군! 아무튼 오늘밤 형을 만나야겠어."

어머니가 느리게 말한다. "내 생각은 달라. 지금은 아니야."

"그럼 여기 또 찾아올 거야. 난 그가 당신을 괴롭히는 게 싫어.
하지만."

어머니가 말한다. "그건 나도 그래. 하지만 이 일은 내 방식대
로 처리해야 해. 천천히."

침묵이 흐른다. 클로드는 침대 옆 탁자에서 자신의 휴대전화
를 집어 알람이 울리기 전에 꺼버린다.

이윽고 그가 말한다. "내가 형에게 돈을 빌려주면 좋은 핑계가

되겠지."

"너무 많이 빌려주진 마. 돌려받지 못할 돈이니까."

그들은 웃는다. 그다음, 클로드와 그의 휘파람 소리는 욕실로 향하고, 어머니는 모로 누워 다시 잠이 들고, 나는 어둠 속에 홀로 남겨진 채 너무도 충격적인 사실을 마주하고 내 어리석음을 개탄한다.

4

지나가는 차들의 친숙한 웅웅거림이 들리고 마로니에 잎이라 생각되는 것이 한줄기 산들바람에 흔들릴 때, 아래쪽에서 휴대용 라디오가 금속성의 거친 소리를 내고, 반그늘 같은 산호색 빛, 기나긴 열대의 황혼이 나의 내해와 그 안에 떠다니는 무수한 부유물을 희미하게 비출 때 나는 어머니가 아버지의 서재 밖 발코니에서 일광욕을 하고 있음을 안다. 나는 떡갈나무 잎과 도토리 문양의 화려한 주철 난간이 역사와 함께 겹겹이 쌓인 검은색 페인트 층들로 지탱되고 있으니 거기 기대선 안 된다는 것도 안다. 어머니가 앉아 있는 외팔보 형태의 무너져가는 콘크리트 판은 보수공사에 관심이 없는 건축업자들까지도 안전하지 못하다고 선언해온 것이다. 발코니 폭이 좁아서 덱체어는 집의 벽과 평행에 가깝게 비스듬히 놓여 있다. 트루디는 맨발에 비키니 상의와 나를 거의 고려하지 않은 짧은 데님 반바지 차림이다. 그리고 분홍색 하트 모양 선글라스와 밀짚모자로 패션을 마무리했다. 내가 그녀의 옷차림을 아는 건 삼촌—삼촌!—이 전화로 그녀에게 지금 뭘 입고 있는지 말해달라고 했기 때문이다. 그녀는 교태를 부리며 알려주었다.

몇 분 전 라디오가 네시를 알렸다. 우리는 말버러 소비뇽 블랑을 나눠 마시고 있다. 내가 제일 좋아하는 종류는 아니고, 나라면 같은 포도를 쓰면서 풀 맛은 덜한 상세르를 선택할 것이며 샤비뇰산이면 더 좋다. 부싯돌의 풍미가 느껴지는 미네랄 맛이 직사광선의 노골적인 공격과 금이 간 우리집 정면에서 반사된 화덕 속 열기를 완화시켜줬을 테니까.

하지만 우리는 뉴질랜드에 있고, 뉴질랜드가 우리 안에 있으며,* 나는 지난 이틀보다 행복하다. 트루디는 에탄올이 담긴 네모진 플라스틱 덩이들을 얼려 와인을 차게 유지하고 있다. 나는 아무 불만이 없다. 지금 나는 색깔과 형태에 대한 첫 암시를 받고 있다. 어머니의 몸통이 태양을 향해 기울어져 있어서 나는 불그스레한 조명이 흐릿하게 비치는 암실에 있는 것처럼 내 얼굴 앞

---

* 트루디가 마시는 소비뇽 블랑의 산지 말버러는 뉴질랜드의 한 지역이다.

손을, 배와 무릎에 감긴 탯줄을 분간할 수 있게 된 것이다. 손톱을 깎을 때가 된 것도 알 수 있다. 앞으로 이 주는 더 있어야 세상에 나가겠지만. 나는 어머니가 여기 나와 있는 것이 나의 뼈 성장에 필요한 비타민D를 얻기 위해서이고, 라디오 볼륨을 줄인 것은 내 존재에 대해 숙고하기 위해서이며, 내 머리가 위치한 부분을 손으로 쓰다듬는 것은 애정 표현이라고 생각하고 싶다. 하지만 어쩌면 그녀는 일광욕을 할 뿐이고, 무굴 황제 아우랑제브에 대한 라디오드라마를 듣고 있기에는 너무 덥고, 임신 말기의 부푼 배가 불편해 손끝으로 만지작거리고 있을 뿐인지도 모른다. 요컨대, 나는 어머니의 사랑에 대한 확신이 없다.

세 잔째부터 와인은 아무것도 해결해주지 못하고 최근 알게 된 진실로 인한 고통은 그대로 남아 있다. 그럼에도 나는 친숙한 분리의 손길을 느끼고 있다. 이미 몇 발짝 멀어진 나는 한 5미터쯤 아래, 산을 오르다가 떨어진 등산가처럼 바위 위에 팔다리를 벌리고 똑바로 누워 있는 나 자신을 본다. 나는 내 상황을 이해하기 시작했고, 느끼는 것 못지않게 생각도 잘할 수 있다. 겸손한 신세계의 화이트와인이 이 정도는 해줄 수 있다. 그러니까, 내 어머니는 아버지의 동생을 더 좋아해서 남편을 속이고 아들을 망쳤다. 내 삼촌은 형의 아내를 훔치고, 조카의 아버지를 기만하고, 형수의 아들을 지독하게 모욕했다. 내 아버지는 천성적으로 방어력이 없고, 나는 상황상 방어력을 가질 수 없다. 삼촌―내 게놈의 4분의 1, 아버지 게놈의 반을 공유하고 있지만, 내가 베르길리우스나 몽테뉴와 닮지 않은 것만큼이나 그의 형과 닮지 않은 자. 나의 야비한 부분 중 무엇이 클로드이고 또 그건 어떻게 알게 될까? 나는 나 자신의 형제가 되어 그가 그의 형제를 속였던 것처럼 나 자신을 속일 수도 있다. 태어나서 마침내 혼자 있을 수 있게 되면, 나는 내 4분의 1에 부엌칼을 갖다대고 싶다. 하지만 칼을 잡은 사람은 내 삼촌이기도 할 것이다. 내 게놈의 4분의 1을 차지하고 있으니까. 그럼 칼은 움직이려 하지 않을 것이다. 그리고 이런 자각 또한 어느 정도는 그의 것이다. 이 생각도.

트루디와 내 관계도 순조롭지 않다. 나는 그녀의 사랑을 당연시할 수 있으리라 생각했다. 하지만 새벽에 생물학자들의 논쟁을 들었다. 임신한 어머니는 그들의 자궁 속 세입자와 싸워야 한다는 것이다. 스스로 어머니이기도 한 자연은 내 미래의 형제자매라는 라이벌들을 양육하는 데 필요할 수도 있는 자원을 확보하기 위한 싸움을 명한다. 내 건강은 트루디에게서 얻었지만, 그녀는 나로부터 자신을 지켜야 한다. 그런 그녀가 무슨 이유로 내 감정에 신경쓰겠는가? 그녀 자신과 아직 잉태되지 않은 시시한 녀석들을 위해서라면 내 영양을 제한할 수도 있는 그녀가, 내 삼촌과의 밀회로 내가 속상해할 수도 있다는 걱정 같은 걸 왜 하겠는가? 생물학자들은 내 아버지의 가장 현명한 행보가 다른 남자를 꾀어 자기 자식을 키우게 만들고, 자신—내 아버지!—은 다른 여자들에게 유전자를 퍼뜨리는 것이라고도 말한다. 너무도 삭막하고 매정하다. 그렇다면 우리는, 우리 모두는, 심지어 나까지도, 혼자인 것이다. 무의식적인 진전을 위해 계획이며 순서도를 잔뜩 매단 장대를 어깨에 메고 인적 없는 대로를 걸어가는 고독한 존재들.

견디기 힘들 정도로 심하다. 진실이기에는 너무 가혹하다. 어째서 세상은 스스로를 그토록 혹독하게 설정하는 걸까? 사람들은, 다른 장점도 많지만, 사교적이고 친절하다. 성숙이 전부가 아니다. 내 어머니는 내 집주인 그 이상이다. 내 아버지가 갈구하는 것은 자신의 유전자를 되도록 널리 퍼뜨리는 일이 아니라 그의 아내와, 장담컨대, 하나뿐인 아들이다. 나는 생명과학의 원로들을 믿지 않는다. 아버지는 나를 사랑하고, 집에 들어오고 싶어하며, 나를 보살펴줄 것이다—기회만 주어진다면. 어머니도 지금껏 단 한 번도 내 끼니를 거른 적이 없으며, 오늘 오후 이전까지는 나를 생각해 와인을 두 잔 이상은 정중히 사양했다. 지금 무너지고 있는 건 그녀의 사랑이 아니다. 내 사랑이다. 우리 둘 사이를 갈라놓는 건 내 분노다. 어머니를 증오한다는 말은 하지 않겠다. 하지만 클로드 때문에, 어떤 시인이건 시인을 버리다니!

그건 가혹한 일이며, 그 시인이 너무도 여리다는 사실 또한 가혹하다. 할아버지가 구입한 자신의 생가에서, 그것도 '개인적 성장'—'이지 리스닝'만큼이나 모순적인 말이다—이라는 철학을 위해 쫓겨난 존 케언크로스. 함께하기 위해 떨어져 있고, 포옹하기 위해 등을 돌리고, 사랑에 빠지기 위해 사랑을 그만둔다. 그는 그걸 믿었다. 순 멍텅구리 같으니라고! 그의 유약함과 그녀의 기만 사이에 악취 나는 틈이 벌어졌고 바로 거기서 구더기 삼촌이 자연스럽게 생겨났다. 그리고 나는 여기 내 사적인 삶 속에 봉인된 채, 오래 이어지는 후텁지근한 황혼 속에 쭈그리고 앉아서 초조하게 꿈을 꾼다.

만일 내가 한창때라면 뭘 할 수 있을까. 지금으로부터 이십팔 년이 지났다고 가정해보자. 몸에 꽉 끼는 색 바랜 청바지를 입고, 울퉁불퉁하고 탄탄한 복근이 있고, 흑표범처럼 유연하게 움직이는 나는 그때만은 불멸의 존재다. 나는 쇼어디치에 사는 늙은 아버지를 택시로 데려와 중년이 된 트루디의 항의를 무시하고 그의 서재에, 그의 침대에 둘 것이다. 늙은 구더기 삼촌은 멱살을 잡아 해밀턴 테라스의 낙엽이 수북하게 쌓인 시궁창에 던져버릴 것이다. 그리고 어머니의 목덜미에 무성의한 키스를 해 입을 다물게 할 것이다.

하지만 인생의 가장 큰 한계요 진실은 이것이다—우리가 지금, 여기 있다는 것. 그때, 거기가 아니다. 지금 우리는 부실한 발코니에서 런던의 폭염에 익어가고 있다. 나는 그녀가 잔을 채우는 소리, 플라스틱 얼음덩이들이 움직이는 소리, 만족감보다는 근심에 찬 그녀의 작은 한숨소리를 듣는다. 그렇다면 네 잔째다. 그녀는 그걸 감당할 수 있을 만큼 내가 자랐다고 생각하는 게 분명하다. 사실 그렇다. 우리는 취해간다. 지금 이 순간 그녀의 연인이 케언크로스 출판사의 창문도 없는 사무실에서 형과 담판을 벌이고 있으니까.

나는 기분전환을 위해 내 생각을 두 형제에게 정탐꾼으로 보낸다. 순전히 상상력의 작용이다. 여기 진짜는 없다.

어수선한 책상 위에 관대한 대출금이 있다.

"형, 형수는 진심으로 형을 사랑하지만, 잠깐만 떨어져 지냈으면 좋겠대. 믿고 의지하는 가족으로서 내게 부탁하더군. 형한테 그렇게 전해달라고. 그게 결혼을 지키는 최선의 방법이야. 저기, 결국 다 잘될 거야. 형이 월세를 밀리고 있다는 걸 진작 눈치챘어야 했는데. 하지만. 제발 그러겠다고 말해줘. 이 돈 받고, 형수한테 혼자만의 시간을 좀 줘."

그들 사이의 책상 위에 5천 파운드가 지저분한 50파운드 지폐로, 냄새나는 다섯 개의 붉은 돈다발로 놓여 있다. 그 양쪽으로는 대충 쌓아놓은 시집과 타이핑한 원고, 뾰족하게 깎은 연필, 그리고 담배꽁초가 수북이 쌓인 유리 재떨이 두 개, 2센티미터 남짓 남은 순한 토민톨 위스키 한 병, 죽은 파리 한 마리가 나자빠져 있는 크리스털 잔, 깨끗한 화장지에 놓인 아스피린 몇 알이 있다. 정직한 노동의 지저분한 흔적들이다.

내 짐작은 이렇다. 내 아버지는 평생 동생이라는 인물을 이해할 수 없었다. 이해하려는 노력을 기울일 가치가 있다고 생각한 적도 없다. 그리고 존은 대립을 좋아하지 않는다. 그는 책상 위 돈에 시선을 보내려 하지 않는다. 자신이 원하는 건 집으로 돌아가 아내, 아기와 함께 있는 것뿐이라고 설명할 생각은 못 한다.

대신 이렇게 말한다. "이거 어제 들어왔는데, 올빼미에 대한 시 한 편 들어볼래?"

클로드는 어릴 때부터 형의 이런 엉뚱한 행동이 싫었다. 그는 고개를 흔든다. 제발 나 좀 살려줘. 하지만 이미 늦었다.

내 아버지의 각질로 덮인 손에 타이핑한 원고 한 장이 들려 있다.

"Blood-wise fatal bellman(피처럼 치명적인 야경꾼)." 그가 낭독을 시작한다. 그는 강약 3보격의 시를 좋아한다.

"돈을 안 받겠다는 거군." 동생이 볼멘소리로 끼어든다. "난 상관없어." 그는 은행가의 벌레 같은 손가락으로 지폐 다발을 끌어모아 책상에 대고 탁탁 쳐서 가장자리를 맞춘 후 어디선가 꺼낸 고무줄로 묶어 이 초 만에 은단추 달린 블레이저 안주머니에 집어넣고 열이 오르고 넌더리 난다는 얼굴로 일어선다.

내 아버지는 서두르지 않고 두번째 행을 읽는다. "We quaintly thrill to a shrieking cruelty(우리는 울부짖는 잔혹함에 진기한 전율을 느낀다)." 그러곤 낭송을 중단하고 부드럽게 묻는다. "가야 하니?"

아무리 가까이서 지켜본 관찰자라도 그 형제간의 속기를, 그 대화의 시간 제약적 슬픔을 해독할 수 없을 것이다. 그 속도, 그 규칙들은 너무 오래전에 정해져서 수정이 불가능하다. 클로드의 상대적인 부는 인정받지 못하고 지나간다. 그는 부족하고, 억눌려 있으며, 분노한 동생으로 남는다. 내 아버지는 세상에 살아 있는 가장 가까운 핏줄 때문에 당혹스러워하지만, 그건 그저 희미한 감정일 뿐이다. 그는 자신의 입장에서 물러서려 하지 않으며, 그의 말들은 조롱처럼 들린다. 하지만 조롱하는 게 아니다. 차라리 조롱이 낫지, 그는 아예 신경쓰고 있지 않고 자신이 신경쓰고 있지 않다는 사실조차 잘 모른다. 월세든 돈이든 클로드의 제안이든. 하지만 배려심 있는 사람인지라 일어나서 정중히 손님을 배웅하고, 그 일이 끝나자 다시 책상에 앉는다. 거기 있던 돈은 이미 잊혔고 클로드 역시 마찬가지다. 그는 다시 한 손에 연필을, 다른 한 손에 담배를 든다. 그에게 중요한 단 하나의 일인 인쇄소에 보낼 시 교정 작업을 이어갈 것이고, 물에 희석한 위스키를 마시는 여섯시가 되어서야 고개를 들 것이다. 그리고 우선 크리스털 잔의 죽은 파리를 버릴 것이다.

나는 긴 여행을 끝낸 것처럼 자궁으로 돌아온다. 발코니에서는 아무것도 변하지 않았다. 내가 좀더 취한 걸 빼고는. 트루디는 내가 돌아온 걸 환영하듯 병에 있는 와인을 잔에 다 따른다. 플라스틱 덩이들이 냉기를 잃어서 와인은 미지근했지만 그녀가 옳다. 지금 다 마셔버리는 게 낫다. 신선도가 오래 유지되지 않을 것이다. 여전히 산들바람이 마로니에 잎을 흔들고 오후의 자동차 소리는 커져간다. 해가 떨어지면서 날은 더 더워지는 느낌이다. 하지만 나는 더위 따위 신경쓰지 않는다. 마지막 소비뇽 블랑이 도달할 때 나는 생각을 고쳐먹으려고 애쓴다. 나는 이곳을 떠났었다. 사다리도, 밧줄도 없이 철조망 너머로 새처럼 자유롭게 도망쳤다. 나의 지금과 여기를 뒤로하고서. 그러니까 내게는 인생의 한계가 통하지 않았다. 나는 언제든 여기를 떠나 클로드를 집에서 쫓아내고, 아버지의 출판사로 찾아가 눈에 보이지 않는 애정 어린 스파이가 될 수 있다. 영화가 이만큼 좋을까? 나중에 알게 될 것이다. 이런 여행을 고안해 밥벌이를 할 수도 있으리라. 하지만 제한적인 진짜 현실 역시 흥미진진하며, 나는 어서 클로드가 돌아와 실제로 일어난 일에 대해 말해주기를 초조하게 기다린다. 내가 본 건 사실과 다를 것이다.

어머니도 궁금해서 안달이 나 있다. 그녀가 두 사람을 위해 마신 게 아니라면, 내가 나눠 마시지 않았더라면 그녀는 바닥에 누워버렸을 것이다. 이십 분 후 우리는 안으로 들어가서 서재를 지나 위층의 침실로 올라간다. 이 집에서는 맨발로 돌아다니려면 조심해야 한다. 발밑에서 무언가가 으스러지고 어머니가 비명을 내지른다. 그녀가 난간을 향해 몸을 날리자 나도 함께 요동치며 기우뚱한다. 그녀가 발바닥을 살펴보는 동안 우리 자세는 안정적이다. 차분하게 욕설을 웅얼거리는 것으로 보아 분명 피가 나지만 심한 건 아니다. 그녀는 아무렇게나 벗어던진 옷가지와 신발, 내가 생기기 전의 여행들에 가져갔다가 풀다 만 여행가방이 흩어져 있을 지저분한 미색 카펫에 자취를 남기며 절뚝절뚝 침실을 가로지른다.

우리는 소리가 울리는 욕실에 도착한다. 내가 들은 바로는 크고 지저분한 난장판이다. 트루디는 서랍을 열어 달그락거리고 바스락거리며 조급하게 뒤지더니 다른 칸을 열고 세번째 서랍에서 상처에 붙일 반창고를 발견한다. 그녀는 욕조 가장자리에 앉아 다친 발을 반대편 무릎 위로 올린다. 작은 끙끙거림과 짜증 섞인 씨근덕거림이 상처에 손이 잘 닿지 않음을 말해준다. 내가 앞에 무릎을 꿇고 앉아 도와줄 수 있다면 얼마나 좋을까. 그녀는 젊고 날씬하지만 나 때문에 배불뚝이가 되어 앞으로 몸을 숙이기가 쉽지 않다. 그녀는 더 안전하게 바닥을 치우고 딱딱한 타일에 내려앉는다. 하지만 그래도 쉽지 않다. 다 내 탓이다.

우리가 거기서 그러고 있는데 클로드의 목소리가 들려온다. 그는 아래층에서 소리치고 있다.

"트루디! 이런 세상에. 트루디!"

다급한 발소리가 들려오고 그가 다시 그녀의 이름을 외친다. 그러고는 욕실에서 들리는 그의 거친 숨소리.

"거지같은 유릿조각에 발을 벴어."

"침실이 온통 피야. 난 또……" 그는 내가 죽었기를 바랐다는 말은 하지 않는다. 대신 이렇게 말한다. "내가 해줄게. 먼저 상처를 닦아야 하는 거 아닌가?"

"그냥 붙여."

"가만히 있어." 이제 그가 끙끙거리고 씨근덕거린다. 그러다가 말한다. "술 마셨어?"

"닥치고, 반창고나 붙여."

이윽고 반창고를 붙인 다음 그는 일어나는 그녀를 부축한다. 우리는 함께 흔들린다.

"세상에! 얼마나 마신 거야?"

"한 잔."

그녀는 다시 욕조 가장자리에 앉는다.

그는 뒤로 물러나 침실로 갔다가 잠시 후 돌아온다. "카펫 핏자국이 안 지워지겠어."

"뭐로 좀 문질러봐."

"정말이야. 안 지워져. 보라고. 여기 핏자국 있잖아. 직접 해봐."

나는 클로드가 그렇게 직설적으로 말하는 걸 거의 듣지 못했다. "할 수 있어"란 말 이후로는 아예 못 들었고.

어머니도 그런 변화를 감지하고 묻는다. "어떻게 됐어?"

이제 그는 불만에 찬 우는소리를 한다.

"형이 돈은 받았는데, 나한테 고맙다고도 안 했어. 그리고 말이야, 형이 쇼어디치 집에서 나오겠다고 했어. 여기로 다시 들어오려고. 자기가 아무리 아니라고 해도 자기한테는 형이 필요하대."

욕실의 메아리가 잦아든다. 그들은 생각에 잠겨 침묵 속에서 숨소리만 내고 있다. 내 짐작으로 그들은 서로를 바라보고 있다. 길고 웅변적인 시선으로 서로의 눈을 들여다보고 있다.

"상황이 그래." 이윽고 그가 평소처럼 실없이 말한다. 그리고 기다렸다가 덧붙인다. "그래서?"

그 말에 어머니의 심장박동이 조금씩 속도를 높여간다. 빨라지기만 하는 게 아니라 고장난 빈 배관이 쿵쿵 울리는 것처럼 요란해진다. 그녀의 배에서도 무슨 일이 일어난다. 창자가 찍찍 늘어나는 소리를 내며 이완 운동을 하고 그 위쪽 내 발 위 어디선가 체액이 구불구불한 관들을 따라 미지의 목적지로 내달린다. 그녀의 횡격막이 올라간다. 나는 귀를 자궁벽에 더 바싹 붙인다. 이런 크레셴도 탓에 자칫 중요한 사실을 놓치기 쉬워진 것이다.

육체는 거짓말을 못하지만 정신은 딴 나라라. 이윽고 입을 연 어머니의 목소리는 부드럽고 잘 절제되어 있다. "나도 동의해."

클로드가 가까이 다가와 속삭임이나 다름없이 작은 소리로 말한다. "하지만. 어떻게 생각해?"

그들은 키스를 하고 그녀가 떨기 시작한다. 나는 그의 두 팔이 그녀의 허리를 감싸는 걸 느낀다. 그들은 소리 없는 혀로 다시 키스한다.

그녀가 말한다. "무서워Scary."

자기들끼리만 통하는 그 농담에 그가 대꾸한다. "털북숭이Hairy."

하지만 그들은 웃지 못한다. 나는 클로드가 그녀에게 사타구니를 들이미는 걸 느낀다. 이런 때 성적으로 흥분하다니! 나는 얼마나 아는 게 없는지. 그녀가 그의 바지 시셔를 찾아 아래로 내리고 애무하는 사이 그의 집게손가락이 구부러진 채 그녀의 짧게 자른 반바지 속으로 들어간다. 나는 그 손가락이 내 이마를 자꾸 누르는 걸 느낀다. 우리는 위층으로 올라가게 될까? 아니, 다행히도 그가 이야기를 이어간다.

"결정해."

"겁이 나."

"하지만 기억해. 앞으로 육 개월 뒤. 은행에 700만 파운드를
넣어놓고 내 집에서 사는 거야. 그리고 아기는 어딘가에 두고.
하지만. 뭘 해야. 음. 할까?"

자신의 현실적인 질문에 흥분이 식은 그는 손가락을 뺀다. 하
지만 진정되기 시작하던 그녀의 맥박은 그 질문에 다시 달음박
질친다. 섹스가 아니라 위험 때문에. 그녀의 피가 먼 곳의 포격
소리처럼 내 귀를 때리고 나는 그녀가 하나의 선택과 씨름하는
걸 느낀다. 나는 그녀의 생각과 분리되지 않은 그녀의 몸속 한
기관이다. 나는 그녀가 하려는 일에 가담하고 있다. 이윽고 그녀
의 결정이, 그녀의 속삭이는 명령이, 그녀의 배반의 한마디가 나
올 때 그것은 경험 없는 내 입에서 직접 나오는 듯하다. 그들이
다시 키스할 때 그녀가 연인의 입안에 대고 말한다. 아기의 첫번
째 말.

"독."

5

태아는 얼마나 자기중심적이 되는지. 트루디가 맨발로 거실 소파에 누워 잠으로 다섯 잔의 술기운을 달래는 동안 더러운 우리집은 동쪽으로 나아가 짙은 밤 속으로 들어가고, 나는 어머니의 독만큼 삼촌의 두고에 매달린다. 마치 턴테이블 앞에 웅크리고 끽끽거리며 샘플링하는 디제이처럼 그 말을 찾아 뽑아낸다. 그리고…… 아기는 어딘가에 두고. 반복할수록 그 말은 진실처럼 깨끗이 닦이고 미리 계획된 나의 미래는 투명하게 빛난다. 둔다는 말은 버린다의 기만적인 동의어다. 아기가 나인 것처럼. 어딘가에 역시 거짓말이다. 무정한 어머니! 그것은 파멸, 나의 추락이 될 것이다. 원치 않는 아기들이 고아가 되어 신분 상승을 하는 건 동화에서나 있는 일이다. 케임브리지 공작부인이 나를 떠맡는 일 따위는 없을 것이다. 자기연민이라는 단독 비행이 나를 데려다주는 곳은 가끔 어머니가 위층 침실 창가에서 슬프게 올려다본다는 냉혹한 고층 아파트 13층이다. 어머니는 그곳을 바라보며, 너무도 가까운데 스와트 계곡*만큼 멀게 느껴진다고 생각한다. 그곳에 산다고 상상해보라.

그렇다. 나는 책도 없이 컴퓨터 장난감이나 갖고 놀고, 설탕과 지방을 섭취하면서, 머리를 얻어맞으며 자랄 것이다. 진짜 아프게 맞으면서. 잠자리에서 동화책을 읽어주며 나의 유아기 뇌의 유연성을 높이는 일 따위는 없을 것이다. 현대 영국 서민의 호기심 없는 정신세계. 유타의 구더기 양식은 어떨까? 불룩한 가슴에 군복무늬 바지 차림으로 텔레비전 소음과 간접흡연의 뿌연 연기에 묻힌 까까머리 세 살 소년, 불쌍한 나. 양어머니의 문신한 부은 발목이 비틀거리며 지나가고, 그녀의 다혈질 남자친구의 사나운 개가 그 뒤를 따른다. 사랑하는 아버지, 이 절망의 계곡에서 저를 구해주세요. 저를 저세상으로 데려가주세요. 어딘가에 두어지느니 차라리 아버지 곁에서 독을 마시게 해주세요.

전형적인 임신 말기의 방종. 내가 영국 빈민에 대해 아는 모든 것은 텔레비전과 소설식 조롱을 담은 비평을 통해 들은 것이다.

---

* 파키스탄 북부 스와트 강의 계곡.

나는 아무것도 모른다. 하지만 나의 합리적인 의심에 따르면, 가난은 모든 면에서의 박탈이다. 그 13층에 살면서 하프시코드 레슨을 받을 수는 없다. 부르주아적 삶의 대가가 위선뿐이라면, 나는 기꺼이 그 삶을 선택하며 싸게 먹혔다고 여길 것이다. 거기에 곡물을 비축해 부자가 될 것이고 문장紋章을 가질 것이다. NON SANZ DROICT(자격 없이 얻지 못하리).* 나는 어머니의 사랑을 받을 자격이 있고 그건 절대적이다. 나를 버리려는 어머니의 계획에는 동의할 수 없다. 추방되는 것은 내가 아닌 그녀일 것이다. 나는 이 미끄러운 탯줄로 그녀를 묶어둘 것이다. 내 생일에 기진맥진한 신생아의 시선으로, 외로운 갈매기의 울부짖음으로 그녀의 심장에 작살을 꽂을 것이다. 그러면 그녀는 강압적인 사랑에 굴복해 나의 충실한 유모가 되고 그녀에게 자유는 멀어져가는 고국의 해안을 의미할 것이다. 트루디는 클로드의 소유가 아닌 내 소유가 될 것이며, 나를 버리는 건 그녀의 흉곽에서 젖가슴을 뜯어내 배 밖으로 던지는 일일 것이다. 나도 무정할 수 있다.

---

* 셰익스피어 가문의 문장에 새겨진 라틴어 문구.

*　　　*　　　*

그렇게 나는, 아마도 술기운에 젖어서 과대망상을 이어가고 마침내 트루디가 몇 번 신음소리를 내며 일어나 소파 아래 샌들을 더듬어 찾는다. 우리는 절룩거리며 습한 부엌으로 내려간다. 불결함이 거의 가려질 정도로 어둑어둑한 그곳에서 그녀는 몸을 구부려 수도꼭지에서 나오는 찬물을 오래도록 마신다. 아직 비치웨어 차림이다. 그녀가 불을 켠다. 클로드는 흔적도 없고, 메모도 보이지 않는다. 우리는 냉장고로 가고, 그녀가 희망을 품고 문을 연다. 나는 그녀의 창백하고 우유부단한 팔이 차가운 빛 속에서 망설이는 걸 본다―아직 시험을 거치지 않은 나의 망막에 그 모습이 맺혔다고 상상한다. 나는 그녀의 아름다운 팔을 사랑한다. 한때 살아 있었으나 이제 진물이 나오는 무언가가 아래칸 종이봉지 속에서 움직이는 듯하자 그녀는 경외에 찬 혁 소리를 내며 냉장고 문을 닫는다. 우리는 부엌을 가로질러 건조식품을 둔 찬장으로 가고, 거기서 조미땅콩 봉지를 발견한다. 잠시 후 나는 그녀가 연인에게 전화 거는 소리를 듣는다.

"아직 집이야?"

그녀의 땅콩 씹는 소리 때문에 나는 그의 대답을 들을 수 없다.

"그러면." 그녀가 듣고 있다가 말한다. "이리 가져와. 우리 애기 좀 해."

수화기를 가만히 내려놓는 그녀의 움직임에 나는 그가 이리로 올 것임을 예감한다. 그것만으로도 충분히 기분이 나쁘다. 그런데 첫 두통까지 찾아와 이마에 촌스럽게 화려한 스카프를 두른 듯 자유분방한 통증이 트루디의 맥박에 맞춰 춤을 춘다. 트루디도 통증을 느낀다면 진통제를 찾을 것이다. 원칙적으로 이 두통은 그녀의 것이다. 하지만 그녀는 다시 용감하게 냉장고를 열고 문 위쪽 투명한 아크릴 칸에서 악惡만큼이나 오래되고 금강석만큼이나 단단한 20센티미터 크기의 쐐기 모양 유물 파마산 치즈를 찾아낸다. 만일 그녀가 거기 이를 박아넣을 수 있다면, 땅콩에 이어 두번째 소금 물결이 몸 어귀로 흘러들어와 우리의 피를 염분 섞인 습지 진흙처럼 만들고 우리는 함께 고통받을 것이다. 물, 그녀는 물을 더 마셔야 한다. 나의 두 손이 관자놀이를 찾아 위로 올라간다. 삶이 시작되기도 전에 이런 고통을 겪다니, 부당하기 짝이 없는 일이다.

오래전 나는 고통이 의식을 낳았다는 주장을 들은 적이 있다. 단순한 생명체는 심각한 손상을 피하기 위해 주관적 순환고리, 즉 감각 경험이라는 채찍과 회초리를 진화시킬 필요가 있다. 머릿속에는 그저 경고의 빨간불만 있는 게 아니라—누가 거기서 그걸 보겠는가?—고통스러운 찌름과 쑤심, 욱신거림도 있다. 역경은 우리에게 의식을 강요했고, 우리가 불에 너무 가까이 갈 때, 무리하게 사랑할 때 그 의식이란 것이 작동해 우리를 깨문다. 그렇게 경험된 감각들은 자아 창조의 시작점이다. 그런 이유로 똥을 혐오스러워하고, 절벽과 낯선 사람들을 두려워하고, 모욕과 호의를 기억해두고, 섹스와 음식을 좋아하게 되는 게 아닐까? 신은 말씀하셨다. 고통이 있으라. 그리고 거기 시가 있었다. 결국.

그렇다면 두통은, 마음의 고통은 무엇을 위함인가? 나는 무엇에 대한 경고를, 무엇을 하라는 지시를 받고 있는가? 근친상간을 저지른 네 삼촌과 어머니가 아버지를 독살하지 못하게 하라. 거꾸로 뒤집힌 채 빈둥거리며 소중한 나날을 허비하지 마라. 태어나서 행동하라!

그녀는 숙취의 신음소리, 선택성 질병의 멜로디와 함께 부엌 의자에 앉는다. 오후에 술을 마시면 그날 저녁은 선택의 폭이 넓지 않다. 사실 두 가지뿐이다. 후회하거나, 아니면 술을 더 마신 다음 후회하거나. 그녀는 첫번째를 선택했지만 아직은 이르다. 식탁 위의 치즈는 이미 잊었다. 클로드는 어머니가 나를 제거한 뒤 백만장자가 되어 살게 될 곳에서 이리로 오고 있다. 운전을 배운 적이 없어 택시를 타고 런던을 가로질러 올 것이다.

나는 있는 그대로의 모습을 하고 있을 그녀를 상상해본다. 젊은이답게(나는 이 부사를 고집한다) 식탁에 고꾸라진, 임신이 무르익은 스물여덟의 여인. 금발을 색슨족 전사처럼 땋았고, 사실성의 범주를 넘어설 정도로 아름다우며, 나만 아니라면 날씬하고, 거의 알몸이고, 팔뚝이 분홍빛으로 탔으며, 식탁 위 한 달쯤 된 달걀 노른자 자국이 번들거리는 접시와 집파리들이 날마다 구토를 하는 토스트 부스러기와 설탕가루, 악취나는 상자와 지저분한 수저, 국물이 말라붙어 꾸덕꾸덕해진 광고우편 봉투 사이를 비집고서 팔꿈치를 내려놓았다. 나는 그녀를 보고 그녀를 사랑하려고 애쓴다. 응당 그래야 하니까. 그리고 그녀의 짐들을 생각한다. 그녀가 연인으로 택한 악당, 그녀가 버린 성자, 그녀가 찬성한 행동, 그녀가 낯선 사람들에게 넘길 사랑하는 아이. 그래도 여전히 그녀를 사랑하는가? 만일 아니라면, 그녀를 사랑한 적이 없는 것이다. 하지만 나는 사랑했다, 사랑했다. 그리고 사랑한다.

그녀는 잊고 있던 치즈를 떠올리고 가장 가까이 있는 도구를 집어 야무지게 자른다. 한 조각이 둑 살리자 입에 넣고 그 마른 돌덩이 같은 걸 빨면서 자신의 상태에 대해 생각한다. 몇 분이 지나간다. 나는 그녀의 상태가 좋지 않다고 생각한다. 지금 먹는 염분은 그녀의 눈과 뺨에 필요할 테니 결국 우리의 피는 습지 진흙이 되지는 않겠지만. 어머니의 울음소리가 아들의 가슴을 꿰

뚫는다. 그녀는 자신이 만든 반박 불가의 세계에 직면해 있으며, 그 새로운 임무는 모두 스스로 동의한 것이다. 다시 나열해보자면—존 케언크로스를 죽이고, 그가 상속한 재산을 팔고, 돈을 나누고, 아이를 버리는 것. 울어야 할 사람은 나다. 하지만 태어나지 않은 아이란 근엄한 스토아주의자요 물속에 잠긴 부처이며, 표정이 없다. 우리의 열등한 친척인 빽빽 울어대는 아기들과 달리 우리는 세상일의 본질 속에 눈물이 있음을 받아들인다. Sunt lacrimae rerum(인간사에는 눈물이 있다).* 아기의 울음은 그 점을 전혀 이해하지 못한 행동이다. 기다림이 정답이다. 그리고 생각하는 것!

트루디는 연인이 현관에서 그녀가 좋아하는 특대형 브로그**로 쓰레기를 헤치며 욕설을 지껄이는 소리가 들려올 때쯤에는 회복이 된 상태다. (그는 집 열쇠를 갖고 있다. 초인종을 울려야 하는 사람은 내 아버지다.) 클로드가 지하실 부엌으로 내려온다. 바스락거리는 소리는 비닐봉지에서 나는 것으로 식료품이나 살인도구, 혹은 그 둘 다가 들어 있을 것이다.

그는 트루디의 기분이 달라진 걸 단박에 알아채고 말한다. "울

---

* 베르길리우스의 『아이네이스』 중 한 구절.
** 앞코를 스티치나 구멍으로 장식한 옥스퍼드 구두.

고 있었군."

염려라기보다는 사실에 대한 의견이나 명령에 더 가깝다. 트루디는 어깨를 으쓱하고 그를 외면한다. 그는 비닐봉지에서 병 하나를 꺼내 그녀가 상표를 볼 수 있는 위치에 무겁게 내려놓는다.

"2010년산 퀴베 레 카요트 상세르 장막스 로제야. 기억나? 이 사람 이웃 디디에 다그노*가 비행기 사고로 죽었잖아."

그가 죽음에 대한 이야기를 한다.

"시원한 화이트와인이라면 좋아."

그녀는 잊었다. 웨이터가 촛불을 뒤늦게 켰던 그 레스토랑. 그녀는 그때 그 와인을 좋아했고 나는 훨씬 더 좋아했었다. 코르크 마개 따는 소리, 유리잔 쟁그랑거리는 소리가 들리고—그 잔들이 깨끗하길 바란다—클로드가 와인을 따른다. 나는 싫다고 말할 수 없다.

"건배!" 트루디의 목소리가 금세 부드러워진다.

술을 가득 따른 클로드가 말한다. "무슨 일이었는지 말해."

트루디는 목구멍이 죄어드는 걸 느끼며 이야기를 시작한다. "우리 고양이 생각이 나서 그랬어. 내가 열다섯 살이었을 때였지. 이름은 헥터였고, 사랑스러운 늙은 고양이었어. 가족의 사

---

* 루아르 지역을 대표하는 와인 생산자.

랑을 독차지했지. 나보다 두 살이 많았어. 검은색 털에 흰 양말을 신고 흰 턱받이를 한 것 같았지. 어느 날 더러운 기분으로 학교에서 돌아왔는데, 고양이가 식탁 위에 올라가 있는 거야. 거기 올라가는 건 금지였는데, 먹을 걸 찾으러 간 거지. 내가 세게 한 대 쳤더니 휙 날아가서 바닥에 내려앉았는데 늙은 뼈가 부러지는 소리가 났어. 그후로 며칠 동안 모습이 보이지 않았어. 우리 가족은 나무며 가로등 기둥에 고양이 찾는 포스터를 붙였지. 그러다 마침내 찾았는데, 담장 근처 수북이 쌓인 낙엽 위에 누워 있었어. 죽으려고 몰래 나간 거야. 너무너무 불쌍한 헥터, 몸이 뼈처럼 딱딱했어. 이 말을 절대 입 밖에 내지 않았지만, 도저히 그럴 수 없었지만, 난 알아, 고양이를 죽인 건 나였어."

장차 벌일 사악한 일 때문도, 잃어버린 순수 때문도, 남에게 줘버릴 아이 때문도 아니었다. 그녀는 다시 울기 시작한다. 아까보다 심하게.

"갈 때가 된 고양이였잖아." 클로드가 말한다. "자기가 죽였다는 걸 어떻게 알아."

이제 트루디는 흐느끼며 말한다. "내가 죽였어, 내가. 내가 그랬다고! 아, 하느님!"

안다, 나도 안다. 그 말을 어디서 들었더라?—그는 자신의 어머니를 죽일 수는 있어도 회색 바지는 못 입는단 말이지*—하지만 관

대해지자. 배와 가슴이 터질 듯 부풀어오른 젊은 여인, 그녀에게는 신이 명령한 고통이 다가오고 있다. 젖과 똥, 수면 부족의 길을 따라 매혹적이지 못한 임무들의 신천지를 지나야 하며, 잔인한 사랑이 그녀의 삶을 빼앗을 것이다—그리고 늙은 고양이의 유령이 자신의 빼앗긴 삶에 대한 복수를 요구하며 양말 신은 발로 살금살금 그녀를 따라다닌다.

그렇기는 해도, 냉혹한……를 꾸미고 있는 여자가…… 때문에 눈물을 흘리다니. 그것이 무엇인지는 말하지 말자.

"고양이는 아주 골칫덩어리가 될 수 있지." 클로드가 유익한 조언이라도 해주듯 말한다. "가구에 대고 발톱을 갈기도 하고. 하지만."

다음에 반대되는 말은 이어지지 않는다. 우리는 트루디가 실컷 울 때까지 기다린다. 그러고 나면 잔을 다시 채울 때다. 안 될 게 뭔가? 술을 몇 모금 마시고 중화를 위한 휴식이 이어진 후 그가 다시 부스럭거리며 비닐봉지에서 다른 와인을 한 병 꺼낸다. 내려놓는 소리가 아까보다 조용하다. 플라스틱병이다.

이번에는 트루디가 상표를 읽지만 입 밖으로 내지는 않는다.

---

* 『율리시스』에서 인용. 살아 있는 동안 소홀했던 어머니의 사후 애도 기간에 검은 상복만 입겠다는 의지를 비꼬는 대목이다.

"이 여름에?"

"부동액에는 에틸렌글리콜이라는 좋은 성분이 들어 있지. 이웃집 개한테 한번 써먹은 적이 있어. 덩치가 산만한 독일셰퍼드였는데 밤낮으로 짖어대서 사람 미치게 만들더군. 어쨌든. 무색, 무취에, 맛도 좋아. 달지, 스무디처럼. 음. 신장을 망가뜨리고 극심한 고통을 줘. 날카롭고 미세한 크리스털 조각이 세포를 저미는 것 같다고. 그는 주정뱅이처럼 비틀거리면서 혀 꼬부라진 소리를 하겠지만 술냄새는 안 날 거야. 욕지기, 구토, 과호흡, 발작, 심장마비, 혼수상태, 신부전. 막을 내리는 거지. 누가 치료한다고 일을 망치지 않는 한 시간도 좀 걸려."

"흔적은 안 남아?"

"어떤 방법이든 흔적은 남지. 장점을 생각해야 한다고. 구하기 쉬워. 여름에도. 카펫 세제도 효과는 있지만 맛이 별로야. 이 방법이 하기도 좋고. 잘될 거야. 우린 그 순간에 자기가 연관되지 않게만 조심하면 돼."

"나? 자기는 어쩌고?"

"걱정 마. 난 연관되지 않을 거야."

내 어머니는 그런 뜻으로 한 말이 아니었지만 그냥 넘어간다.

6

트루디와 나는 다시 취기가 오르면서 기분이 좋아지지만, 클로드는 나중에 마시기 시작한데다 몸집도 커서 아직 멀었다. 트루디와 내가 상세르 두 잔을 함께 마시고, 클로드는 나머지를 마신 다음 비닐봉지에서 레드와인을 꺼낸다. 글리콜이 든 회색 플라스틱병은 빈 와인 병 옆에 우리의 술자리를 지키는 보초병처럼 서 있다. 아니면, 메멘토 모리처럼. 시큼한 화이트와인 다음에 마시는 피노 누아르는 어머니의 부드러운 손길이다. 아, 이런 포도가 존재하는 동안 살아 있다니! 이 포도는 하나의 꽃, 평화와 이성의 꽃다발이다. 병의 상표는 아무도 읽고 싶어하는 것 같지 않으니 나로선 추측만 할 수 있을 뿐이다. 혹시 에셰조 그랑크뤼? 클로드의 남근이나 그보다는 스트레스가 덜한 총을 내 머리에 갖다대고 포도원 이름을 말하라고 한다면, 나는 무심결에 로마네콩티라고 내뱉을 것이다. 톡 쏘는 까막까치밥나무 열매와 블랙체리의 향만으로도 알 수 있다. 제비꽃과 고급 타닌의 풍미는 폭염에 시달리지 않은 나른하고 온화했던 2005년의 여름을 암시한다. 동시에 옆방에서 풍기는 듯 감질나는 모카 향과 더 가깝게는 껍질이 검게 변한 바나나 향이 2009년 장 그리보의 포도원을 떠올리게도 한다. 하지만 정답은 알 수 없다. 문명의 정점에서 형성된 여러 향의 음울한 앙상블이 다가와 나를 통과할 때 나는 공포 한가운데서 사색에 잠긴 자신을 발견한다.

내 무력함이 일시적인 것이 아닐 수도 있다는 의심이 들기 시작한다. 내가 인간의 몸으로 감당할 수 있는 모든 힘을 갖게 되었다고 하자. 나는 조각 같은 근육과 길고 차가운 시선의 소유자인 내 젊은 흑표범 자아를 되찾아와 가장 극단적인 방법을 지시한다—삼촌을 죽이고 아버지를 구하라. 그의 손에 무기를, 타이어 렌치나 냉동된 양 다리를 들려주고 삼촌의 의자 뒤에 서서 부동액을 보고 분노하게 만든다. 스스로에게 물어보라. 그—나—가 그 털에 덮인 혹 모양 두개골을 박살내 지저분한 식탁 위로 회색 내용물이 쏟아지게 할 수 있을까? 그런 다음 유일한 목격자인 어머니를 살해하고 두 구의 시체를 지하실 부엌에서 처리하는, 꿈에서나 가능한 그 임무를 해낼 수 있을까? 그러고서 부엌을 깨끗이 치운다—그 또한 불가능한 임무 아닐까? 감옥에서의 전망도 추가하자면, 미치도록 따분할 테고 다른 사람들, 최고의 인물은 아닌 그들 때문에 지옥 같을 것이다. 힘까지 센 감방 동료는 삼십 년 동안 낮시간대 방송을 온종일 보고 싶어할 것이다. 그의 뜻을 거스르겠다고? 그럼 그가 누레진 베갯잇에 돌멩이를 채우고선 나를 향해, 나 자신의 혹 모양 두개골을 향해 천천히 시선을 돌리는 모습을 지켜보게 될 것이다.

최악의 경우를 가정하자면, 그 일이 벌어지는 것이다—내 아버지의 마지막 남은 신장 세포들이 크리스털 조각 같은 독에 베인다. 그가 폐와 심장을 무릎에 토해낸다. 고통, 그다음은 혼수상태, 그다음은 죽음. 그렇다면 복수는? 나의 아바타는 어깨를 으쓱하고 코트를 집어들고선, 현대 도시국가에서는 명예살인이 발붙일 자리가 없다고 웅얼거리며 나간다. 그에게 자기변호를 허락해보라.

'법을 직접 손아귀에 쥐는 것—그것은 반목하는 늙은 알바니아인들과 이슬람 부족 분파에게 남겨진 구닥다리 유물이다. 복수는 죽었다. 나의 젊은 친구여, 홉스의 말이 옳았다. 국가가 폭력의 독점권을, 우리 모두에게 외경심을 심어줄 공동의 힘을 가

저야 한다.'

'그러니, 친절한 아바타여, 지금 리바이어던에게 전화하라, 경찰을 불러 그들에게 조사를 맡겨라.'

'뭘 조사하지? 클로드와 트루디의 블랙 유머?'

순경: '부인, 식탁 위의 이 글리콜은 뭡니까?'

'배관공이 추천해줬어요. 우리집 낡은 라디에이터가 겨울에 얼지 않도록 쓰라고요.'

'그렇다면 친애하는 미래의 최고의 나여, 쇼어디치로 가서 내 아버지에게 네가 아는 모든 사실을 전하라.'

'그가 사랑하고 숭배하는 여인이 그를 살해할 계획을 세우고 있다고? 그런 정보를 어떻게 입수했다고 하지? 나도 그 잠자리 밀담에 끼었거나 침대 밑에 숨어 있었다고?'

힘과 능력을 갖춘 이상적 형태의 존재도 그런 식이다. 그렇다면 장님에 벙어리 신세로 위아래가 뒤집힌 채, 장차 살인자가 될 여자의 동맥혈과 정맥혈로 이루어진 치마폭에 싸여 안전하게 보호받고 있는, 아직 태어나지도 못한 나는?

쉿! 공모자들이 이야기하고 있다.

"나쁘지 않아." 클로드가 말한다. "형이 여기로 다시 들어오고 싶어하는 거 말이야. 적당히 버티는 척하다가 받아주는 거지."

"아, 그래." 트루디가 비꼬는 어조로 차갑게 말한다. "그러고는 환영의 스무디를 만들어주고."

"그런 말은 안 했어. 하지만."

하지만 나는 한 것이나 마찬가지라고 생각한다.

그들은 말을 멈추고 생각에 잠긴다. 내 어머니가 와인 잔을 향해 손을 뻗는다. 그녀가 술을 마시자 목구멍 후두개가 끈적거리며 오르내리고, 그 유동물은 그녀의 천연 길목을 세차게 흘러내려와—많은 경우 그러하듯—내 발바닥 근처를 지나고 안쪽으로 커브를 돌아 내게로 향한다. 내가 어떻게 그녀를 싫어할 수 있겠는가?

그녀가 잔을 내려놓으며 말한다. "여기서 그 사람을 죽게 할 순 없어."

그녀는 그의 죽음에 대해 너무 쉽게 말한다.

"맞아. 쇼어디치가 낫지. 자기가 그리 찾아가면 돼."

"옛정을 생각해 빈티지 부동액 한 병을 들고서!"

"피크닉을 가는 거야. 훈제 연어, 양배추 샐러드, 핑거 초콜릿. 그리고…… 그거."

"하!" 내 어머니에게서 폭발적으로 터져나오는 회의감을 제대로 표현하기 어렵다. "나는 그를 버리고, 그의 집에서 내쫓고, 애인까지 하나 만들었어. 그런데 피크닉에 데려간다!"

심지어 나조차도 "애인까지 하나"라는 말에 삼촌이 느낄 불쾌감을 이해할 수 있다—이름 모를 다수, 앞으로 생길 다수 중 하나라는 의미로 들리니까. "하나"라니, "만들었어"라니. 불쌍한 인간. 그저 도와주려고 한 것뿐인데. 그는 무더운 부엌에서 금발을 땋아내리고 비키니 상의와 짧게 자른 반바지를 입은 젊고 아름다운 여인과 마주앉아 있다. 그녀는 부풀어오른 아주 탐스러운 과일, 그가 절대로 놓칠 수 없는 목표물이다.

"아니." 그가 아주 조심스럽게 말한다. 자존감에 상처를 입어 목소리가 높아졌다. "그건 화해야. 자기가 보상을 해주는 거지. 그에게 돌아오라고 말하는 거야. 같이 살자고. 그건 화해의 선물 같은 거고, 축하할 일이니 테이블보를 펼치는 거지. 행복하게!"

그는 그녀의 침묵이라는 보상을 얻는다. 그녀는 생각중이다. 나처럼. 나는 늘 하는 오래된 질문을 던진다. 정말이지 클로드는 얼마나 멍청한 거야?

용기를 얻은 그가 덧붙인다. "과일 샐러드도 고려해볼 만해."

그의 무미건조함에는 시詩가 깃들어 있다. 흔한 것에 활기를 불어넣는 일종의 허무주의. 아니면 반대로, 가장 타락한 생각조차 무력화시키는 평범함. 오직 그 자신만이 그걸 능가할 수 있고, 오 초쯤 생각한 후 그렇게 한다.

"아이스크림은 말도 안 되고."

그건 상식이다. 말할 가치나 있는지. 누가 부동액으로 아이스크림을 만들 생각을 하고 또 만들 수 있는가?

트루디가 한숨짓는다. 그녀는 속삭이듯 말한다. "클로드, 나는 한때 그를 사랑했어."

클로드는 내가 상상하는 트루디의 모습을 보고 있을까? 초록 눈빛이 흐릿해지면서 다시금 때이른 눈물 한 방울이 그녀의 광대뼈 위를 부드럽게 가로지른다. 그녀의 피부는 축축한 분홍빛이고, 땋은 머리에서 빠져나온 잔머리들이 천장 전등의 역광에 찬란한 필라멘트처럼 빛난다.

"우린 너무 어릴 때 만났어. 그러니까 내 말은, 너무 일찍 만났다는 거야. 육상 트랙에서. 그는 클럽 대표로 투창을 하는 중이었고 지역기록을 깼지. 창을 들고 달리는 그의 모습을 보고 난 무릎에 힘이 빠졌어. 그리스 신 같았거든. 일주일 후에 그가 나를 두브로브니크에 데려갔지. 우리 방에는 발코니도 없었어. 아름답다고들 하는 그 도시에서."

나는 부엌 의자가 불편하게 삐걱거리는 소리를 듣는다. 클로드는 호텔방 문 밖에 수북이 쌓인 룸서비스 트레이와 감상적인 침실의 흐트러진 시트, 페인트 옷을 입힌 합판 화장대에 거의 알몸으로 앉은 열아홉 살 아가씨, 그녀의 완벽한 등, 그 무릎에 놓인 무수한 세탁으로 얇아진 호텔 수건—품위를 향한 이별의 끄덕임을 본다. 질투심 때문에 존 케언크로스는 그 장면에서 군이 배제했지만, 거대한 모습으로 역시 알몸이다.

트루디는 연인의 침묵에 아랑곳하지 않고 자신도 목이 메어 말문이 막히기 전에 서둘러 목소리를 높인다. "그동안 그렇게 아기를 가지려고 애썼는데. 그러다 하필, 하필……"

하필! 무가치한 부사적 장신구다! 그녀가 내 아버지와 그의 시에 물렸을 즈음, 나는 제거하기엔 너무 잘 자리잡고 있었던 것이다. 그녀는 고양이 헥터를 위해 울었던 것처럼 지금 존을 위해 운다. 어쩌면 내 어머니의 천성은 두번째 살해까지는 감당할 수 없을지도 모른다.

"음." 이윽고 클로드가 하나마나 한 말을 한다. "이미 엎질러진 우유지."

피를 먹고사는 태아에게 우유는 역겨운 것이고 와인을 마신 후에는 특히 더 그렇지만 그래도 내 미래다.

클로드는 피크닉에 대한 아이디어를 말하기 위해 끈기 있게 기다린다. 자신의 라이벌을 위한 울음소리는 듣고 있어봐야 도움이 되지 않는다. 아니, 어쩌면 그게 정신을 집중시키는지도. 그는 손가락으로 식탁을 가볍게 두드린다. 그가 평소 하는 행동 중 하나다. 일어설 때는 바지 주머니에 있는 집 열쇠를 짤랑거리거나 쓸데없이 목청을 가다듬는다. 자기인식이 결여된 이런 공허한 몸짓은 사악하다. 클로드에게서 유황 냄새가 훅 끼쳐온다.

하지만 그 순간 우리는 하나와도 같다. 나 역시 연극의 결말을 궁금해하듯 그의 계획을 알고 싶은 역겨운 호기심에 흘려서 괴로워하며 기다리고 있으니까. 그녀가 우는 동안은 계획을 자세히 설명하기 어렵다.

잠시 후 그녀가 코를 풀고 쉰 목소리로 말한다. "어쨌든, 지금은 그가 미워."

"형은 당신을 너무 불행하게 만들었지."

그녀는 고개를 끄덕이고는 다시 코를 푼다. 이제 우리는 그가 말로 풀어놓는 브로슈어에 귀기울인다. 그의 태도는 그녀를 더 나은 삶으로 이끌어줄 방문 전도사 같다. 그는 내 어머니와 내가 마지막 치명적인 방문 전 쇼어디치에 최소한 한 번은 찾아가야 한다고 주장한다. 그녀가 거기 갔었던 걸 과학수사대에 들키지 않을 가망은 없다는 것이다. 그녀와 존이 다시 잘 지내고 있었음을 증명하는 게 도움이 될 거라고도 한다.

그는 자살처럼 보여야 한다고, 존 케언크로스가 독의 맛을 좋게 하기 위해 자기 손으로 칵테일을 만든 것처럼 보여야 한다고 말한다. 따라서 그녀는 쇼어디치를 마지막으로 방문할 때 글리콜과 매장에서 산 스무디의 빈병을 거기 놓고 올 것이다. 병에 그녀의 지문이 남아선 안 된다. 그녀는 손가락 끝에 왁스를 칠해야 한다. 그에게 마침 그게 있었다. 아주 좋은 물건이. 그녀는 존의 아파트를 나서기 전에 피크닉을 하고 남은 음식을 냉장고에 넣는다. 그 어느 용기나 포장지에도 그녀의 지문이 남아선 안 된다. 존이 혼자 먹은 것처럼 보여야 한다. 그녀는 그의 유산 수령인이므로 혹시 모의가 있었는지 조사를 받게 될 것이다. 따라서 이 집에서, 특히 침실과 욕실에서 클로드의 흔적을 모두 지워야 한다. 머리카락 한 올, 피부 각질 한 조각까지 철저히 없애야 한다. 나는 그녀가 마지막 정자의 더이상 요동치지 않는 꼬리와 잠잠해진 머리까지 전부 다, 라고 생각하는 걸 느낀다. 그건 시간이 좀 걸릴 것이다.

클로드는 계속 말한다. 그녀가 클로드에게 전화를 건 사실은 숨길 수 없다고. 전화 회사에 기록이 남아 있을 것이다.

"하지만 명심해. 난 그냥 친구야."

그의 마지막 말은 그에게 대가를 치르게 한다. 내 어머니가 교리문답을 외우듯 되풀이하자 특히 더. 말이 진실이 된다, 내가 깨달아가기 시작한 사실이다.

"자기는 그냥 내 친구다."

"그래. 가끔 통화하는. 수다나 떨려고. 시동생으로서 자기를 도와주고 있었던 거지. 그 이상은 아니고."

그는 날마다 누군가의 형제와 남편을 살해하는 일로 먹고사는 사람처럼, 시내 중심가의 정직한 도살업자로서 집에 있는 빨래

더미에 시트, 수건과 함께 피투성이 앞치마라도 있는 것처럼 중립적인 태도로 설명하고 있다.

트루디가 입을 연다. "하지만—" 그때 클로드가 불현듯 떠오른 생각으로 그녀의 말을 자른다.

"자기도 봤어? 이 거리에 있는 집인데, 우리집이랑 방향하고 크기, 상태가 다 똑같은 집? 그 집이 800만 파운드에 매물로 나왔더라고!"

내 어머니는 침묵 속에서 그 말을 흡수한다. '우리'라는 말을.

그렇다. 우리는 내 아버지를 더 빨리 죽이지 않음으로써 100만 파운드를 벌었다. 정말 그렇다. 우리 행운은 우리가 만든다. 하지만. (클로드는 그렇게 말하겠지.) 나는 아직 살인에 대해선 잘 모른다. 그래도, 그의 계획은 도살업자보다는 빵집 주인의 것에 더 가깝다. 설구워졌다. 글리콜 병에 아무 지문이 없다는 사실이 의혹을 살 것이다. 게다가 내 아버지가 몸의 이상을 느끼기 시작했을 때 긴급구조대를 부르지 않을 이유가 뭐란 말인가? 아버지는 위세척을 받을 것이다. 그리고 괜찮아질 것이다. 그다음은?

"난 집값은 신경 안 써." 트루디가 말한다. "그건 차후 문제고. 더 큰 문제는 이거야. 자기는 나랑 돈을 나누고 싶어하면서, 어떤 위험을 감수하는 거지? 만약 일이 잘못돼서 내가 골로 가면, 내 침실에서 자기 흔적을 깨끗이 없앤 판에 자기는 어떻게 되는데?"

나는 그녀의 노골적인 태도에 놀란다. 뒤이어 아직 기쁨이라기보다 그에 대한 기대라고 할 만한 것이, 뱃속이 시원하게 풀리는 느낌으로 다가온다. 악당들 사이에서 분열이 일어나 이미 쓸모없어진 음모가 무산되고 내 아버지는 목숨을 구했다.

"트루디, 나는 모든 단계에서 자기와 함께 있을 거야."

"집에 안전하게 있겠지. 알리바이가 준비된 상태로. 관련 사실을 완벽하게 부인할 수 있도록."

그런 생각을 하고 있었던 것이다. 나도 모르게. 그녀는 암호랑이다.

클로드가 말한다. "실은—"

"내가 원하는 건." 내 어머니가 나를 둘러싼 벽이 단단해질 만큼 격하게 말한다. "자기도 이 일에 같이 매이는 거야, 전적으로. 내가 실패하면, 자기도 실패하는 거지. 내가—"

초인종이 한 번, 두 번, 세 번 울리고, 우리는 얼어붙는다. 내 경험으로는 이렇게 늦은 시각 현관문에 찾아온 사람이 없었다. 클로드의 계획이 너무 가망이 없어서 벌써 실패한 것이다. 경찰이 찾아왔으니까. 경찰이 아니고는 이토록 끈질기게 초인종을 눌러댈 리 없다. 오래전부터 부엌이 도청되고 있어서 경찰이 다 들은 것이다. 트루디의 뜻대로 되는 것이다—우리 모두 골로 가는 것이다. 어느 날 오후 나는 〈감옥 안의 아기들〉이라는 너무 긴 라디오 다큐멘터리를 들은 적이 있다. 미국에서는 살인죄 판결을 받은 죄수라도 모유 수유중인 어머니는 감방 안에서 아기를 키울 수 있다. 선진적인 사례로 제시된 제도다. 하지만 나는 그때, 아기들은 잘못이 없는데, 라고 생각했던 기억이 난다. 아기들을 석방하라! 아. 미국에서만 그렇지.

"내가 가볼게."

클로드가 일어나서 부엌을 가로질러 문 옆 벽에 붙은 현관 비디오폰으로 다가간다. 그는 화면을 들여다본다.

"당신 남편이야." 그가 심드렁하니 말한다.

"맙소사." 어머니는 잠시 생각한다. "집에 없는 척해봐야 소용없어. 자기는 어디 숨는 게 낫겠어. 세탁실에. 거기라면 그가 절대 안—"

"누가 같이 왔어. 여자. 젊은 여자. 예쁜 편이야."

다시 침묵이 흐른다. 또다시 초인종이 울린다. 더 길게.

어머니가 긴장돼 있으면서도 차분한 목소리로 말한다. "그렇다면 가서 문 열어줘. 하지만 클로드, 자기. 제발 글리콜 병은 좀 치워줘."

7

　출판이나 회화 분야의 특정 예술가들은 태아처럼 한정된 공간에서 활약한다. 그들의 제한된 주제는 사람들에게 당혹감이나 실망감을 줄 수도 있다. 18세기 신사 계급의 연애, 돛 아래서의 삶, 말하는 토끼, 조각된 토끼, 뚱뚱한 사람을 그린 유화, 개 초상화, 말 초상화, 귀족 초상화, 비스듬히 누운 누드, 백만 점쯤 되는 예수 탄생화, 십자가에 못박힌 예수, 성모승천, 과일 그릇, 화병. 옆에 나이프가 놓여 있거나 놓여 있지 않은 네덜란드 빵과 치즈. 어떤 이들은 오직 자신만을 위한 산문을 쓰는 일에 헌신한다. 과학 분야에서도 누구는 알바니아 달팽이에, 누구는 바이러스에 인생을 바친다. 다윈은 따개비에 팔 년을 바쳤다. 그리고 현명한 만년에는 지렁이에 헌신했다. 힉스 입자라는, 어쩌면 하나의 사물이라고조차 할 수 없을 그 미세한 것의 연구에 수천 명이 생애를 바쳤다. 호두껍데기에 갇혀 5센티미터 크기의 상아판 속, 모래 한 알 속 세상을 보라.* 가능한 것들의 우주에서 모든 문학, 모든 예술, 인간 노력이 점 하나에 불과한데 그게 왜 안 되겠는가. 게다가 이 우주조차 무수히 실재하는 가능한 우주들 중에서 점 하나에 불과할지도 모른다.

그러니 올빼미 시인이 되지 못할 이유가 무엇인가?

나는 발소리로 그들을 안다. 개방형 계단을 통해 맨 먼저 부엌으로 내려오는 사람은 클로드고, 그다음은 내 아버지, 그다음은 최근 아버지와 계약한 친구로 그 사람이 신은 하이힐, 어쩌면 부츠인지도 모르는 그것은 삼림지대 서식지를 활보하기에 이상적인 신발은 아니다. 나는 올빼미의 야행성에서 연상해 그녀에게 타이트한 검정 가죽재킷과 진을 입히고, 그녀를 젊고 창백하고 예쁘장한 독립적인 여성이도록 한다. 갈라진 라디오 안테나처럼 정교하게 조정된 나의 태반은 어머니가 즉시 그녀에게 반감을 느낀다는 신호들을 수신한다. 비이성적인 생각이 트루디의 맥박을 교란시키고, 먼 정글 마을에서 들려오는 듯한 새롭고 불길한

---

* 제인 오스틴은 자신의 글쓰기를 5센티미터 크기의 상아 조각에 붓질을 하는 데 비유했고, 윌리엄 블레이크는 시 「순수의 전조」에서 '한 알의 모래에서 세상을 보라'라고 한 바 있다.

북소리가 커져가며 소유욕, 분노, 질투를 말한다. 문제가 생길 수도 있다.

나는 아버지를 생각해서 우리의 손님을 방어해줄 의무감을 느낀다. 그녀의 주제는 그리 제한적이지 않다. 올빼미는 입자나 따개비보다 크고, 이백 개의 종과 민간전승에서 폭넓은 의미를 지녔다. 그 대부분이 불길한 징조를 나타내지만 말이다. 본능적으로 확신하는 트루디와 달리 나는 의혹에 떤다. 어쩌면 아버지는 얼간이도 성자도 아닌 존재로, 자신의 연인을 소개하고 어머니를 그녀의 제자리에(즉 그의 과거에) 데려다놓고 동생의 악행에는 무관심을 보여주러 왔을 수도 있다. 아니면 천하에 둘도 없는 얼간이에 성자라 트루디가 자신을 견뎌주는 한 오래 같이 있고 싶은 마음에 사교적 보호물의 형태로 순수하게 출판사 작가 중 한 명을 동반하고 찾아온 것인지도 모른다. 아니면 그 둘 다를 넘어서는, 너무 불명료해 뭐라고 확정할 수 없는 무언가일 수도 있다. 적어도 지금으로선 어머니를 따라 이 여자가 아버지의 정부라고 가정하는 게 더 간단하다.

아이는, 더더구나 태아는, 잡담의 기술을 터득 못한 상태이며 그러고 싶은 마음도 없다. 그것은 성인의 기교로, 지루함이나 기만과의 약속이다. 이 경우는 주로 후자에 해당한다. 머뭇거리며 의자 끄는 소리와 와인 권하는 소리, 코르크 마개 뽑는 소리가 이어지더니 클로드가 더위에 대해 언급하고 아버지가 감정 없이 흐음 동의의 소리를 낸다. 형제의 단속적인 대화에서 우리의 손님들이 마침 근처를 지나는 길에 들렀다는 거짓말이 튀어나온다. 트루디는 침묵을 지키고, 그 시인이 엘로디라고 소개될 때조차 한마디도 하지 않는다. 결혼한 부부와 그 연인들이 식탁에 둘러앉아 술잔을 드는 우아한 사교적 기하학, 불안정한 현대인의 삶을 표현한 활인화*에 대해서는 아무도 언급하지 않는다.

내 아버지는 자기 집 부엌에서 동생이 와인을 따고 주인 노릇을 하는 것에 당황하지 않은 듯하다. 그렇다면 존 케언크로스는 아내가 바람피우고 있는 것도 모르는 얼간이가 아니었다는 말이다. 과소평가를 받아온 내 아버지가 온화하게 와인을 홀짝이며 트루디에게 몸은 좀 어떤지 묻는다. 너무 피곤한 건 아니었으면 한다고 말한다. 그건 부드러운 빈정거림, 성적 암시일 수도 있고 아닐 수도 있다. 그의 목소리에서 애처로움이 사라졌다. 대신 거리감인지 비꼼이 느껴진다. 오직 갈망의 충족만이 그를 해방시킬 수 있었을 것이다. 트루디와 클로드는 자신들의 살해 대상이 왜 왔는지, 뭘 원하는지 궁금하겠지만 그걸 묻는 건 온당치 않을 것이다.

---

* 분장한 사람들이 정지된 모습으로 역사적 장면이나 명화를 연출한 것.

대신 클로드는 엘로디에게 이 근처에 사는지 묻는다. 아니, 그렇지 않다. 그녀는 데번의 강가 농장에 있는 작업실에서 산다. 그 말은 그녀가 이곳 런던 쇼어디치 존의 이불 속에서 밤을 보낼 예정임을 트루디에게 알리는 것인지도 모른다. 엘로디는 존에 대한 소유권을 주장하고 있다. 나는 그녀의 목소리가 좋다. 말하자면 오보에가 인격화된, 모음에 꽥꽥대는 소리가 섞인 약간 갈라진 목소리. 말이 끝나갈 때쯤에는 미국 언어학자들이 '보컬 프라이'라고 칭하는 목구멍 그르렁거리는 소리를 낸다. 서구 세계로 퍼져나가며 라디오에서 많이 논의되는 이 원인을 알 수 없는 발성은 교양의 표현으로 여겨지고 주로 많이 배운 젊은 여성들에게서 발견된다. 기분좋은 수수께끼다. 그런 목소리를 갖고 있으니 그녀는 내 어머니에게 만만한 상대가 아닐 것이다.

아버지의 태도에서는 바로 오늘 오후 동생이 현금 5천 파운드를 건넨 사실이 전혀 드러나지 않는다. 고마움은커녕 오래전부터 보여온 형제에 대한 경멸뿐이다. 그게 클로드의 해묵은 증오를 들쑤실 것이다. 그리고 내게는 보다 가상적이라고 할 수 있는 잠재적 원한을 심어준다. 나는 아버지에게 사랑에 우는 바보 역을 맡기긴 했지만, 만일 클로드를 더는 견딜 수 없고 내가 부모님을 재결합시키는 데 실패한다면 최소한 당분간은 아버지와 함께 살 수도 있다고 늘 생각해왔다. 내 발로 일어설 때까지. 하지만 이 시인은 나를 맡아줄 것 같지 않다―타이트한 검정 진과 가죽재킷은 어머니다운 옷차림이 아니다. 그게 그녀의 매력의 일부다. 내 좁은 소견으로는 아버지가 혼자인 게 낫다. 창백한 아름다움과 자신감 있는 오리 목소리는 내 편이 아니다. 하지만 두 사람은 아무 사이가 아닐 수도 있으며, 나는 그녀가 좋다.

클로드가 방금 이렇게 말했다. "작업실이라고요? 농장에요? 끝내주네요." 엘로디는 도시적인 그르렁거리는 목소리로 A자형 오두막이 자리한 강둑 아래 반들반들한 화강암 사이로 거품을 일으키며 세차게 흐르는 검은 강과 강 건너편까지 이어진 위태로운 인도교, 너도밤나무와 자작나무 숲, 아네모네와 애기똥풀, 블루벨, 등대풀이 반짝이 장식처럼 박힌 눈부신 빈터에 대해 이야기한다.

"자연시인에겐 완벽한 곳이네요." 클로드가 말한다.

너무 지당하고 따분한 발언이라 엘로디는 말을 더듬는다. 클로드가 끼어든다. "그게 다 런던과는 얼마나 떨어져 있나요?"

'다'라는 말로 그는 무의미한 강과 바위와 나무와 꽃을 성리한다. 김이 빠진 엘로디는 프라이를 하는 듯한 목소리를 거의 내지 못한다. "320킬로미터쯤 돼요."

그녀는 클로드가 그곳에서 가장 가까운 기차역은 어디고 거기까지 얼마나 걸리는지 물을 것이며 그녀가 정보를 줘도 금세 잊어버릴 것임을 짐작한다. 그러나 그가 질문하자 그녀는 대답하고 우리 셋은 멍해지지도 조금의 권태도 느끼지 않고 그들의 말을 듣는다. 우리는 각자의 관점에서 지금 말해지지 않는 것에 사로잡혀 있다. 이 결혼의 외부에 있는 연인들, 만일 엘로디도 해당된다면 이 두 쌍의 연인은 이 가정을 폭파할 이중 폭탄이다. 그리고 나를 위쪽으로, 지옥으로, 13층으로 날려보낼 것이다.

존 케언크로스가 구조자의 부드러운 음성으로 와인이 마음에 든다고 말해서 클로드로 하여금 잔들을 다시 채우게 한다. 클로드가 술을 따르는 동안 침묵이 흐른다. 나는 펠트 해머의 갑작스러운 타격을 기다리는 팽팽한 피아노 와이어를 떠올린다. 트루디가 무슨 말을 하려는 참이다. 입을 열기 직전 그녀의 심장박동의 당김음 리듬으로 알 수 있다.

"그 올빼미요, 진짜예요, 아니면 뭔가 상징하는 거예요?"

"아, 아니에요." 엘로디가 황급히 대답한다. "진짜예요. 난 실물에 대해 써요. 하지만 독자는, 아시다시피, 상징을, 연관성을 끌어내죠. 내가 그걸 막을 순 없어요. 그게 시의 작용 원리죠."

"나는 항상 올빼미가 현명하다고 생각해요." 클로드가 말한다.

시인은 잠시 그 말에 비아냥이 있는지 음미해본다. 클로드의 그릇을 꿰뚫어본 그녀는 차분히 대구한다. "그럼 그런 거죠. 난 그것에 대해 아무것도 할 수 없어요."

"올빼미는 사악해요." 트루디가 말한다.

엘로디: "울새가 그런 것처럼요. 자연이 그런 것처럼요."

트루디: "식용이 아니죠, 분명히."

엘로디: "그리고 알을 품은 올빼미는 독기가 있고요."

트루디: "그래요. 알을 품은 올빼미는 사람을 죽일 수도 있죠."

엘로디: "글쎄요. 그냥 메스껍게 할 뿐이죠."

트루디: "내 말은, 사람 얼굴에 발톱을 박으면 그렇다는 거예요."

엘로디: "그런 일은 절대 없어요. 올빼미는 수줍음이 너무 많거든요."

트루디: "자극하면 다를걸요."

그 대화는 편안하고, 대수롭지 않은 말투로 이어진다. 그냥 잡담인지 아니면 위협과 모욕을 주고받는 것인지, 사회 경험이 부족한 나로선 알 수 없다. 내가 술에 취했다면 트루디도 그렇겠지만 그녀의 태도에서 그런 기미는 보이지 않는다. 이제 라이벌로 예상되는 엘로디에 대한 증오심이 취기를 없애주는 묘약일 수도 있다.

존 케언크로스는 아내를 클로드 케언크로스에게 넘기는 데 만족하는 듯하다. 버리고 넘기는 건 자신이 결정할 문제라고 믿는 내 어머니는 마음을 단단히 먹는다. 그녀는 내 아버지에게 엘로디를 허락하지 않을지 모른다. 그에게 삶 자체를 허락하지 않을

지 모른다. 하지만 내가 틀릴지도 모른다. 서재에서 시를 낭송하고, 내 어머니와 함께 있는 모든 순간을 소중히 여기는 듯하고, 그녀가 자신을 거리로 밀어내는 걸(그냥 가!) 용인한 아버지 아니던가. 나는 내 판단을 믿을 수 없다. 아무것도 맞지 않는다.

하지만 지금은 생각할 시간이 없다. 아버지가 의자에서 일어나 딱히 비틀거리지도 않고 우리를 내려다보며 손에는 와인 잔을 든 채 연설할 준비를 한다. 모두를 조용히 시킨다.

"트루디, 클로드, 엘로디, 간단히 끝날 수도 있고 길어질 수도 있어. 알 게 뭐야? 나는 이 말을 하고 싶어. 사랑이 식고 결혼이 무너지면, 그 첫 희생자는 정직한 기억이지. 과거에 대한 온당하고 공정한 회상. 그건 너무 불편하고, 현재를 지나치게 비난하니까. 실패와 슬픔의 연회장을 떠도는 옛 행복의 유령이지. 그래서, 난 망각의 바람에 맞서 진실의 작은 촛불을 켜고 그 빛이 얼마나 멀리까지 닿는지 보고 싶어. 거의 십 년 전, 달마티아 해안, 아드리아 해는 보이지 않는 싸구려 호텔, 이 부엌 8분의 1 정도밖에 안 되는 방, 너비가 90센티미터도 안 되는 침대. 그 침대에서 트루디와 나는 시간과 공간, 언어를 초월한 사랑과 황홀경, 믿음, 기쁨, 평화를 맛보았지. 우리는 세상을 등지고 우리만의 세상을 만들어내 지어올렸어. 폭력을 쓰는 척하며 짜릿함을 선사하고, 그러면서도 서로를 아기처럼 대하며 귀여워하고, 별명을 붙여주고, 우리끼리만 통하는 말을 썼지. 거리낌이 없었어. 모든 걸 주고, 받고, 허용했지. 우린 영웅과도 같았어. 그 누구도 현실에서든 시에서든 오른 적 없는 정상에 우리 둘만 서 있다고 믿었으니까. 우리의 사랑은 너무도 멋지고 장려해서 우리에겐 하나의 보편적 원리였지. 그건 하나의 윤리 체계, 너무도 기본적이라 세상이 간과해버린 타인과 관계를 맺는 방법이었어. 우리는 좁은 침대에 얼굴을 맞대고 누워 서로의 눈을 깊이 들여다보며 이야기를 나누면서 우리 자신을 존재하게 했지. 트루디가 내 손을 잡고 키스해줬고, 나는 난생처음 내 손이 부끄럽지 않았어. 서로에게 자신의 가족에 대해 자세히 이야기하며 마침내 그들을 이해할 수 있었지. 과거의 갖은 고난에도 불구하고 그들을 간절히 사랑했어. 제일 친하고 중요한 친구들도 마찬가지였고. 우리는 우리가 아는 모든 사람을 구원할 수 있었지. 우리의 사랑은 세상에 이로운 것이었어. 트루디와 나는 평생 그토록 집중해서 말하거나 들은 적이 없었지. 우리의 섹스는 대화의 연장이었고, 우리의 대화는 섹스의 연장이었어.

그 주가 지나고 런던으로 돌아와 이곳 내 집에서 같이 살게 되었을 때도 사랑은 지속되었어. 그렇게 몇 달이, 몇 년이 흘렀고. 그 무엇도 우리를 방해할 수 없을 것 같았지. 그러니 다음 이야기로 넘어가기 전에 그 사랑을 위해 잔을 들어 건배하겠어. 그 사랑이 부정되거나, 잊히거나, 왜곡되거나, 환상이었다고 거부되는 일이 없기를. 우리의 사랑을 위하여. 그건 일어난 일이었어. 진실이었지."

이리저리 부스럭거리는 소리와 마지못해 웅얼웅얼 동의하는 소리가 들린다. 그리고 더 가까이서 어머니가 건배하는 척하기 전에 마른침을 꿀꺽 삼키는 소리도. 내 생각에 그녀는 "내 집"이라는 말에 반발심을 느낀 것이다.

"자." 아버지가 장례식장에라도 들어온 듯 목소리를 낮춰 말한다. "그 사랑은 자연스러운 과정을 거쳤어. 뻔한 일상이나 노후 대책에 함몰되지 않았지. 위대한 사랑이 그래야만 하듯 우리 사랑도 빠르게, 비극적으로 식어버렸어. 막은 내려졌어. 다 끝난 거야. 난 기뻐. 트루디도 기쁘고. 우리를 아는 모든 사람이 기뻐하며 안도하고 있지. 우린 서로를 신뢰했지만 이젠 아니야. 우린 서로를 사랑했지만 이제 트루디가 나를 싫어하는 만큼 나도 그녀를 싫어해. 당신, 트루디, 난 이제 당신을 보는 것도 견디기 힘들어. 당신 목을 조르고 싶은 순간들도 있었지. 두 엄지손가락으로 당신의 경동맥을 조르는 행복한 꿈을 꿔왔어. 당신도 나에 대해 똑같은 감정이라는 거 알아. 하지만 그것 때문에 후회는 안 해. 우리 그냥 즐기자. 이런 어두운 감정도 우리 자신을 해방시키고 새로운 삶, 새로운 사랑으로 다시 태어나기 위한 과정일 뿐이니까. 엘로디와 나는 그 사랑을 발견했고 남은 생을 그 사랑에 매여 살 거야."

"잠깐." 엘로디가 말한다. 그녀는 경솔한 경향이 있는 내 아버지의 태도가 두려운 듯하다.

하지만 아버지는 이야기를 중단하려 하지 않는다. "트루디와 클로드, 두 사람이 잘돼서 아주 기뻐. 둘이 완벽한 순간 합쳐진 거야. 아무도 부정 못하지, 두 사람은 진짜 천생연분이야."

아버지의 어조는 더할 수 없이 진실하지만 그건 저주다. 클로드처럼 무미건조하면서도 성적으로 정력적인 남자와 엮이는 건 복잡한 운명이다. 그의 형은 그걸 안다. 하지만 쉿. 이야기가 계속되고 있다.

"몇 가지 처리할 일이 있어. 언쟁과 스트레스가 따르겠지. 하지만 전체 상황은 단순하고, 그것만은 우리가 복 받은 거야. 클로드, 네가 프림로즈 힐에 크고 좋은 집이 있으니, 트루디, 당신은 그리 가면 돼. 난 내일 여기로 짐을 좀 옮겨놓을 거야. 당신이 나가고 인테리어 작업이 끝나면 엘로디가 들어와서 나와 함께 살 거야. 우리 한 일 년쯤 서로 보지 말고 그다음에 다시 생각했으면 좋겠어. 이혼은 간단할 거야. 항상 기억해야 할 중요한 점은 합리적이면서 정중해야 하고, 우리가 다시 사랑을 찾은 게 얼마나 큰 행운인지 명심해야 한다는 거야. 알겠지? 좋아. 아니, 아니, 일어나지 마. 우리가 알아서 나갈게. 트루디, 당신이 여기 있 겠다면 내일 열시쯤 만나러 오겠어. 오래 있진 않을 거야―곧장 세인트 올번스에 가봐야 하거든. 그리고, 내 열쇠 찾았어."

엘로디가 일어서면서 의자 소리를 낸다. "잠깐, 이제 나도 말 좀 해도 돼요?"

아버지는 다정하면서도 단호하다. "그러는 건 결코 적절하지 않아."

"하지만―"

"갑시다. 갈 시간이야. 와인 잘 마셨어."

잠시 목청 가다듬는 소리가 들리더니 그들의 발소리가 부엌을 가로질러 계단 위로 멀어져간다.

어머니와 그녀의 연인은 그들이 가는 기척을 들으며 침묵 속 에 앉아 있다. 위층에서 현관문이 마지막 마침표를 찍으며 닫히 는 소리가 들린다. 끝. 트루디와 클로드는 넋이 나갔다. 나는 혼 란에 빠져 있다. 아버지의 장황한 연설 속에서 나는 무엇이었나? 죽은 존재였다. 증오하는 전처의 뱃속 무덤에 거꾸로 처박힌 채. 나에 대해서는 일언반구 없었다. 하다못해 한마디 혼잣말도. 관 계없는 문제라고 일축하지도 않았다. 나의 구세주는 "한 일 년 쯤" 지나야 나를 볼 것이다. 정직한 기억에 경의를 표하고선 나 를 잊은 것이다. 자신의 재탄생을 향해 달려가느라 나의 재탄생은 저버렸다. 아버지와 아들. 언젠가 들었던 이 말이 절대 잊히지 않는다. 자연 속에서 그들은 무엇으로 연결되어 있는가? 맹목적인 발정의 순간.*

이럴 수도 있다. 그는 엘로디와 밀회를 즐겨보기 위해 쇼어디치로 나갔다. 클로드가 들어와서 자신이 트루디를 내쫓을 핑곗거리를 제공하게끔 하려고 해밀턴 테라스의 집을 비운 것이다. 불안해하며 찾아오고, 열심히 시를 읊고, 열쇠까지 잃어버린 건 트루디를 안심시켜 마음놓고 클로드를 만나게 하려는, 두 사람을 더 가깝게 만들려는 속임수였다.

클로드가 와인을 더 따른다. 자신의 가장 멍청한 생각에 따분하리만큼 정확하게 접근하는 그의 태도는 이런 상황에서 하나의 위안이 된다.

"정말 놀랍군."

트루디는 잠시 말이 없다. 이윽고 입을 열었을 때 그녀는 혀 꼬부라진 소리를 내지만 결의만은 확고하다.

"그가 죽었으면 좋겠어. 그것도 내일 당장."

---

* 『율리시스』에서 주인공이 부성에 의문을 던지며 하는 말.

8

이 살아 있는 따스한 벽 바깥으로 얼음처럼 차가운 이야기가 끔찍한 결말을 향해 미끄러져간다. 한여름의 구름이 무겁게 드리운 하늘에는 달도 없고 바람도 한 점 없다. 하지만 내 어머니와 삼촌이 겨울 폭풍우처럼 시끄럽게 떠들고 있다. 그들은 와인을 한 병 더 따더니 금세 한 병 더 딴다. 취기의 하류까지 쓸려내려온 나의 귀에는 그들의 말이 몽롱하지만 그 속에서 나는 내 파멸의 형태를 듣는다. 핏빛 스크린에 비친 실루엣들이 운명과 가망 없는 대결을 벌이며 말다툼한다. 목소리들이 커졌다 작아졌다 한다. 비난하거나 다투지 않을 때 그들은 음모를 꾸민다. 그들의 입에서 나온 말들이 베이징의 스모그처럼 허공에 떠 있다.

일이 나쁘게 끝날 것이고, 집 역시 파멸을 느낀다. 한여름에

휘몰아치는 2월의 돌풍이 지붕 홈통에 매달린 고드름을 부러뜨리고, 시멘트를 바르지 않은 박공벽 벽돌 사이사이를 헤집고, 경사진 지붕에서 석판들—그 빈 석판들—을 뜯어낸다. 이 한기는 더러운 유리창의 썩은 퍼티 너머까지 손길을 미치고 부엌 배수관을 타고 다시 올라간다. 나는 이 안에서 떨고 있다. 하지만 이것은 끝나지 않을 것이다. 나쁜 일은 끝이 없을 것이다. 나쁜 끝이 축복처럼 여겨질 때까지. 아무것도 잊히지 않고 아무것도 씻겨내려가지 않을 것이다. 고약한 물질이 배관공의 손길이 미치지 않는 가려진 굽이에 남아 있고 트루디의 겨울 코트와 함께 옷장에 걸려 있다. 너무도 지독한 이 악취를 양분 삼아 벽 뒤의 소심한 생쥐들은 큰 쥐로 자란다. 놈들의 갉는 소리와 반항적인 욕설을 듣고도 우리는 누구 하나 놀라지 않는다. 간간이 어머니와 나는 자리를 뜨는데, 그때마다 어머니는 쭈그리고 앉아 신음하며 엄청난 양의 오줌을 눈다. 나는 두개골을 짓누르던 어머니의 방광이 줄어드는 걸 느끼며 안도한다. 어머니는 식탁으로 돌아가 음모를 꾸미고 장광설을 늘어놓는다. 욕지거리를 하는 건 내 삼촌이지 쥐들이 아니었다. 갉는 소리는 어머니가 조미땅콩을 먹는 소리였다. 그녀는 나를 위해 끊임없이 먹는다.

이 안에서 나는 내 권리를 꿈꾼다—안전, 무중력의 평화, 아무런 의무도, 범죄도, 죄책감도 없는 상태를. 내가 여기 갇힌 동안 가져야 했던 것들을 생각하고 있다. 두 가지 대립되는 관념이 뇌리를 떠나지 않는다. 어머니가 전화 통화를 하는 동안 켜둔 팟캐스트에서 들은 것들이다. 우리는 아버지 서재의 소파에 앉아 있었고, 여느 때처럼 무더운 한낮을 향해 창문들이 활짝 열려 있었다. 므시외 바르트가 말하기를, 권태는 희열과 동떨어지지 않은 것이고 인간은 기쁨의 해안에서 권태를 바라본다. 바로 그렇다. 현대 태아의 상태. 생각해보라. 태아가 하는 일이라곤 존재하고 성장하는 것뿐이고, 성장도 의식적인 행위라고 하긴 어렵다. 순수한 존재의 기쁨, 별다르지 않은 나날의 지루함. 연장된 희열은 곧 실존적 권태다. 여기 갇힌 시간이 감옥살이가 되어선 안 된다. 나는 여기서 고독의 특권과 사치를 누려야 한다. 천진난만한 아이처럼 말하지만 나는 영원히 이어지는 오르가슴을 떠올린다―그 절정의 영역에 권태가 기다리고 있다.

그것이 내가 받을 유산이었다. 어머니가 아버지의 죽음을 바라기 전까지는. 이제 난 하나의 이야기 속에 살면서 그 결말에 대해 초조해한다. 거기 권태나 희열이 어디 있는가?

삼촌이 식탁에서 일어나 휘청휘청 벽 쪽으로 가서 전등을 끄자 새벽빛이 드러난다. 내 아버지였다면 새벽의 노래를 낭송했을지 모른다. 하지만 이제 단 한 가지 현실적 관심사가 남아 있을 뿐이다―잠자리에 들 시간이라는 것. 그들이 너무 취해서 섹스를 할 수 없다는 게 얼마나 다행인지. 트루디가 일어서고, 우리는 함께 비틀거린다. 나는 거꾸로 뒤집힌 자세에서 잠시라도 벗어날 수 있다면 멀미가 덜하리라 생각한다. 넓은 바다에서 뒹굴던 시절이 얼마나 그리운지 모른다.

트루디는 첫번째 계단에 한 발을 올리더니 앞으로 올라갈 길을 가늠해보려고 잠시 멈춘다. 경사가 심하고 점점 멀어져가는 것이 달로 올라가는 길 같다. 그녀가 나를 위해 난간을 잡는 게 느껴진다. 나는 여전히 그녀를 사랑하고 그녀가 그걸 알아주기를 바라지만 만일 그녀가 뒤로 넘어지면 나는 죽는 것이다. 이제 우리는 대체로 올라가고 있다. 대개 클로드가 우리 앞에 있다. 우리는 로프로 묶여 있어야만 한다. 더 꽉 잡아요, 어머니! 힘이 들어서 아무도 말을 하지 않는다. 한참 시간이 지나고 무수한 한숨과 신음이 있고 나서야 우리는 3층 층계참에 이르고, 남은 마지막 3.6미터는 경사가 없어도 힘들긴 마찬가지다.

트루디는 침대에 앉아 샌들 한 짝을 벗어 손에 든 채 옆으로 비스듬히 쓰러져 잠이 든다. 클로드가 그녀를 흔들어 깨운다. 그들은 욕실에 들어가 숙취를 막아줄 파라세타몰* 2그램씩을 찾으려고 물건들이 흘러넘치는 서랍을 뒤진다.

---

* 해열진통제.

클로드가 말한다. "내일은 바쁜 하루가 될 거야."

그러니까 오늘을 말하는 것이다. 아버지가 열시에 오기로 했고, 벌써 여섯시가 다 되어간다. 마침내 우리 모두 잠자리에 든다. 어머니는 눈을 감으면 세상이, 그녀의 세상이 빙글빙글 돈다고 불평한다. 본인 말마따나 심지가 더 굳은 클로드는 극기심이 더 강할 거라고 나는 생각한다. 하지만 그렇지 않다. 몇 분 안 돼 그는 욕실로 달려가 무릎을 털썩 꿇고 변기를 끌어안는다.

"변기 시트 올려." 트루디가 소리친다.

정적, 그리고 어렵게 게워올린 토사물이 조금씩 흘러나온다. 하지만 그는 요란하다. 응원중 등에 칼을 맞은 축구 팬처럼 긴 외침이 도중에 잘린다.

일곱시경 그들은 잠든다. 나는 아니다. 내 생각들은 어머니의 세상과 함께 빙글빙글 돈다. 나를 거부한 아버지, 그가 맞이할 수도 있는 운명, 그것에 대한 내 책임, 나 자신의 운명, 경고도 행동도 할 수 없는 내 무능. 그리고 내 동침자들. 그 일을 시도하기에는 너무 취해버렸나? 그보다 나쁜 경우는 일을 잘못 처리해서 경찰에 붙잡혀 구속되는 것이다. 그럼 최근 유령처럼 내 머릿속을 떠나지 않던 감옥이 현실이 되는 것이다. 감방에서 삶을 시작하는 것이다. 희열은 알지도 못하고 권태는 투쟁을 통해 얻을 수 있는 특권인 삶. 만일 그들이 성공한다면—나는 스와트 계곡으로 간다. 아무 방법이, 상상 가능한 행복으로 이어질 그럴듯한 길이 없다. 나는 영원히 태어나고 싶지 않다……

                    *   *   *

 늦잠을 자버렸다. 나는 고함소리와 격렬하고 불규칙적인 움직임에 잠이 깬다. 어머니가 죽음의 벽 위에 있다. 아니. 그게 아니다. 계단을 너무 빠르게 내려가고 있고, 그녀의 무신경한 손은 난간을 거의 스치지도 않는다. 이렇게 끝날 수도 있겠구나. 계단의 헐거워진 카펫 누르개나 동그랗게 말린 낡아빠진 카펫 가장자리에 걸려 거꾸로 곤두박질쳐 떨어지면 나의 사적인 암울함은 영원한 어둠 속으로 사라지는 것이다. 내가 지금 붙잡을 것은 희망뿐이다. 고함은 삼촌이 지른 것이다. 그가 다시 소리친다.
 "내가 마실 거 사왔어. 이십 분 남았어. 커피 끓여. 나머진 내가 알아서 할게."
 그의 불투명한 쇼어디치 계획은 어머니의 속도 욕심으로 폐기되었다. 존 케언크로스는 결국 얼간이가 아니었다. 그는 그녀를 쫓아낼 것이다. 그것도 당장. 그러니 오늘 움직여야 한다. 땋은 머리나 매만지고 있을 시간이 없다. 그녀는 남편의 연인을 손님으로 맞이해 후하게 대접해주었다―오후의 고민 상담 프로그램들에서 말하듯 상대를 버리기 전에 버려진 것이다. (십대들은 플라톤이나 칸트도 쩔쩔맬 고민거리들을 안고 그런 프로그램들에 전화를 건다.) 트루디의 분노는 바다 같다―광대하고 깊은 그것이 그녀의 표현 수단이고, 자아다. 나는 내 안에 세차게 흐르는 그녀의 달라진 피로, 세포가 들볶이고 압박당하며 혈소판이 갈라지고 깨지는 자리의 오돌토돌한 불쾌감으로 그걸 알 수 있다. 내 심장은 어머니의 분노한 피와 싸우고 있다.

우리가 1층에 무사히 안착하니 아침부터 파리들이 복도의 쓰레기 사이를 윙윙거리며 분주하게 돌아다니고 있다. 파리들에게 주둥이가 벌어진 비닐봉지는 옥상정원이 딸린 빛나는 고층 아파트나 마찬가지다. 그들은 봉지들로 날아가 편안히 먹고 토한다. 그들 전반의 배부른 나태함은 느긋한 휴양, 공동의 목적, 상호 관용이 있는 사회를 만든다. 이 나른한 비非척삭동물은 세상과 하나이며, 부패상태의 풍요로운 삶을 사랑한다. 반면 그들보다 하등한 우리는 공포에 차 있고 늘 불화를 겪는다. 우리는 초조해하고, 너무 빨리 움직인다.

난간을 쓸고 가던 트루디의 손이 엄지기둥을 잡으면서 우리는 빠르게 유턴한다. 열 발짝 걷자 부엌 계단 위에 도착한다. 거기에는 우리를 인도해줄 난간이 없다. 지금은 내가 존재하는 상태라면, 난간은 내가 생기기 전에 먼지와 말총 폭풍을 일으키며 벽에서 떨어져나갔다고 들었다. 그래서 이제 불규칙한 모양의 구멍들만 남아 있다. 소나무 원목이 훤히 드러난 계단에는 반질거리는 옹이와 덕지덕지 묻은 채 잊힌 얼룩, 짓밟힌 고기와 지방, 아버지가 토스트를 접시에 담지도 않고 서재로 들고 가다 버터가 녹아 흐른 자국이 보인다. 트루디가 다시 속도를 높이고 이번에는 정말 앞으로 곤두박질칠 수도 있다. 그런 생각이 공포를 일깨우자마자 나는 어머니의 한쪽 발이 뒤로 미끄러지며 날아오를 듯 몸이 앞으로 쏠리고 그 반동으로 어머니의 등허리 근육이 급격하게 수축하는 걸 느낀다. 그리고 내 어깨 뒤에서 힘줄이 늘어나며 뼈에 내린 닻을 점검하는 고통스러운 소리가 들린다.

"아악, 등이야." 그녀가 신음한다. "염병할."

하지만 아픈 보람이 있어서 그녀는 몸의 균형을 잡고 조심스럽게 남은 걸음을 뗀다. 부엌 싱크대 앞에서 분주히 움직이던 클로드가 일손을 멈추고 공감 어린 소리를 낸 후 다시 움직인다. 그의 말마따나, 시간은 아무도 기다려주지 않으니까.

트루디가 그의 옆으로 간다. "머리 아파." 그녀가 속삭인다.

"나도." 그러면서 그녀에게 보여준다. "이게 형이 제일 좋아하는 것 같은데. 바나나, 파인애플, 사과, 박하, 맥아."

"트로피컬 던?"

"응. 여기 그걸 넣는 거야. 황소 열 마리는 쓰러뜨릴 수 있을 만큼 충분히."

"황소들."

클로드는 두 가지 액체를 넣고 믹서기를 작동시킨다.

믹서기 소리가 멈추자 트루디가 말한다. "냉장고에 넣어둬. 난 커피 만들게. 종이컵 감추고. 장갑 안 낀 손으로 만지지 마."

우리는 커피머신 앞에 있다. 트루디는 필터를 찾아낸 다음 수 저로 커피를 떠넣고 물을 붓는다. 잘하고 있다.

그녀가 외친다. "머그잔 몇 개 씻어서 정리해놔. 차에 갖다놓 을 것도 준비하고. 별채에 존의 장갑이 있어. 먼지를 털어내야 할 거야. 그리고 비닐봉지도 거기 어디 있어."

"알았어, 알았어." 그녀보다 훨씬 먼저 잠자리에서 일어난 클 로드는 그녀가 주도권을 쥐자 짜증스러운 목소리를 낸다. 나는 그들의 대화를 따라가려고 애쓴다.

"내 것과 은행 계좌 거래내역서는 식탁에 있어."

"알아."

"영수증 잊지 마."

"알았어."

"조금 구겨놔."

"그렇게 했어."

"자기 장갑 끼고. 존 거 말고."

"그래!"

"저드 스트리트에 모자는 쓰고 갔어?"

"물론이지."

"존의 눈에 띄는 곳에 놔."

"그렇게 했어."

하지만 그는 싱크대 앞에서 트루디가 시킨 대로 음료 찌꺼기가 말라붙은 컵들을 헹구고 있다. 트루디는 그의 짜증 섞인 목소리에 아랑곳하지 않고 덧붙인다. "여기 좀 깨끗이 치워야겠어."

클로드는 툴툴거린다. 글러먹은 생각이다. 착한 아내 트루디가 깨끗한 부엌에서 남편을 맞이하고 싶단다.

하지만 다 부질없는 짓이다. 엘로디는 내 아버지가 여기 오기로 한 걸 안다. 어쩌면 친구 대여섯 명이 알 수도 있다. 런던 북동부가 시체 너머로 그들을 가리킬 것이다. 이것참 대단한 감응정신병*이다. 직업이라는 걸 가져본 적 없는 내 어머니가 살인자가 될 수 있을까? 그건 계획과 실행 단계만이 아니라 사후 처리도 힘든 직업이고, 그때부터 진짜 일은 시작된다. 나는 어머니에게 도덕은 차치하고라도 투옥이나 죄책감 혹은 둘 다, 평생 이어질 연장근무, 주말근무, 매일같이 계속되는 밤샘근무의 불편을 고

---

* 밀접한 관계에 있는 두 사람이 동일하거나 유사한 정신장애를 갖는 것.

려하라고 말하고 싶다. 봉급도, 특전도, 연금도 없고 남는 건 회한뿐이다. 그녀는 지금 실수를 저지르고 있다.

하지만 이 연인들은 오직 연인들에게만 가능한 몰입상태에 빠져 있다. 그들은 부엌을 분주히 돌아다니며 침착함을 유지한다. 간밤에 식탁에 떨어진 부스러기를 치우고, 바닥의 음식 찌꺼기를 쓸어내고, 커피와 함께 진통제를 목구멍으로 넘긴다. 그게 내가 받아먹는 아침식사의 전부일 것이다. 싱크대 주변은 더 치울게 없다는 데 그들은 동의한다. 어머니가 웅얼거리는 소리로 지시나 지침을 내린다. 클로드는 계속 퉁명스럽게 군다. 번번이 그녀의 말을 자른다. 어쩌면 생각이 바뀌고 있는지도 모른다.

"기분좋게, 알았지? 어젯밤 존이 한 말을 우리가 깊이 생각해보고 결정 내린 것처럼—"

"알았어."

잠시 침묵이 흐른다. "너무 빨리 권하지 마. 우린—"

"그럴 거야."

그리고 또. "빈 컵 두 개를 준비해서 우리는 벌써 마셨다는 걸 보여줘야 해. 그리고 스무디 헤븐 컵은—"

"준비해놨어. 자기 뒤에 있어."

클로드의 마지막 말이 끝나기 무섭게 부엌 계단 꼭대기에서 아버지의 목소리가 들려와 우리 모두 깜짝 놀란다. 물론, 아버지에게는 열쇠가 있다. 집에 들어와 있으니까.

아버지가 아래를 향해 외친다. "차에서 짐 좀 내리고. 그다음에 다시 오지."

그의 목소리는 걸걸하고 유능하게 들린다. 숭고한 사랑이 그를 세속적으로 만든 것이다.

클로드가 속삭인다. "존이 차문을 잠그면 어쩌지?"

어머니의 심장 가까이 있는 나는 그 박동의 리듬과 갑작스러운 변화에 대해 안다. 그리고 지금! 남편의 목소리에 속도가 빨라지고 멀리서 마라카스*를 흔들거나 자갈을 깡통에 넣고 조용히 흔드는 듯 심실의 장애를 알리는 소리도 들린다. 아래쪽에서 듣는 내게는 반월판 양끝이 갑자기 너무 세게 닫히는 소리처럼 느껴진다. 아니면 어머니의 치아가 내는 소리일 수도 있다.

하지만 겉으로 보기에 어머니는 평온한 모습이다. 그녀는 비굴하게 속삭이지 않고 자기 목소리의 주인 자리를 지키며 차분하게 말한다.

"그는 시인이야. 차문 절대 안 잠근다고. 내가 신호 보내면 그거 들고 나가."

---

* 흔들어서 소리를 내는 곤봉 모양의 라틴 리듬악기.

9

아버지께,

아버지가 죽음을 맞기 전에 한말씀 드리고 싶어요. 우리에겐
시간이 많지 않아요. 아버지가 생각하는 것보다 훨씬 적으니, 바
로 본론으로 들어가는 점 용서하세요. 아버지의 기억을 일깨워
드리고 싶어요. 어느 아침 아버지 서재에서 있었던 일인데, 드물
게 여름비가 내리는 일요일이었고 그래서 오랜만에 공기가 맑았
죠. 창문들은 열려 있었고, 우리는 후드득후드득 나뭇잎을 때리
는 빗소리를 듣고 있었어요. 아버지와 어머니는 거의 행복한 부
부처럼 보였죠. 그때 아버지가 시 한 편을 낭송했는데, 아버지
작품이라기엔 너무 훌륭한 시였어요. 그건 누구보다도 아버지

자신이 제일 먼저 인정하실 거예요. 짧고, 난해하고, 체념에 가까운 비통이 느껴지는, 이해하기 어려운 시였죠. 그 시가 말하는 바를 따라가기도 전에 사람을 때리고 상처 주는 시였어요. 전 그 시가 무심하고 무관심한 독자, 잃어버린 연인, 진짜 사람을 향해 말을 건다고 생각해요. 그 14행의 시는 가망 없는 애착, 비참한 집착, 해소할 수 없고 인정받지 못하는 갈망에 대해 이야기하고 있었죠. 재능이나 사회적 지위, 혹은 그 둘 다 막강한 라이벌을 등장시켰고, 자신은 겸손하게 고개를 숙였어요. 결국 시간이 복수를 해주겠지만, 우연히 그 시를 읽지 않는 한 아무도 신경쓰지 않을 테고 기억조차 못할 거예요.

그 시가 말을 거는 대상은 제가 만나게 될 세상이라고 생각해요. 이미 저는 세상을 너무도 열렬히 사랑해요. 세상이 저를 어떻게 대할지, 잘 보살펴줄지 아니면 알아보지도 못할지는 모르지만요. 여기서 보면 세상은 불친절하고 생명에 무관심한 듯해요. 뉴스는 잔인하고, 비현실적이고, 깨어날 수 없는 악몽 같고요. 저는 어머니와 함께 침울한 기분으로 열심히 뉴스를 들어요. 노예가 된 십대 소녀들을 감사기도 후에 강간해요. 도시 곳곳에서 드럼통이 폭탄으로 사용되고, 시장에서는 아이들이 폭탄으로 쓰여요. 오스트리아에서는 길가 트럭에 갇힌 이민자 일흔한 명이 공포에 떨다가 질식사해서 썩어가도록 방치되었대요. 오직 용감한 사람들만이 그 마지막 순간을 상상할 수 있겠죠. 이런 게 새 시대예요. 어쩌면 옛날 옛적부터 이랬는지도 모르죠. 그런데 그 시가 아버지와 어젯밤 아버지가 한 말에 대해, 아버지가 제 사랑을 받아주지 않거나 받아줄 수 없으리라는 사실에 대해 생각하게 하기도 해요. 지금 제가 있는 곳에서는 아버지와 어머니, 그리고 세상이 모두 하나예요. 과장이라는 거 알아요. 세상은 경이로 가득한 곳이기도 하고, 그래서 전 바보처럼 세상을 사랑하죠. 두 분을 사랑하고 존경하고요. 제 말은, 거부가 두렵다는 거예요.

그러니 다시 한번 그 시를 아버지의 죽어가는 숨결로 제게 읊어주세요. 그럼 저도 아버지께 그 시를 읊어드릴게요. 그 시가 이 세상에서 아버지가 듣는 마지막 말이 되게 해주세요. 그러면 아버지도 제 뜻을 아실 거예요. 아니면, 더 친절한 길을 택하세요. 죽지 말고 살아서 아버지의 아들을 받아들이고, 아버지 품에 절 안아주시고, 저에 대한 소유권을 주장해주세요. 그 보답으로 충고 하나 드릴게요. 계단을 내려오지 마세요. 큰 소리로 태평하게 작별인사를 하고 나서 차를 타고 떠나세요. 만일 내려오게 되더라도 과일 음료는 사양하고 작별인사를 나눌 만큼만 머무세요. 자세한 건 나중에 설명드릴게요. 그때까지, 전 아버지의 순종적인 아들로 남아……

우리는 침묵 속에 식탁에 앉아 위층에서 아버지가 책 상자들을 거실에 들여놓으며 간간이 쿵쿵거리는 발소리에 귀기울인다. 행동을 앞둔 살인자들은 잡담조차 부담스러워한다. 바싹 마른 입, 약하고 빠른 맥박, 소용돌이치는 생각들. 심지어 클로드조차 어쩔 줄 모른다. 그와 트루디는 블랙커피를 더 마신다. 한 모금씩 마실 때마다 소리 없이 잔을 내려놓는다. 잔받침은 쓰지 않고 있다. 전에는 거기 있는 줄도 몰랐던 시계가 생각에 잠긴 듯 약강격으로 째깍거린다. 도로에서 배달트럭의 대중음악이 가까워졌다가 멀어지며 미세하게 도플러효과를 낸다. 활기 없는 밴드가 사분음 하나를 올렸다가 내리지만 그 안에서는 음정이 맞다. 거기에 나를 위한 메시지가 있는데 손이 미치지 않는다. 진통제가 듣기 시작했지만, 효과는 머리가 맑아진 것뿐이고 내게는 무감각이 더 낫다. 클로드와 트루디는 두 번이나 점검을 마쳤고 모든 게 준비되어 있다. 컵, 물약, '그것', 은행에서 가져온 것, 모자와 장갑과 영수증, 비닐봉지. 나는 뭐가 뭔지 모르겠다. 어젯밤에 잘 들었어야 했는데. 나는 그들의 계획이 제대로 되어가는지 아니면 수포로 돌아가려는 참인지 알 수 없다.

"내가 올라가서 존을 도와줘도 되는데." 이윽고 클로드가 말한다. "백지장도 맞들면—"

"알았어, 알았어. 기다려." 어머니는 그의 말을 끝까지 들을 수 없다. 어머니와 나는 공통점이 많다.

현관문 닫히는 소리가 들리더니 몇 초 후 계단에서 아버지의 발소리—구식 가죽 밑창이 내는 소리—가, 어젯밤 연인과 함께 내려와 자신의 운명을 결정지었을 때와 똑같은 그 소리가 이어진다. 아버지가 내려오면서 부는 음정이 맞지 않는 휘파람은 슈베르트보다는 쇤베르크에 가깝고 편안함 자체라기보다는 그 투영이다. 그렇다면 어젯밤의 위풍당당한 연설에도 불구하고 초조해하고 있다는 뜻이다. 하기야 사랑하는 집에서 자신의 동생과 자신의 아이를 가진 가증스러운 여자를 몰아내는 게 쉬운 일은 아니다. 이제 그가 더 가까이 있다. 나는 다시금 끈끈한 벽에 귀를 붙인다. 그 어떤 억양, 멈춤, 삼켜진 말도 놓칠 수 없다.

나의 격식을 차리지 않는 가족은 인사를 생략한다.

"당신 여행가방이 문 옆에 나와 있었으면 했는데." 아버지는 농담처럼 말하고 언제나처럼 동생은 무시해버린다.

"어림없는 소리." 어머니가 평온하게 응수한다. "앉아서 커피 한잔 해."

아버지가 앉는다. 커피 따르는 소리, 티스푼이 달그락거리는 소리.

그다음 아버지가 말한다. "청소업체가 와서 복도에 있는 끔찍한 쓰레기를 치울 거야."

"쓰레기가 아냐. 하나의 표현이지."

"무엇의?"

"항의."

"아 그래?"

"당신의 방치에 대한 항의."

"허!"

"나를, 그리고 우리 아기를 방치했으니까."

그것은 리얼리즘이라는, 그럴듯함이라는 대의를 위한 것일지 모른다. 알랑거리며 환영하면 아버지의 경계심을 불러일으킬 수 있으니까. 게다가 그에게 아버지로서의 의무를 상기시키다니— 브라보!

"청소업체는 열두시에 도착해. 방역팀도 오고 있고. 그들이 훈증 소독을 할 거야."

"우리가 여기 있는 동안은 못할걸."

"그건 당신한테 달렸지. 그들은 정오에 작업을 시작할 거야."

"한두 달은 기다려야겠네."

"당신 말은 무시하라고 요금을 두 배로 줬어. 그들은 열쇠도 갖고 있고."

"아." 트루디가 진정으로 애석하다는 듯 말한다. "당신이 그렇게 많은 돈을 낭비했다니, 유감이야. 시인의 돈을."

클로드가 불쑥 끼어들지만 트루디에게는 너무 이르다. "내가 만든 건데, 맛있는—"

"자기, 우리 모두 커피를 더 마셔야겠어."

이불 속에서 내 어머니를 지워버리는 남자가 개처럼 복종한다. 섹스란 것이 은밀하고 온전한 하나의 산속 왕국임을 나는 이해하기 시작한다. 그 아래 골짜기에 있는 우리는 그저 소문만 들을 수 있을 뿐이다.

클로드가 저쪽에서 커피머신 위로 몸을 구부리고 있는 사이 어머니가 남편에게 유쾌하게 말한다. "말이 나와서 말인데, 당신 동생이 큰 친절을 베풀었다며. 5천 파운드! 당신은 복도 많아. 고맙다는 인사는 했어?"

"돌려줄 거야. 그러라고 하는 말이라면."

"지난번하고 똑같이 말하는군."

"그것도 돌려줄 거야."

"그 돈을 소독하는 사람들한테 다 쓰다니 끔찍해."

아버지가 진짜 즐거워하며 웃는다. "트루디! 내가 왜 당신을 사랑했었는지 기억이 날 것도 같군. 그건 그렇고, 당신 아름다워 보이네."

"좀 부스스한데. 그래도 고마워." 어머니는 그렇게 말한 뒤 클

120

로드를 대화에서 배제하려는 듯 극적으로 목소리를 낮춘다. "당신이 가고 나서 우린 파티를 벌였지. 밤새도록."

"여기서 쫓겨나는 걸 축하하며."

"그렇다고 할 수 있지."

우리는, 그러니까 어머니와 나는 앞으로 몸을 기울인다. 나는 발이 먼저 나가지만. 어머니가 아버지 손에 자기 손을 올려놓았다는 느낌이 든다. 이제 아버지는 어머니의 사랑스럽게 헝클어진 땋은 머리와 커다란 초록색 눈, 오래전 그가 두브로브니크 면세점에서 사준 향수 냄새를 풍기는 분홍빛의 완벽한 살결에 더 가까워졌다. 그녀는 선견지명이 있다.

"우린 한잔하면서 이야기를 나눴지. 그리고 결정했어. 당신 말이 맞아. 이제 우린 각자의 길을 갈 때가 됐어. 클로드의 집은 멋지고, 동네도 세인트 존스 우드는 프림로즈 힐에 비하면 쓰레기장이지. 그리고 당신에게 새 친구가 생겨서 얼마나 기쁜지 몰라. 스레너디.*"

"엘로디. 사랑스러운 여자지. 어젯밤 집에 도착해서 심하게 다퉜어."

"둘이 아주 행복해 보이던데." 나는 어머니의 목소리가 높아

---

* Threnody, 비가(悲歌)라는 뜻.

지는 걸 감지한다.

"그녀는 내가 아직 당신을 사랑한다고 생각해."

이 말 역시 트루디에게 영향을 미친다. "하지만 당신 입으로 말했잖아. 우린 서로를 증오한다고."

"그랬지. 엘로디는 내 행동이 과하다고 생각해."

"존! 내가 그 여자한테 전화할까? 내가 당신을 얼마나 싫어하는지 말해줘?"

아버지의 웃음소리에는 확신이 없다. "이제 지옥으로 가는 길이 열리겠군!"

나는 내 임무를 상기한다. 부모가 별거중인 아이는 그들을 재결합시키는 것이 자신의 신성한 의무라고 상상한다. 지옥. 시인의 단어로, 파멸해 나락으로 떨어짐을 의미한다. 한번 폭락한 선물 시장이 다시 폭락할 줄도 모르고 희망을 품었던 내가 바보다. 부모님은 단지 서로를 자극하며 연극을 하고 있을 뿐이다. 엘로디도 오해한 것이다. 이 부부 사이에 남아 있는 것은 방어적인 빈정거림뿐이다.

클로드가 쟁반을 들고 나타나 커피를 권한다. 심각하거나 아니면 골이 난 표정이다.

"커피 더 줄까?"

"아, 아니." 아버지가 동생을 위해 남겨둔 단순하고 멸시적인 어조로 말한다.

"커피 말고 맛있는—"

"자기, 난 커피 한 잔 더 마실래. 큰 잔으로."

"자기 형이." 어머니가 삼촌에게 말한다. "스레너디와 사이가 서먹해졌대."

"스레너디는 말이지." 아버지가 과장되게 자상한 태도로 설명 해준다. "죽은 이를 위한 노래야."

"〈캔들 인 더 윈드〉*처럼." 클로드가 활기를 찾으며 말한다.

"제발."

"어쨌든." 트루디가 방금 존과 나누던 대화로 몇 걸음 물러나 말한다. "여긴 우리가 결혼생활을 해온 집이야. 난 준비가 됐을 때 나갈 거고, 이번 주에는 안 돼."

"이봐, 방역팀 얘기는 그냥 놀리려고 한 말이라는 거 알잖아. 하지만 당신도 부인은 못 할 거야. 집이 돼지우리야."

"존, 너무 심하게 몰아붙이면 나 여기서 안 나갈 수도 있어. 법 정에서 보자고."

"알겠어. 하지만 복도에 있는 쓰레기는 치워도 괜찮지?"

---

* 메릴린 먼로의 죽음을 추모하며 만든 엘튼 존의 노래로, 다이애나 비가 사망했 을 때 재발매되어 유명해졌다.

"거부감은 좀 드는데." 트루디는 잠시 생각에 잠기더니 허락의 뜻으로 고개를 끄덕인다.

나는 클로드가 비닐봉지를 집어드는 소리를 듣는다. 그의 쾌활한 태도는 둔하기 짝이 없는 아이도 속이기 힘든 것이다. "난 이만 실례하지. 할 일이 있어서. 악한 자에게 휴식은 없다!"

10

예전 같았으면 클로드가 퇴장하면서 던진 대사에 미소를 지었을지 모르겠다. 하지만 요즘 들어 나는 코미디에 취미도 없고, 설령 공간이 충분하더라도 운동을 하고 싶은 마음도 없고, 불이나 흙에서도, 장엄한 별들의 멋진 세계를, 시적 이해의 아름다움을, 이성의 무한한 기쁨을 알게 해주었던 말에서도 즐거움을 찾지 못한다. 이유는 묻지 마시라. 한때 나를 감동시켰던 경이로운 라디오 강연과 뉴스, 뛰어난 팟캐스트도 이제는 기껏해야 허풍, 최악의 경우에는 허황되고 악취나는 거짓말로 느껴진다. 내가 곧 합류하게 될 훌륭한 국가, 그 숭고한 인간 집단, 그 관습, 신과 천사, 그 불같은 사상과 멋진 소요는 더이상 내게 짜릿함을 안기지 못한다. 내 작은 골격을 덮은 천개가 무겁게 짓눌리고 있다.

나는 인간은 고사하고 작은 동물이 되기도 힘들다. 나는 사산아가 되어 먼지로 사라질 처지다.

클로드가 계단 위로 사라지고 내 부모님이 침묵 속에 앉아 있자, 어딘가에서 홀로 토로하고픈 이 침울하고 과장된 생각들이 다시 나를 짓누른다. 우리는 현관문이 열렸다 닫히는 소리를 듣는다. 나는 클로드가 형의 차문을 여는 소리를 들으려고 안간힘을 다하지만 결국 실패한다. 트루디가 다시 앞으로 몸을 기울이고 존이 그녀의 손을 잡는다. 우리의 혈압이 미세하게 높아지는 것은 건선인 그의 손가락들이 트루디의 손바닥을 눌러온다는 뜻이다. 트루디가 애정 어린 질책이 담긴 하강 어조로 조용히 그의 이름을 부른다. 그는 아무 말이 없지만, 나는 그가 이런, 이런, 우리가 이런 사이가 되다니, 라고 말하듯 입을 꾹 다물고 희미한 미소를 띤 채 고개를 젓고 있으리라 생각한다.

트루디가 따뜻하게 말한다. "당신 말이 맞아, 우린 끝났어. 하지만 조용히 처리했으면 좋겠어."

"그래, 그게 최선이지." 아버지가 유쾌하고 굵직한 목소리로 동의한다. "그런데 트루디, 옛정을 생각해서 당신한테 시 한 편 들려줘도 될까?"

트루디의 어린애 같은 격렬한 도리질에 내 몸이 살며시 흔들리지만, 시에 관한 한 존 케언크로스가 싫다는 대답을 좋다는 뜻으로 받아들인다는 걸 그녀뿐 아니라 나도 알고 있다.

"존, 제발 부탁이니 그러지 마."

하지만 그는 벌써 숨을 들이마시고 있다. 전에도 들은 시지만 지금만큼 의미 있게 다가온 적은 없었다.

"이제 별수없으니, 키스하고 헤어집시다……"*

내가 생각하기에 그는 몇 구절을 필요 이상으로 지나치게 음미하며 낭송한다. "그대도 내게 미련 없으리니" "나 이렇게 깨끗이 해방될 수 있으니"는 강조하고 "조금이라도 남은 옛사랑"은 넘어간다. 그리고 트루디만 원한다면 임종을 맞이한 열정을 무리해서라도 다시 살려낼 기회가 있는 마지막 대목에서** 내 아버지는 영리하게 냉소적인 리듬으로 그걸 부인한다.

하지만 마찬가지로 열정의 부활을 원치 않는 트루디가 마지막 구절이 끝나기도 전에 말한다. "이제 평생 시는 듣고 싶지 않아."

"그렇게 될 거야." 아버지가 상냥하게 말한다. "클로드와 산다면."

쌍방의 재치 있는 이 대화에 나를 위한 대비는 없다. 다른 남자였다면 그가 자식의 어머니에게 보낼 의무가 있는 월 양육비

---

* 영국 시인 마이클 드레이턴의 『이데아』 중 한 편.

** 시의 마지막 대목은 다음과 같다. '만약, 그대 원한다면 모두가 단념해버린 이제라도/죽음에서 삶으로 그를 되돌릴 수 있으리라.'

를 두고 협상을 벌이지 않는 전처에게 의심을 품었을 것이다. 다른 여자였다면, 다른 꿍꿍이가 있지 않았다면, 분명 양육비를 요구했을 것이다. 하지만 나는 스스로를 책임질 수 있을 만큼 컸고 내 운명의 주인이 되고자 한다. 나는 구두쇠의 고양이처럼 하나의 방편을, 한입 정도의 양식을 아무도 모르게 마련해두고 있다. 그동안은 심야에 어머니의 불면을 유도해 라디오 강연을 불러오는 데 썼다. 거의 뼈가 없는 발가락보다는 발꿈치로 두 번 적당한 간격을 두고 날카롭게 벽을 차는 것이다. 나 자신이 언급되는 걸 듣고 싶은 갈망의 외로운 맥동처럼.

"아." 어머니가 한숨지으며 말한다. "아기가 차네."

"그럼 난 이만 가봐야겠어." 아버지가 웅얼거린다. "집 비우는 데 이 주면 될까?"

나는 이를테면 그에게 손을 흔든 셈인데, 무엇을 얻었는가? 그러자, 그래서, 그 경우, 그리하여―그는 가버린다.

"두 달. 그리고 클로드가 돌아올 때까지 좀더 있어줘."

"금방 돌아온다면."

우리 머리 위 수 킬로미터 상공에서 비행기 한 대가 히스로 공항을 향해 활강한다. 나는 늘 그 소리가 위협적이라고 생각한다. 존 케언크로스는 마지막으로 낭송할 시를 생각하고 있는지 모른다. 여행을 떠나기 전에 늘 그랬던 것처럼 「고별사, 슬픔을 금하며」*를 꺼내놓을 수도 있다. 마음을 달래주는 그 4보격 운율, 성숙하고 편안한 어조를 듣는다면 나는 아버지가 우리를 찾아오던 슬픈 옛시절의 향수에 젖을 것이다. 하지만 그는 손가락으로 식탁을 톡톡 치며 목청만 가다듬고서 그냥 기다린다.

트루디가 말한다. "오늘 아침 저드 스트리트에서 스무디 사왔는데. 그런데 당신 줄 건 안 남았나봐."

그 말과 함께 드디어 사건이 시작된다.

끔찍한 연극이 상연중인 무대 옆쪽 끝에서 들려오는 듯 단조로운 목소리가 계단 위에서 말한다. "아냐, 내가 한 컵 남겨놨어. 그 가게 형이 우리한테 알려줬잖아. 기억나?"

그가 말하면서 내려온다. 이 지나치게 시의적절한 등장이, 이 서툴고 그럴듯하지도 않은 대사가 오밤중에 취해서 예행연습을 한 것이라니 믿기 어렵다.

플라스틱 뚜껑에 빨대가 꽂힌 스티로폼 용기는 냉장고에 있고, 지금 냉장고 문이 열렸다 닫힌다. 클로드가 내 아버지 앞에 그걸 내려놓으며 숨소리 섞인 목소리로 어머니처럼 말한다. "여기."

"고맙다. 하지만 목으로 넘어갈지 모르겠군."

초반부터 실수다. 어째서 육감적인 아내 대신 경멸스러운 동

---

* 영국 시인 존 던의 작품.

생이 음료를 건네게 했단 말인가? 이제 계속 말을 시켜서 그의 생각이 바뀔 때까지 기다리자. 기다리자고? 살인에 대해 처음부터 알면 이렇게 된다. 이야기가 이런 식으로 흘러가는 것이다. 범인들의 편을 들어 그들의 계획을 지지하고, 그들의 작은 배가 악한 의도를 싣고 출발할 때 부둣가에서 손을 흔들지 않을 수 없게 된다. 여행 잘 다녀와요! 사람을 죽이고도 무사하기란 쉬운 일이 아니다. 그건 대단한 업적이다. 성공의 전제는 '완전범죄'다. 그리고 완전함은 인간적이라고 할 수 없다. 항해를 하다보면 일이 틀어지기 마련이다. 똬리가 풀린 밧줄에 발이 걸려 넘어지기도 하고, 배가 남서쪽으로 너무 멀리 벗어나기도 한다. 힘들거니와 망망대해인 듯 갈피를 잡을 수 없다.

클로드가 식탁에 앉아 가쁜 숨을 들이쉬며 비장의 카드를 꺼낸다. 잡담. 그는 이게 잡담거리가 될 거라고 생각한다.

"이민자들 말이야, 응? 참 성가신 문제라니까. 칼레에서는 우리가 부러울 거야! 정글!* 영국해협이 얼마나 고마운지."

아버지가 못 버티고 미끼를 문다. "아, 기세등등한 바다에 갇힌 영국, 그 암석해안은 시샘 어린 포위를 물리친다."**

---

* 프랑스 칼레에 있는 난민촌.
** 셰익스피어의 『리처드 2세』 2막 1장.

그 구절이 그를 기분좋게 만든다. 그가 컵을 가까이 끌어당기는 소리가 들린 듯도 하다. 그가 말한다. "하지만 나는 그들 모두를 받아들이라고 하겠어. 어서들 오라고! 세인트 존스 우드에 아프가니스탄 식당이 생기는 거지."

"그리고 모스크도 생기겠지." 클로드가 말한다. "한 세 개쯤. 아내를 때리고 어린 여자애들을 추행하는 놈은 천 명쯤 생기고."

"내가 이란의 고하르샤드 모스크에 대해 말해준 적 있니? 동틀 녘에 그 모스크를 봤어. 경이에 차서, 눈물을 흘리며 서 있었지. 클로드, 넌 그 색채를 상상도 못할 거야. 코발트색, 청록색, 가지색, 사프란색, 가장 옅은 초록, 크리스털 화이트, 그리고 그 사이의 모든 색."

나는 그가 동생의 이름을 부르는 걸 거의 들은 적이 없었다. 아버지는 이상하게 의기양양하다. 어머니 앞에서 으스대며 그녀가 무엇을 잃게 될지 비교를 통해 보여주고 있다.

아니면 동생의 불쾌한 견해에서 벗어나려는 것이거나. 클로드는 이제 조심스럽고 타협적인 어조로 말한다. "이란은 생각해본 적 없어. 하지만 샤름 엘 셰이크에 있는 플라자 호텔은 알아. 멋지지. 그 장식들하며. 그 해변에 있는 건물치고는 지나치게 화끈할 정도지."

"난 존 편이야." 어머니가 말한다. "시리아인, 에리트레아인,

이라크인. 마케도니아인까지도. 우린 그들의 젊음이 필요해. 그리고, 자기, 나 물 한 잔 갖다줄래?"

클로드가 즉시 싱크대로 간다. 거기서 그는 말한다. "필요? 난 길에서 난도질당할 필요가 없는데. 울위치 사건*처럼." 그러고는 물 두 잔을 갖고 식탁으로 돌아온다. 한 잔은 자기 몫이다. 나는 앞으로 상황이 어떻게 전개될지 알 것 같다.

클로드가 말을 잇는다. "난 7·7 사건** 이후로 지하철을 안 탄다니까."

아버지가 클로드를 무시할 때의 목소리로 말한다. "이런 계산을 본 적 있는데, 인종 간 섹스가 지금처럼 진행되면 앞으로 오천 년 안에 지구상 모든 사람의 피부가 연한 커피색이 될 거라더군."

"그 말에 동의하며 건배." 어머니가 말한다.

"나도 정말로 반대하는 건 아냐." 클로드가 말한다. "그러니, 건배."

"인종의 종말을 위하여." 아버지가 기분좋게 건배 제의를 한다. 하지만 나는 그가 컵을 들었다는 생각이 들지 않는다. 대신

---

* 2013년 런던 울위치에서 두 이슬람 급진주의자가 영국 군인을 난도질해 살해한 사건을 가리킨다.
** 2005년 7월 7일 런던 중심부에서 발생한 연쇄 자살 폭탄 사건으로, 범인들이 이슬람계 이민자 출신이었다.

그는 당면한 문제로 화제를 돌린다. "당신만 괜찮다면 금요일에 엘로디랑 잠깐 들르고 싶은데. 엘로디가 커튼 치수를 재고 싶어 해서."

나는 건초 다락에서 100킬로그램짜리 곡물자루가 창고 바닥에 던져지는 광경을 상상한다. 한 자루 더, 한 자루 더. 어머니의 심장이 그렇게 쿵쿵거린다.

"물론, 괜찮아." 그녀가 이성적인 목소리로 대답한다. "그때 우리가 점심을 대접할 수도 있어."

"고맙긴 한데, 그날 바쁠 거야. 이만 가봐야겠어. 길이 많이 막혀서."

의자 끄는 소리─타일 바닥이 기름투성인데도 개 짖는 소리 처럼 요란하게 들린다. 존 케언크로스가 일어선다. 그가 다시 다정한 목소리로 말한다. "트루디, 그동안─"

하지만 그녀도 일어서며 재빨리 머리를 굴린다. 나는 그녀의 힘줄을 통해, 휘장처럼 드리운 복부 그물막이 수축하는 걸 통해 그걸 느낄 수 있다. 그녀에게는 마지막 한 번의 기회가 남았고, 모든 것이 침착한 태도에 달려 있다. 그녀가 갑자기 진지해지며 그의 말을 자른다. "존, 당신이 가기 전에 이 말은 하고 싶어. 내가 까다로운 데가 있고 가끔은 미친년이 된다는 거 나도 알아. 우리가 이렇게 된 건 반 이상 내 탓이지. 나도 알아. 집을 쓰레기

장으로 만든 것도 미안하고. 그런데 어젯밤 당신이 한 이야기, 두브로브니크 말이야."

"아." 아버지가 대답한다. "두브로브니크." 하지만 그는 벌써 저만치 가 있다.

"당신이 한 말 맞아. 당신이 되살려준 그 모든 기억에 가슴이 찢어질 것 같더라. 존, 그건 하나의 걸작이었어. 우리가 창조해낸 것 말이야. 그후에 일어난 일들이 그 가치를 떨어뜨릴 순 없지. 그런 말을 하다니 당신 참 현명해. 아름다운 추억이야. 미래에 일어나는 어떤 일도 그걸 지워버릴 순 없어. 지금 내가 들고 있는 건 물이지만, 그래도 당신을 위해, 우리를 위해 건배하고 싶어. 옛 기억을 떠올리게 해줘서 고마워. 사랑이 지속되느냐 아니냐는 중요하지 않아. 중요한 건 그게 존재한다는 사실이지. 그러니, 사랑을 위해. 우리의 사랑. 과거의. 그리고 엘로디를 위해."

트루디는 컵을 입에 댄다. 그녀의 후두개가 오르내리고 식도가 뱀처럼 연동운동을 하면서 잠시 나는 귀가 먹먹해진다. 어머니를 알게 된 후로 나는 그녀가 연설하는 걸 들어본 적이 없다. 그녀답지 않다. 하지만 묘하게 연상되는 존재가 있다. 누구? 잔뜩 긴장한 여학생. 교장 선생님을 비롯한 여러 교사와 전교생 앞에서 도전적인 떨림으로, 단호한 상투어로 감명을 주고 있는 새학생 대표.

사랑에 대한 건배는 곧 죽음에 대한 건배다. 에로스와 타나토스. 지적인 삶에서는 어느 두 개념이 충분히 멀리 떨어져 있거나 대립할 때 그 둘이 깊이 결부되어 있다고 말하는 것이 당연시되는 듯하다. 죽음은 삶의 모든 것과 대립하므로 다양한 짝짓기가 가능하다. 예술과 죽음. 자연과 죽음. 걱정스럽게도, 탄생과 죽음. 그리고 기쁜 마음으로 반복하는, 사랑과 죽음. 이 마지막 조합에 대해 지금 내 입장에서 말하자면, 다른 어느 쌍도 이보다 서로 동떨어져 있을 수는 없다. 죽은 자는 아무도, 아무것도 사랑하지 않는다. 나는 세상에 나가 활동을 시작하는 즉시 이에 대한 논문 집필을 시도해볼 수도 있다. 세상은 젊고 팔팔한 경험론자를 절실히 필요로 하니까.

다시 아버지가 말하는데 목소리가 더 가까이서 들린다. 식탁으로 돌아오고 있는 것이다.

"그래." 그가 더없이 다정하게 말한다. "바로 그런 자세야."

맹세하건대 그 죽음과 사랑의 컵이 그의 손에 들려 있다.

나는 다시 그의 운명에 대항해 양쪽 발꿈치로 자궁벽을 차고 또 찬다.

"이런, 이런, 귀여운 두더지." 어머니가 다정하고 모성이 담긴 목소리로 외친다. "아기가 잠에서 깨고 있어."

"당신, 내 동생을 빼먹었어." 존 케언크로스가 말한다. 다른 사람의 건배 대상을 확장시키는 건 남자다운 시인의 본성에서 나온 행동이다. "우리 미래의 사랑, 클로드와 엘로디를 위하여."

"그럼 우리 모두를 위하여." 클로드가 말한다.

침묵이 흐른다. 어머니의 잔은 이미 비었다.

그리고 아버지의 만족스러운 긴 한숨이 이어진다. 예의상 얼마간 과장한 것이다. "평소보다 달군. 그래도 전혀 나쁘지 않아."

그가 식탁에 내려놓는 스티로폼 컵이 텅 빈 소리를 낸다.

기억 하나가 만화 속 백열전구처럼 반짝 떠오른다. 어느 비 내리던 날, 아침식사 후에 트루디가 양치질을 하는 동안 애완동물 돌보기에 관한 프로그램에서 이런저런 위험을 이야기하고 있었다. 불운하게도 개가 차고 바닥에 떨어진 달콤한 초록색 액체를 핥아먹는다. 몇 시간 내로 죽는다. 클로드가 말했던 그대로. 화학은 자비도, 목적도, 후회도 없다. 어머니의 전동칫솔 소리가 나머지 이야기는 삼켜버렸다. 우리는 애완동물을 따라다니는 똑같은 법칙에 얽매여 있다. 우리 목에도 비존재라는 커다란 쇠사슬이 감겨 있다.

"그럼." 아버지가 말한다. 그의 말에는 그가 알지 못하는 더 깊은 의미가 담겨 있다. "이만 가볼게."

클로드와 트루디가 일어선다. 이것이 독살의 무모한 스릴이다. 독이 섭취되었으나 작용은 아직 마무리되지 않았다. 이곳에서 반경 3.2킬로미터 내에 많은 병원이, 많은 위세척기가 있다. 하지만 범죄의 선은 넘었다. 이제 돌이킬 수 없다. 그들은 뒤로 물러서서 그 반대의 경우를, 부동액에 그의 몸이 차갑게 식기를 기다릴 도리밖에 없다.

클로드가 말한다. "이거 형 모자야?"

"아 그래! 가져갈게."

이것이 내가 듣는 아버지의 마지막 목소리일까?

우리는 위층으로 계단을 오르고, 시인이 앞장선다. 폐는 있지만 공기가 없는 나는 경고의 고함을 지를 수도, 스스로의 무력함에 수치스러워하며 울 수도 없다. 나는 그들과 달리 아직 바다의 생명체다, 인간이 아니다. 이제 우리는 마구 어질러진 복도를 지난다. 현관문이 열린다. 아버지가 돌아서서 내 어머니 뺨에 살짝 입을 맞추고 동생의 어깨에 애정 어린 주먹을 날린다. 아마 평생 처음일 것이다.

그가 나가면서 어깨 너머로 외친다. "저 빌어먹을 차가 시동이 걸리길 빌자고."

11

　술주정뱅이들이 오밤중에 씨를 뿌린 창백하고 가녀린 식물
이 머나먼 성공의 햇빛을 받으려고 사투를 벌인다. 계획은 이렇
다. 한 남자가 자기 차 운전석에서 숨진 채 발견된다. 뒷좌석 근
처 거의 눈에 들어오지 않는 바닥에 캠든 구청 근처 저드 스트리
트의 한 상점 로고가 붙은 스티로폼 컵이 있다. 컵에는 글리콜
이 섞인 걸쭉한 과일 음료가 남아 있다. 그리고 컵 근처에 동일
한 치명적 물질이 담겼던 빈병이 있다. 병 근처에는 그날 날짜가
찍힌 음료 영수증이 버려져 있다. 운전석 아래 은행 계좌 거래내
역서 몇 장이 숨겨져 있는데, 일부는 작은 출판사 앞으로 되어
있고 나머지는 개인 계좌다. 둘 다 5만 파운드가 못 되게 마이너
스 상태다. 한 거래내역서에는 고인의 필체로 '그만!'이라고 휘

갈겨져 있다. (트루디가 '내 것'이라고 말한 것이다.) 거래내역서들 옆에는 고인이 손의 건선을 감추려고 이따금 끼던 장갑이 놓여 있다. 그리고 최근 나온 시집의 악평이 실린 신문지가 공처럼 뭉쳐진 채 장갑에 일부 가려져 있다. 조수석에는 검은 모자가 있다.

런던 경찰청은 인력은 부족한데 일은 넘친다. 나이든 형사들은 젊은 형사들이 발품 파는 게 싫어서 컴퓨터만 보면서 수사를 한다고 한탄한다. 피비린내 나는 다른 사건들에도 매달려야 하는 상황에서 이 건의 결론은 쉽게 손에 잡히는 곳에 있다. 자살도구가 특이하긴 해도 희귀한 건 아니고, 쉽게 구할 수 있으며, 맛이 좋고, 다량을 복용하면 치명적이며, 범죄소설 작가들에게 친숙한 수법이다. 조사 결과 빚 문제만 있었던 게 아니라 부부 사이도 좋지 않았다. 아내가 현재 그의 동생과 함께 살고 있어 죽은 남자는 수개월간 우울증에 시달려왔다. 건선이 그의 자신감을 갉아먹었다. 그것을 감추려고 장갑을 꼈다는 사실이 스티로폼 컵과 부동액 병에 지문이 남지 않은 걸 설명해준다. 그가 모자를 쓰고 스무디 헤븐에 들른 CCTV 영상도 확보되었다. 그는 그날 아침 세인트 존스 우드에 있는 집에 다녀오는 길이었다. 분명 아버지가 된다는 사실을, 아니면 사업 실패나 시인으로서의 몰락을, 아니면 세 들어 살던 쇼어디치에서의 고독을 감당할 수 없었을 것이다. 그는 아내와 다투고 괴로워하며 떠났다. 아내는 자기 탓으로 돌리고 있다. 그녀의 진술은 몇 번이나 중단되어야 했다. 고인의 동생도 출석해서 최선을 다해 수사에 협조했다.

사실이 사전에 그토록 쉽게, 그토록 철저하게 조작될 수 있을까? 어머니와 클로드, 나는 열린 현관문 앞에서 잔뜩 긴장한 채 기다린다. 행동의 구상과 그 실행 사이에는 가증스러운 우발적 사태들이 뒤엉켜 있다. 첫 시도에서 차의 엔진은 돌아가지만 시동이 걸리지 않는다. 놀라운 일도 아니다. 꿈꾸는 소네트 시인의 차니까. 두번째 시도에서도 똑같이 가르랑거리다가 실패로 끝나고, 세번째도 마찬가지다. 시동장치는 목청을 가다듬기에도 너무 쇠약해져버린 노인 같은 소리를 낸다. 만일 존 케언크로스가 우리 앞에서 죽는다면, 우리는 망하는 거다. 우리 앞에서 살아나도 마찬가지고. 그는 다시 시도하기 전에 잠시 운을 모으는 시간을 갖는다. 네번째는 세번째보다 소리가 약하다. 나는 차창에 비친 여름 구름에 거의 가려진 그가 우리를 향해 짐짓 난처한 듯 어깨를 으쓱하는 모습을 상상한다.

"이런." 세상 물정에 밝은 클로드가 말한다. "카뷰레터가 넘치겠군."

어머니의 내장이 그녀의 간절한 희망을 연주한다. 이윽고 다섯번째 시도에 변화가 온다. 자동차 엔진이 천천히 들썩이는 소리와 익살스러운 파열음을 내며 내부에서 연소를 시작한다. 트루디와 클로드의 제멋대로 뻗은 식물이 희망에 찬 봉오리를 맺는다. 차가 후진해서 도로로 나가자 어머니가 발작적인 기침을 쏟아내는 것이 푸른 매연 덩어리가 바람을 타고 우리를 향해 날아온 듯하다. 우리는 안으로 들어가고 현관문이 쾅 닫힌다.

우리는 부엌으로 돌아가지 않고 계단을 오른다. 아무도 말이 없지만 침묵의 질―크림처럼 진하다―이 지금 우리를 침실로 이끄는 것은 피로와 술만이 아님을 알려준다. 설상가상. 이건 잔혹하리만큼 부당하다.

오 분 후. 여기는 침실이고 그 짓은 이미 시작되었다. 클로드는 내 어머니 옆에 웅크리고 앉아 있는데 아마 벌써 알몸일 것이다. 어머니의 목에 내뿜는 그의 숨소리가 들린다. 그는 자신이 올라본 적 없는 관능적 관용의 최고봉을 정복하기 위해 그녀의 옷을 벗기고 있다.

"조심해." 트루디가 말한다. "그 단추들 진주야."

그는 대답 대신 끙 소리를 낸다. 그의 손은 서툴고 오로지 그 자신의 필요를 위해서만 움직인다. 그의 것인지 그녀의 것인지 모를 무언가가 침실 바닥에 떨어진다. 신발 아니면 무거운 벨트가 달린 바지일 것이다. 그녀가 이상하게 몸을 뒤튼다. 조바심이다. 그가 다시 끙 소리로 명령을 내린다. 나는 몸을 웅크리고 있다.

이건 추악한 짓이고 출산이 임박한 터라 분명 문제가 생길 것이다. 내가 벌써 몇 주째 해온 말이다. 나는 피해를 입을 것이다.

트루디가 순종적으로 엎드린다. 후배위, 개처럼 뒤로 하는 자세이지만, 나를 생각해서는 아니다. 짝짓기를 하는 두꺼비처럼 그는 그녀의 등에 찰싹 붙는다. 그녀 위에 타서 그녀 안으로 들어온다. 깊숙이. 기만적인 내 어머니는 아버지를 살해하려는 자를 내게 너무 가까이 접근시킨다. 세인트 존스 우드에서의 이번 토요일 오후는 평소와 완전히 다르다. 다른 때처럼 갓 만들어진 두개골의 온전함을 위협하는 짧고 광적인 만남이 아니다. 이번 섹스는 끈적거리는 무언가에 빠졌거나 꼼꼼하게 하나하나 따져가며 늪을 기어가는 것과 같다. 점막끼리 미끄러지듯 스치며 방향을 틀 때면 희미하게 삐걱거리는 소리가 난다. 공모의 시간이 뜻하지 않게 그들을 신중한 섹스의 기술로 인도한 것이다. 하지만 그들 사이에는 아무것도 오가지 않는다. 그들은 기계적으로 천천히 몸을 움직인다. 반쯤 힘을 뺀 맹목적이고 산업적인 공정이다. 그들이 원하는 건 해방, 일을 마치는 것, 스스로에게서 잠시나마 휴식을 얻는 것뿐이다. 드디어 절정이 연속적으로 찾아오자 어머니는 공포에 질려 헐떡거린다. 돌아가야만 하는 것, 곧 보게 될 것에 대한 공포다. 그녀의 연인이 세번째 끙 소리를 낸다. 그들은 떨어져서 시트에 등을 대고 눕는다. 그다음엔 우리 모두 잠이 든다.

　나는 그 기나긴 오후 내내 시각적으로 깊이 있고 풍부한 총천연색 꿈을, 나의 첫 꿈을 꾼다. 꿈과 현실의 경계선은 모호하다. 울타리도 없고 나무들 사이사이 방화대도 없다. 빈 초소들만이 경계를 나타낸다. 이 새로운 땅은 초행자인 내게 모호하게 시작된다. 형체 없이 흔들리는 덩어리, 희미한 형상, 서서히 사라져가는 사람과 장소, 아치형 천장 아래서 노래하거나 이야기하는 모호한 목소리. 이 땅을 지나며 나는 이름도 없고 닿을 수도 없는 회한의 고통을, 의무나 사랑을 저버리고 누군가 혹은 무언가를 두고 떠나온 기분이다. 그러다가 모든 것이 아름답도록 선명하게 다가온다. 내가 버려지는 날의 차가운 안개, 말을 탄 사흘간의 여정, 바큇자국이 깊이 팬 길을 긴 행렬을 지어 걸어가는 음울한 얼굴의 영국 빈민들, 물이 넘친 템스 강변 목초지에 우뚝 솟은 거대한 느릅나무들, 그리고 마침내 도시의 익숙한 전율과 소음. 거리마다 분뇨 냄새가 집의 벽처럼 견고하지만 좁은 모퉁이를 돌자 그 악취는 구운 고기와 로즈메리 냄새에 자리를 내어주고, 칙칙한 입구로 들어서니 어두컴컴한 실내에서 내 또래 젊은이가 테이블에 앉아 도기 술병에 담긴 와인을 따르는 모습이 보인다. 잘생긴 젊은이다. 그가 지저분한 오크 테이블 너머로 몸을 기울여 자기 마음속 이야기, 그가, 혹은 내가 쓴 이야기로 나를 붙들고는 의견을 구한다. 아니, 어쩌면 그의 의견을 말하는지도 모른다. 바로잡아야 할 부분을, 사실을 말하는지도 모른다. 아니면 어떻게 이어가야 하는지 알려달라고 하는지도. 이런 정체성의 모호함은 내가 그에게 느끼는 사랑의 한 양상이고, 그것이 내가 뒤로하고 싶은 죄책감을 거의 덮어버린다. 밖에서 조종이 울린다. 우리는 장례 행렬을 보려고 밖으로 몰려나간다. 이것이 중요한 죽음임을 우리는 안다. 행렬은 나타나지 않지만, 조종은 계속 울린다.

*   *   *

초인종 소리를 들은 사람은 어머니다. 내가 신기한 꿈의 논리에서 벗어나기도 전에 그녀는 가운을 걸쳤고, 우리는 계단을 내려간다. 다 내려갔을 때 그녀가 놀라서 비명을 지른다. 우리가 자는 동안 복도의 쓰레기 더미가 치워진 모양이다. 다시 초인종이 울린다. 요란하고, 강하고, 분노에 찬 소리다. 트루디가 현관문을 열며 외친다. "세상에! 당신 술 마셨어? 최대한 빨리—"

그녀가 주춤한다. 만일 그녀에게 스스로에 대한 믿음이 있다면 두려움이 이미 나까지도 내다보게 한 것, 즉 경찰관이, 아니 경찰관 두 명이 모자를 벗는 광경에 놀라지 않았을 것이다.

친절하고 아버지처럼 인자한 목소리가 말한다. "존 케언크로스 씨 부인 되십니까?"

그녀가 고개를 끄덕인다.

"크롤리 경사입니다. 유감스럽게도 아주 나쁜 소식을 갖고 왔습니다. 들어가도 될까요?"

"아 하느님." 어머니가 말하는 법을 기억해낸다.

경찰관들은 우리를 따라 거의 사용하지 않아 깨끗하다고 할 수 있는 거실로 들어온다. 복도가 치워지지 않은 상태였다면 어머니는 즉시 용의자로 의심받았을 것이다. 경찰의 일은 직관적이다. 이제 남은 건 쓰레기의 냄새뿐이고 이국적인 요리 냄새와 혼동하기 쉽다.

방금 전보다 젊고 오빠 같은 배려가 담긴 다른 목소리가 말한다. "부인, 앉으시죠."

경사가 소식을 전한다. 케언크로스 씨의 차가 런던에서 32킬로미터 떨어진 M1 고속도로 상행선 갓길에서 발견되었다. 운전석 문이 열려 있고 그는 도로에서 멀지 않은 풀이 우거진 제방에 엎드린 자세로 쓰러져 있었다. 구급차가 오고 병원으로 달려가는 동안 소생술이 실시되었지만 병원 도착 전에 사망했다.

깊은 물속 공기방울 같은 흐느낌이 어머니 몸을 통과해, 나를 통과해 올라가 그녀를 주시하고 있는 경찰관들 앞에서 터진다.

"아 하느님!" 그녀가 외친다. "오늘 아침에 남편과 아주 심하게 다퉜어요." 그녀의 몸이 앞쪽으로 구부러진다. 나는 그녀가 두 손으로 얼굴을 감싸고 떨기 시작하는 걸 느낀다.

"이 말씀을 드려야겠군요." 경사가 설명을 계속한다. 그리고 남편을 잃은 만삭의 여인에게 이중의 예우를 갖춰 세심하게 잠시 멈춘다. "아까 오후에는 부인께 연락이 안 되더군요. 고인의 친구분께서 시신 확인을 해주셨습니다. 우선 저희가 보기엔 자살 같습니다."

어머니가 등을 펴고 비명을 내지를 때 나는 그녀에 대한, 그리고 내가 잃어버린 모든 것—두브로브니크, 시, 일상생활—에 대한 사랑에 사로잡힌다. 그녀는 한때 남편을 사랑했다. 남편이 그녀를 사랑했던 것처럼. 그 사실을 기억해내고 나머지를 지우자 그녀의 연기력이 상승한다.

"그이를 여기…… 그이를 여기 붙잡아뒀어야 했는데. 아 하느님, 다 제 탓이에요."

뻔히 보이는 곳에, 진실 뒤에 숨다니 얼마나 영리한가.

경사가 말한다. "사람들이 자주 하는 말이죠. 하지만 그러면 안 됩니다. 그러지 마세요. 자신을 책망하는 건 옳지 않아요."

깊은 들숨과 한숨. 그녀는 말을 하려다가 멈추고, 다시 한숨을 쉬고, 자신을 추스른다. "설명을 해야겠어요. 사실 우린 사이가 좋지 않았어요. 남편은 다른 여자를 만나고 있었고, 집에서 나갔어요. 그리고 저도…… 그이 동생이 들어와서 살게 됐고요. 존은 그걸 심각하게 받아들였어요. 그래서 다 제 탓이라고……"

그녀는 클로드에 대해 선수를 쳐서 경찰이 결국 알아낼 일을 털어놓는다. 지금 뻔뻔스럽게 "내가 그이를 죽인 거예요"라고 말한다면, 그녀는 안전할 것이다.

나는 벨크로 뜯는 소리와 공책 넘기는 소리, 연필 사각대는 소리를 듣는다. 그녀는 힘없는 목소리로 그동안 연습했던 것을 모두 말한 뒤 결국에는 다시 자기 과실을 탓한다. 남편이 그런 상태로 차를 몰고 가도록 내버려두지 말았어야 했다는 것이다.

젊은 경찰관이 공손하게 말한다. "케언크로스 부인, 이렇게 될 줄 모르셨잖습니까."

그러자 트루디는 방침을 바꾸어 거의 화난 목소리로 말한다. "전 도저히 받아들일 수 없어요. 당신들 말을 믿어야 할지조차 모르겠어요."

"이해합니다." 아버지 같은 경사의 말이다. 그는 정중한 기침을 하며 동료와 함께 일어나 갈 준비를 한다. "누구 부를 사람 없습니까? 부인과 함께 있어줄 사람?"

어머니는 어떻게 대답할까 궁리한다. 그녀는 다시 두 손으로 얼굴을 감싸고 몸을 굽힌다. 그리고 손가락 사이로 맥없이 말한다. "시동생이 여기 있어요. 위층에서 자고 있어요."

법의 수호자들은 음탕한 시선을 교환했을지도 모른다. 그들이 의심하는 표시를 낸다면 내 마음에 위안이 될 것이다.

"적당한 때 그분과도 이야기를 나누고 싶군요." 젊은 경찰관이 말한다.

"이 사실을 알면 죽도록 괴로워할 거예요."

"지금은 두 분만 있고 싶겠군요."

다시 희망이 보인다. 경찰력―내가 아닌 리바이어던―이 복수를 해줄 거라는 나의 비겁한 희망을 떠받쳐주는 가느다란 생명줄 같은 암시다.

나는 목소리들이 미치지 않는 곳에 잠시 혼자 있고 싶다. 트루디의 연기에 지나치게 몰입해 영향을 받다보니 내 슬픔의 구렁텅이를 들여다볼 여유가 없었다. 그보다 어머니에 대한 사랑이 증오에 비례해 커져간다는 사실을 이해할 수가 없다. 그녀는 스스로 나의 홀어머니가 되었다. 나는 그녀 없이는, 내가 미소를 보낼 포근한 초록색 눈과 내 귀에 달콤한 말을 쏟아부을 사랑스러운 목소리와 내 은밀한 부위를 보살펴줄 차가운 손 없이는 살수 없다.

경찰관들이 떠난다. 어머니는 무거운 발걸음으로 계단을 올라간다. 손으로 난간을 꽉 잡고서. 하나-둘 쉬고, 하나-둘 쉬고.

그녀는 희미해져가는 음으로 자꾸만 콧노래 소리를, 콧구멍으로 내뱉는 연민 혹은 슬픔의 신음을 낸다. 으으으응…… 으으으응. 나는 그녀를 안다. 무언가가 이루어지고 있다. 청산의 시곡. 그녀는 하나의 음모를, 순전한 계략을, 악한 동화 같은 이야기를 꾸며냈다. 이제 그녀의 머릿속 이야기는 그녀를 떠나 아까 오후에 내가 그랬던 것처럼, 그러나 반대 방향으로, 경계선 너머 지키는 이 없는 초소를 지나서 그녀에게 반기를 들고 사회적인 현실의 편에 선다. 인간의 접촉과 약속과 의무, 비디오카메라, 비인간적 기억을 지닌 컴퓨터가 있는 평일 세계의 단조로운 일상의 편에. 요컨대, 결과들의 편에 선다. 이야기는 달아나버렸다.

술과 수면 부족으로 제정신이 아닌 그녀는 나를 품고 계속해서 침실을 향해 올라간다. 그건 진짜로 이루어질 일이 절대 아니었어. 그녀가 자신에게 말한다. 그저 내 어리석은 앙심일 뿐이었어. 그러니 내 죄라면 실수를 저지른 것뿐이야.

다음 단계가 가까이 있지만 그녀는 아직 그 단계로 나아가지 않는다.

12

우리는 자고 있는 클로드, 하나의 둔덕, 이불에 덮인 채 종 모양 곡선을 이루는 소리를 향해 나아간다. 그가 숨을 내쉴 때마다 꽉 막힌 신음이 길게 새어나오고 그 소리는 종료점에 가까워지며 전기음 같은 치찰음으로 주름진다. 그다음 한참이나 숨소리가 들리지 않아 그를 사랑하는 사람이라면 두려울 정도다. 혹시 숨이 끊어졌나? 그를 사랑하지 않는 사람이라면 희망을 품는다. 하지만 결국 날숨보다 짧고 탐욕스러운 들숨이 이어진다. 그 들숨은 바람에 마른 점액의 소음으로 얼룩지고, 경쾌한 정점에 이르러 연구개의 의기양양한 가르랑거림으로 변한다. 그의 숨소리가 커지는 건 우리가 매우 가까이 있음을 뜻한다. 트루디가 그의 이름을 부른다. 나는 치찰음들 사이로 곤두박질치는 그에게 트루디가 손을 뻗는 걸 느낀다. 그녀는 성공을 함께 나누고픈 조바심에 차 있어서 그의 어깨에 닿는 손길이 부드럽지 않다. 그는 형의 자동차처럼 쿨럭거리며 비몽사몽 깨고, 몇 초가 지나서야 질문할 말을 생각해낸다.

"뭐야 씨발?"

"죽었어."

"누가?"

"세상에! 일어나."

깊은 잠에서 끌려나온 클로드는, 삐걱거리는 매트리스의 불평으로 짐작하건대 침대 가장자리에 앉아 신경회로가 그의 인생이야기를 복원시켜주기를 기다린다. 나는 그런 연결 과정을 당연시하지 않을 만큼 젊다. 그러니까, 무슨 상황이었지? 아, 그래, 형을 살해하려고 했지. 진짜 죽었나? 이윽고 그는 다시 클로드가된다.

"이거 놀랐는걸!"

이제 그는 일어나고 싶은 기분이 든다. 그는 저녁 여섯시임을 확인한다. 활기차게 일어나 운동선수처럼 뼈와 연골이 뚝뚝거리는 소리를 내며 기지개를 켠 다음 비브라토를 잔뜩 넣어 경쾌하게 휘파람을 불면서 침실과 욕실 사이를 돌아다닌다. 나는 지금까지 경음악을 들어온 경험으로 그 곡이 영화 〈영광의 탈출〉의 주제곡임을 안다. 나의 갓 만들어진 귀에 그 곡은 퇴폐적인 낭만파 스타일로 거창하기만 하고, 클로드의 귀에는 인간 구원의 관현악 시로 들린다. 그는 행복하다. 한편, 트루디는 말없이 침대에 앉아 있다. 일이 벌어지려는 참이다. 이윽고 그녀는 김빠진 단조로운 목소리로 경찰이 찾아왔고 친절했으며, 시신이 발견되었고, 사인은 일단 자살로 추정되고 있다고 말한다. 나쁜 소식으로 전달된 그 모든 말에 클로드는 "끝내주네"로 장단을 맞춘다. 그는 구두끈을 묶으려고 끙 소리를 내며 몸을 앞으로 굽힌다.

트루디가 말한다. "모자는 어떻게 했어?"

아버지의 챙 넓은 페도라를 말하는 것이다.

"아까 못 봤어? 내가 형 줬잖아."

"존은 그걸 어떻게 했지?"

"나갈 때 손에 들고 있었어. 걱정 마. 자기, 걱정하고 있구나."

트루디는 한숨을 쉬고 잠시 생각한다. "경찰관들이 정말 친절했어."

"남편도 잃었고 뭐 그렇지."

"난 그들을 안 믿어."

"그냥 침착하게 버텨."

"그들이 다시 올 거야."

"침착하게…… 버티라고."

그는 이 두 마디를 힘주어, 그리고 악의를 담아 중간에 한 번 끊어서 말한다. 악의, 혹은 짜증을 담아.

이제 그는 다시 욕실에 들어가서 머리를 빗고 있지만 휘파람은 불지 않는다. 분위기가 바뀌고 있다.

트루디가 말한다. "경찰이 자기를 만나려고 할 거야."

"당연하지. 동생이니까."

"그들한테 우리 이야기 했어."

잠시 침묵이 흐르고 클로드가 말한다. "좀 멍청한 짓인데."

트루디가 목청을 가다듬는다. 그녀의 혀가 말라 있다. "아니, 그렇지 않아."

"그들이 알아내게 해야지. 안 그러면 뭔가 숨기고 있다고, 한 발 앞서가려 한다고 의심을 살 거야."

"존이 우리 때문에 우울해하고 있었다고 말했어. 그가 자살할 한 가지 이유가 더—"

"알았어, 알았어. 나쁘지 않아. 심지어 그게 사실일 수도 있지. 하지만." 그는 그녀가 알아야 할 게 무엇인지 확신이 없어 말끝을 흐린다.

만일 트루디의 손에 죽지 않았다면 존 케언크로스는 그녀를 향한 사랑 때문에 스스로 목숨을 끊었을지 모른다—이 순환적인 생각에는 비애와 죄책감이 함께 깃들어 있다. 아무래도 트루디는 클로드의 무심하고 경멸적이기까지 한 말투가 못마땅한 듯하다. 그냥 내 추측이다. 타인에게 아무리 가까이 다가가도 그 사람 속까지 들여다볼 수는 없는 법이니까. 심지어 그 사람 몸안에 있어도 말이다. 나는 그녀가 마음의 상처를 받았다고 생각한다. 하지만 그녀는 아직 아무 말이 없다. 우리 둘 다 곧 그게 올 것임을 안다.

오랜 의문이 되살아난다. 정말이지 클로드는 얼마나 멍청한 거야? 그가 욕실 거울 속에서 그녀의 생각을 읽는다. 그는 트루디가 존 케언크로스에 대한 감상에 빠져 있을 때 대처하는 법을 안다. 그가 소리친다. "경찰이 그 시인도 만나려고 할걸."

엘로디를 떠올리자 트루디는 마음이 진정된다. 그녀의 몸속 모든 세포가 남편이 죽어 마땅함을 인정한다. 그녀는 존을 사랑하는 것 이상으로 엘로디를 증오한다. 엘로디는 고통을 겪을 것이다. 피에 실려온 행복감이 휩쓸고 지나가 나는 즉각적으로 용서와 사랑이라는 완벽한 쇄파를 탄 서퍼처럼 붕 떠올라 앞으로 떠밀린다. 높은 비탈을 이룬 매끄러운 원통형 파도가 클로드에게 호감이 생기는 지점까지 나를 데려다줄 수도 있다. 하지만 나는 거부한다. 어머니의 모든 감정의 격류를 간접적으로 받아들이고 그녀의 죄에 더 단단히 매이는 건 얼마나 초라한 일인지. 하지만 어머니가 필요한 마당에 그녀에게서 떨어져나오기도 어려운 일이다. 그리고 그렇게 감정이 소용돌이치는 과정에서, 우유가 버터가 되듯, 필요가 사랑으로 변한다.

트루디가 상냥하고 사려 깊은 목소리로 말한다. "아, 그래, 경찰이 엘로디를 만나야겠지." 그러곤 덧붙인다. "클로드, 내가 자기 사랑하는 거 알지."

하지만 클로드는 받아들이지 않는다. 그 말을 너무 자주 들었다. "속담에 나오는, 벽에 붙은 파리*가 됐으면 좋겠다."

아, 속담에 나오는 파리, 아, 벽, 그는 언제쯤이면 나를 괴롭히지 않고 말하는 법을 배울까? 말은 곧 생각이니 그는 겉으로 보이는 것처럼 멍청한 게 분명하다.

그는 욕실의 울림에서 벗어나며 화제를 바꿔 가볍게 말한다. "나, 집 살 사람을 찾은 것 같아. 가능성이 희박한 일이었는데. 하지만 그 얘긴 나중에 할게. 경찰이 명함은 남겼어? 이름을 알고 싶은데."

그녀는 기억을 못하고, 나 역시 마찬가지다. 그녀의 기분이 다시 바뀌고 있다. 나는 그녀가 그에게 시선을 단단히 고정하고 이 말을 했으리라 생각한다. "그가 죽었어."

그건 정말로 충격적인, 믿기 어려운, 중대한 사실이다. 방금

---
* 몰래 남을 관찰하는 사람을 뜻하는 관용어.

세계대전이 선포된 것과도 같다. 수상이 국민들에게 연설을 하고, 가족들은 옹송그린 채 모여 있고, 국가에서 발표하지 않는 이유들로 인해 불빛이 어두워진다.

클로드가 가까이 서서 허벅지에 손을 얹고 그녀를 끌어당긴다. 그들은 혀와 숨결이 뒤엉킨 채 깊고 긴 키스를 나눈다.

"완전히 죽었지." 그가 그녀의 입안에 대고 웅얼거린다. 그의 단단하게 발기된 성기가 내 등을 누른다. 그가 속삭인다. "우리가 해냈어. 함께. 우린 멋지게 성공한 거야."

"그래." 그녀가 키스와 키스 사이에 말한다. 옷이 부스럭거리는 탓에 목소리가 잘 들리지 않는다. 그녀는 클로드만큼 열의가 뜨겁지 않은지도 모른다.

"사랑해, 트루디."

"나도 사랑해."

이 "나도"라는 말에는 미온적인 구석이 있다. 그녀가 다가갔을 때는 그가 물러섰고, 지금은 반대다. 이것이 그들의 춤이다.

"만져줘." 명령이라고 볼 수는 없는, 애원하는 작은 목소리다. 그녀가 지퍼를 잡아당긴다. 범죄와 섹스, 섹스와 죄책감. 또다른 조합이다. 물결치는 듯한 그녀의 손동작이 쾌감을 전한다. 하지만 충분치 않다. 그가 어깨를 찍어누르자 그녀는 무릎을 꿇고 '그를' 입에 받아들인다. 그들이 그런 식으로 말하는 걸 들은 적이 있다. 나 자신이 그런 걸 원하는 건 상상도 할 수 없다. 하지만 안전하게 떨어진 곳에서 클로드를 만족시킬 수 있으니 부담은 덜하다. 다만, 그녀가 삼킨 게 영양분처럼 내게 와서 조금이라도 그를 닮게 될까봐 걱정된다. 식인종이 왜 멍청이는 먹지 않았겠는가?

거의 헐떡거림도 없이 금세 끝났다. 그가 뒤로 물러서서 지퍼를 잠근다. 어머니가 두 번 삼킨다. 그는 그녀에게 아무것도 해주지 않고 내 생각엔 그녀도 원하지 않는 듯하다. 그녀는 그를 지나쳐 침실 저편 창가로 가서 침대를 등지고 선다. 고층 아파트들을 바라보고 있는 듯하다. 그곳에서의 미래에 대한 내 불행한 꿈이 더 가까워졌다. 그녀가 조용히 다시 말한다. 그는 욕실에 돌아가 물소리를 내고 있으니 혼잣말이라고 할 수 있다. "그가 죽었어…… 죽었어." 확신할 수가 없는 모양이다. 몇 초 후 그녀가 웅얼거린다. "아 하느님." 그녀의 다리가 떨린다. 울음이 나오려 하지만, 아니, 눈물을 보이기에는 너무 심각하다. 그녀는 아직 자신의 현상황을 이해하지 못했다. 그는 죽었고, 그녀가 거기 가담했다. 짝을 이룬 그 거대한 진실에 너무 가까이 서 있는 그녀는 그 이중의 공포를 온전히 보지 못한다.

나는 그녀를, 그녀의 회한을 증오한다. 어떻게 존에게서 클로드에게로, 시에서 따분한 상투어로 갈 수 있단 말인가? 그녀는 더러운 돼지우리로 내려가 멍청한 연인과 오물 속에서 뒹굴며 똥과 황홀경 속에 누워 집을 훔칠 계획을 세워서 착한 남자에게 끔찍한 고통과 굴욕적인 죽음을 안겼다. 그리고 이제는 자신이 저지른 일에 경악해 떨고 있다. 마치 살인자는 다른 사람인 것처럼—마음에 독을 품은 채 폐쇄병동에서 도망쳐 통제가 불가능해진 슬픈 자매, 사악한 충동을 지녔으며 긴 세월 집안의 수치였고 "아 하느님"과 내 아버지의 이름을 경건하게 웅얼거리며 한숨짓게 만드는 추악한 골초 자매. 바로 당일에 그녀는 얼굴 한번 붉히지 않고 감쪽같이 살육에서 자기연민으로 옮겨간다.

클로드가 뒤에서 나타난다. 다시 그녀의 어깨를 잡은 두 손은 방금 전 오르가슴에 의해 해방된 남자, 정신이 혼미해지는 발기와는 양립할 수 없는 현실성과 세속적 사고를 열망하는 남자의 것이다.

"그거 알아? 얼마 전에 읽었는데, 방금 깨달았어. 그걸 썼어야 했는데. 디펜히드라민. 항히스타민제의 일종이야. 러시아인들이 스포츠백에 가둔 스파이한테 그걸 썼대. 귀에 흘려넣은 거지. 떠나기 전에 라디에이터를 켜서 그 화학물질이 남자 몸에 흔적도 없이 녹아들게 했다는군. 아래층 천장으로 물이 떨어지지 않도록 스포츠백을 욕조에 넣고—"*

"그만 좀 해." 그녀가 말하지만 날카로운 투는 아니다. 체념에 더 가깝다.

"그래 맞아. 더 얘기할 필요 없지. 어쨌든 성공했으니까." 그는 노래를 부른다. "사람들은 말했지, 너희는 망했어, 너희 행동은 너무 거칠어, 하지만 우린 해내애앴지." 침실 마룻널이 어머니 발아래서 휘어진다. 그가 춤을 추고 있다.

그녀는 뒤돌지 않고 그대로 서 있다. 그녀는 내가 방금 전 그녀를 증오했던 것만큼 그를 증오하고 있다. 이제 그는 그녀 옆에 서서 함께 창밖을 보며 그녀의 손을 잡으려 한다.

"중요한 건 이거야." 그가 거드름을 피우며 말한다. "경찰이 우리를 따로따로 조사할 거야. 그래서 입을 맞춰놔야 해. 그러니까. 존이 오늘 아침 찾아왔다. 커피를 마시러. 무척 우울한 상태로."

"경찰에게 존과 싸웠다고 말했어."

"알았어. 언제?"

"존이 나가기 직전에."

"무슨 문제로?"

"나한테 이 집에서 나가라고 해서."

"좋아. 그러니까. 존이 오늘 아침 찾아왔다. 커피를 마시러. 무척 우울한 상태였고—"

---

* 2010년 MI6 소속 남성이 런던 타운하우스에서 시신으로 발견된 사건.

트루디가 한숨을 쉰다. 나라도 그랬으리라. "저기. 있는 그대로 얘기하면 돼. 스무디는 빼고, 싸운 건 넣고. 예행연습 같은 거필요 없어."

"알았어. 오늘 저녁. 오늘 저녁에 내가 컵을 처리할게. 전부다. 세 군데에서. 또하나, 존은 계속 장갑을 끼고 있었던 거야."

"알아."

"그리고 자기도 부엌 청소할 때 스무디가 한 방울도—"

"알아."

그는 그녀 옆을 떠나 어수선하게 침실을 서성인다. 성공을 감지한 그는 들뜨고, 좀이 쑤시고, 흥분한 상태다. 그렇지 않은 그녀의 태도가 그의 조바심을 부추긴다. 할 일이 있다. 계획이라도 세워야 한다. 그는 그곳에 이르고 싶다. 하지만 어디? 그가 반은 콧노래로 새로운 노래를 부른다. "베이비, 베이비, 사랑해……" 난안심이 안 된다. 그가 다시 우리 곁으로 돌아온다. 그녀는 여전히 창가에 딱딱하게 굳어 있지만, 그는 위험을 감지하지 못한다.

"집 말이야." 그가 노래를 뚝 끊고 말한다. "나, 내심 급매로팔아야 할 경우에 대비해서 시세보다 적게 받을 수도 있다고 늘생각해왔는데—"

"클로드."

그녀는 그의 이름을 두 음으로 발음하는데 두번째 음이 더 낮다. 경고다.

하지만 그는 계속 밀어붙인다. 지금보다 그가 행복한 것 같은 적이, 마음에 안 든 적이 없었다. "사겠다는 작자가 건축업자야. 개발업자. 집을 둘러볼 필요도 없대. 면적만 알면 된대. 아파트 지으려고. 그리고 현금으로 —"

그녀가 돌아선다. "자긴 의식도 안 돼?"

"뭐가?"

"정말이지 그렇게 말도 안 되게 멍청한 거야?"

내가 묻고 싶었던 말이다. 하지만 클로드도 기분이 바뀌었다. 그도 위협적으로 말할 수 있다.

"뭔지 들어보자고."

"눈치도 못 채고 있잖아."

"알아듣게 말해."

"오늘, 바로 몇 시간 전에."

"뭐?"

"난 남편을 잃었어 —"

"아냐!"

"내가 한때 사랑했고, 나를 사랑했던 사람. 내 인생을 결정해 주고 의미를 부여해줬던 사람……" 그녀는 목 근육에 힘이 잔뜩 들어가 말을 더 잇지 못한다.

하지만 클로드는 시동이 걸렸다. "나의 사랑하는 작은 생쥐, 그것참 끔찍하군. 잃어버렸다고 했지. 자기가 존을 어디 둘 수 있었지? 마지막에 어디 뒀을까? 분명 어딘가에 뒀을 텐데."

"그만해!"

"잃어버렸다! 생각 좀 해봐야겠군. 알겠다! 방금 기억났어. M1 고속도로변 풀 속에 독이 위에 가득한 채로 버려졌지. 우리가 그걸 잊다니 놀랍군."

그는 더 떠들어댈 수도 있었지만 트루디가 팔을 뒤로 뺐다가 그의 뺨을 친다. 그건 따귀를 때리는 여자의 손길이 아니라, 정박해 있던 내 머리를 지렛대로 움직이는 주먹질이다.

"넌 앙심을 잔뜩 품고 있어." 그녀가 놀라우리만큼 차분하게 말한다. "늘 질투심에 차 있었으니까."

"이런, 이런." 클로드가 응수한다. 목소리가 약간 잠겼을 뿐이다. "적나라한 진실이로군."

"넌 형을 증오했어. 죽었다 깨어나도 그런 사람이 될 수 없었으니까."

"너는 마지막까지 존을 사랑했고." 클로드가 다시 거짓으로 경탄하며 비아냥거린다. "어떤 사람이 어젯밤인가 그제 밤에 나한테 한 그 지독히도 영리한 말은 뭐였지? '그가 죽었으면 좋겠어. 그것도 내일 당장.' 우리 형이 인생까지 결정해준 사랑하는 아내가 한 말은 아니었지."

"자기 때문에 취해서 그런 거잖아. 그게 자기가 주로 하는 짓이지."

"그리고 다음날 아침 사랑을 위해 건배하자며 자기 인생을 결정해준 남자한테 독이 든 잔을 들게 한 사람은 누구지? 우리 형의 사랑하는 아내는 분명 아닐 거야. 아, 나의 사랑하는 생쥐도 절대 아니고."

나는 어머니를 이해하고 어머니 마음을 안다. 그녀는 눈앞에 보이는 사실들을 처리하고 있다. 범죄가, 한때 일련의 계획과 그 실행이었던 범죄가 이제 기억 속에서 하나의 물체가 되어 숲속 빈터 차가운 석상처럼 꿈쩍 않고 버티고 선 채 비난의 눈길을 보내고 있다. 한겨울의 혹독하게 추운 한밤중, 달도 기울어가는데 트루디는 서리로 뒤덮인 숲길을 황급히 걸어간다. 고개를 돌려 저멀리 헐벗은 나뭇가지와 실타래 같은 안개에 조금 가려진 석상을 본다. 그녀는 그 범죄가, 자기 생각의 대상이 전혀 죄가 아니라고 여긴다. 그건 실수다. 처음부터 그랬다. 줄곧 그렇지 않을까 의심해왔다. 더 멀리 물러날수록 그런 믿음은 더 분명해진다. 그녀는 나쁜 게 아니라 단지 틀렸던 것뿐이며, 범죄자가 아니다. 범죄는 숲속 다른 곳에 있을 것이고 다른 사람에게 속해 있을 것이다. 클로드의 근본적 유죄를 나타내는 사실들은 반박이 불가능하다. 그의 냉소적인 어조는 그를 보호할 수 없다. 그가 유죄임을 보여준다.

그런데도. 그런데도. 그런데도 그녀는 격렬하게 그를 원한다. 그가 나의 생쥐라고 부를 때마다 회음부에 전율의 소용돌이, 차가운 수축이 일어나고, 얼음장 같은 갈고리가 그녀를 좁은 바위턱으로 끌어내려 전에 황홀경 속에 빠져들어갔던 깊은 골짜기를, 너무도 자주 살아나왔던 죽음의 벽을 떠올리게 한다. 그의 생쥐! 그 얼마나 치욕스러운 일인가. 그의 손바닥 위에 있다는 것은. 애완동물. 무력한. 겁에 질린. 경멸받을 만한. 마음대로 처분할 수 있는. 아, 그의 생쥐가 되다니! 그게 미친 짓임을 알면서도. 거부하기가 너무 힘들어서. 그녀는 맞서 싸울 수 있을까?

그녀는 여자인가 아니면 생쥐인가?

13

클로드의 비아냥거림 뒤에 내가 읽을 수 없는 침묵이 흐른다. 그는 빈정거린 것을 후회하거나 한껏 기고만장했던 기분을 잡쳐버린 데 분개하고 있을 것이다. 그녀 역시 화가 났거나 아니면 다시 그의 생쥐로 돌아가고 싶을 것이다. 그가 그녀 곁에서 멀어지는 동안 나는 그런 가능성들을 저울질해본다. 그는 어질러진 침대 끄트머리에 앉아 자신의 휴대전화를 톡톡 두드린다. 그녀는 여전히 창가에서 방을 등진 채로 그녀 몫의 런던을, 줄어가는 저녁 교통량과 여기저기서 들려오는 새소리, 마름모꼴의 여름 구름과 무질서한 지붕들을 마주하고 있다.

이윽고 입을 연 그녀의 목소리는 부루퉁하고 힘이 없다. "자기 부자 되라고 이 집 안 팔아."

그가 즉시 대답한다. 여전히 사람의 신경을 건드리는 조롱 어린 목소리다. "아니, 아니지. 우리 둘 다 부자가 되는 거야. 아니면, 자기가 원한다면, 따로 감방에서 가난하게 지내거나."

멋진 협박이다. 그가 둘 다 망하게 할 수도 있다는 걸 그녀가 믿을 수 있을까? 부정적 이타주의. 남을 해치려다가 자기도 함께 당한다. 그녀가 보여야 마땅한 반응은 뭐지? 그녀가 아직 대답하기 전이라 내게 생각할 시간이 있다. 그의 암묵적인 협박에 조금 충격을 받았을 것이다. 논리적으로, 그녀도 똑같은 협박을 할 수 있다. 원칙상 그들은 서로에 대해 동등한 권력을 가졌으니까. 이 집에서 나가. 다시는 오지 마. 안 그러면 경찰이 우리 둘 다 잡아가게 만들 테니까. 하지만 나조차 안다. 사랑이 논리를 따르지 않으며, 권력이 공평하게 배분되지 않는다는 것을. 연인들은 갈망뿐 아니라 상처를 안고도 첫 키스에 이른다. 늘 이점만을 추구하지는 않는다. 어떤 이는 피난처가 필요하고, 또 어떤 이는 그저 황홀경이라는 초현실만 요구하며 그것을 얻기 위해 터무니없는 거짓말이나 비이성적인 희생을 한다. 하지만 자신이 무엇을 필요로 하거나 원하는지 스스로에게 묻는 경우는 드물다. 과거의 실패에 대한 기억도 빈약하다. 어린 시절은, 유익하게든 그렇지 않게든 성인의 피부를 뚫고 빛난다. 성격을 형성하는 유전의 법칙 또한 그러하다. 자유의지 따위는 없음을 연인들은 알지 못한다.

나는 그 이상을 알 만큼 라디오드라마를 많이 듣진 못했지만, 팝송을 통해 연인들이 5월에 느꼈던 감정을 12월에는 느끼지 못하고, 자궁을 가졌다는 것은 그렇지 않은 존재에게 불가해한 일이며 그 반대의 경우 역시 마찬가지라는 걸 배웠다.

트루디가 돌아서서 방을 본다. 그녀의 작고 아득한 목소리에 나는 오싹해진다. "무서워."

처음에 성공하는 듯했던 그들의 계획이 잘못되었음을 그녀는 벌써 알고 있다. 그녀가 떨고 있다. 그녀의 결백을 주장하는 것은 결국 불가능하다. 클로드와의 싸움에 대한 전망은 그녀의 독립이 얼마나 외로울지를 보여주었다. 클로드에게 비아냥거리는 취미가 있음을 처음 알게 되었고, 그래서 두렵고 혼란스럽다. 그리고 그녀는 클로드를 원한다. 그들이 저지른 일로 인해 그의 목소리와 손길, 키스는 썩어버렸는데도. 내 아버지의 죽음은 시체 안치소 판자나 스테인리스 서랍에 갇혀 있지 않고 저녁 공기 속으로 떠올라 북환상선*을 지나고 북런던의 똑같은 지붕들 위를 통과한다. 그래서 지금 이 방에, 트루디의 머리칼에, 그녀의 손에 존재한다. 클로드의 얼굴—손에 든 휴대전화를 아무 표정 없이 바라보는, 불빛을 받은 가면 같은 그 얼굴에도.

---

* 런던 북부를 반원형으로 잇는 환상 도로.

"들어봐." 그가 일요일 아침식사 같은 어조로 말한다. "지역신문 기사야. 내일 자. M1 고속도로 모모 나들목과 모모 나들목 사이 도로변에서 남성 시체 발견. 지나가던 운전자들에게서 긴급 구조대로 천이백 통의 신고 전화. 남성은 병원에 도착했을 때 이미 사망한 것으로 모모 경찰 대변인이 밝힘. 아직 이름은 밝혀지지 않았으며…… 여기가 중요해. '현시점에서 경찰은 그 죽음을 범죄사건으로 다루고 있지 않다.'"

"현시점에서는." 트루디가 웅얼거린다. 그녀의 목소리가 높아진다. "하지만 자기는 내가 무슨 말을 하려는지 몰—"

"무슨 말인데?"

"그가 죽었어. 죽었다고! 너무…… 그리고……" 이제 그녀는 울기 시작한다. "마음이 아파."

클로드는 그저 합리적일 뿐이다. "죽기를 바라놓고 이제 와서—"

"아 존!" 그녀가 외친다.

"그러니까 우린 용기를 쥐어짜서 이 사태를 잘 넘겨야—"*

"우린…… 끔찍한 짓을…… 저질렀어." 트루디가 자신이 죄

---

* 원문에서 클로드는 『맥베스』에서 유래된 관용구 'screw courage on the sticking-place' 중 'screw'와 'stick'의 위치를 바꿔 잘못 인용하고 있다.

를 인정하고 있음을 의식하지 못한 채 말한다.

"보통 사람들은 우리처럼 할 배짱이 없지. 여기 다른 기사가 있군. 〈루턴 헤럴드 앤드 포스트〉. '어제 아침 ─''"

"그만! 제발 그만해."

"알았어, 알았다고. 어차피 똑같은 내용이니까."

이제 그녀는 분노하고 있다. "그들이 쓰는 '사망자'라는 말은 그들에게 아무것도 아니야. 그냥 단어라고. 타이핑을 하는. 그들은 그게 무슨 의미인지 전혀 몰라."

"하지만 그게 옳아. 나도 우연히 알게 된 사실인데, 전 세계적으로 일 분에 백오 명이 죽는대. 일 초에 두 명씩 죽는대도 크게 틀린 말은 아니지. 좀더 넓게 보라고 하는 말이야."

그녀는 그 말을 이해하려고 이 초간 침묵한다. 그러더니 웃음을 터뜨리고, 그 즐거움 없는 억지웃음은 흐느낌으로 바뀐다. 그녀가 흐느끼면서 간신히 말한다. "널 증오해."

그가 가까이 다가와 그녀의 팔에 손을 얹고서 귀에 대고 웅얼거린다. "증오? 다시 또 흥분하게 만들지 마."

하지만 이미 그렇게 한 뒤다. 그녀가 그의 키스와 자신의 눈물 사이로 말한다. "제발. 하지 마. 클로드."

그녀는 돌아서지도 그를 밀어내지도 않는다. 그의 손가락이 내 머리 아래쪽에서 천천히 움직인다.

"아, 안 돼." 그녀가 그에게 더 가까이 다가가며 말한다. "아, 안 돼."

슬픔과 섹스? 난 그저 이론만 제시할 수 있을 뿐이다. 방어는 약하고, 무른 조직들은 더 물러지고, 감정적 회복력은 어린아이처럼 눈물이라는 짭짤한 포기에 기대는 것으로 대체된다. 나는 영원히 답을 찾을 수 없었으면 좋겠다.

그는 그녀를 침대로 끌어당겨 샌들과 면 원피스를 벗기고, 비록 한 번뿐이지만 그녀를 또 나의 생쥐라고 불렀다. 그리고 그녀를 밀어 똑바로 눕게 한다. 동의에는 모호한 구석이 있다. 비탄에 잠긴 여인이 남자가 그녀의 팬티를 끌어내릴 수 있도록 엉덩이를 든다면 그것은 동의일까? 나는 아니라고 말하겠다. 그녀는 몸을 굴려 모로 누웠다─그녀가 주도적으로 한 행동은 그것이 유일하다. 한편, 나는 최후의 수단이 될 하나의 계획을 세우고 있다. 마지막 기회다.

그는 그녀 옆에 무릎을 꿇고 있으며 아마도 알몸일 것이다. 그런 때 무엇이 그보다 끔찍할 수 있을까? 그가 즉각 답을 내놓는다. 의학적으로 큰 위험이 따르는 임신 말기의 정상체위. 그는 웅얼웅얼 명령을 내려─얼마나 강력한 마법의 주문인지─그녀를 똑바로 눕힌 뒤 무심한 백핸드 동작으로 그녀의 가랑이를 벌리고, 매트리스가 알려준 바에 따르면, 몸을 낮춰 내게 들이밀

170

준비를 한다.

내 계획? 클로드가 굴을 뚫으며 접근중인 지금 나는 서둘러야 한다. 우리는 엄청난 무게 아래서 흔들리며 삐걱거린다. 높은 전자음이 귀에 울리고 눈은 툭 불거져 따끔거린다. 두 팔을, 두 손을 움직여야 하는데 공간이 너무 좁다. 빨리 말하겠다. 나는 스스로 목숨을 끊을 것이다. 아기의 죽음. 그건 내 삼촌이 임신 말기의 임산부를 상대로 무모한 성행위를 한 결과 발생한 사실상의 살인이다. 그의 체포, 재판, 선고, 투옥. 그러면 아버지의 죽음에 절반의 복수를 하는 것이다. 관대한 영국에서는 살인자를 교수형에 처하지 않으므로 절반의 복수다. 나는 부정적 이타주의를 발휘해 클로드에게 본때를 보여줄 것이다. 목숨을 끊으려면 줄이 필요하다. 생의 굴레*로 목을 세 번 감아야 한다. 멀리서 어머니의 한숨소리가 들려온다. 아버지의 자살이라는 소설이 내 자살 기도에 영감을 주었다. 예술을 모방하는 삶. 사산아―비극을 제거한 평온한 용어다―가 되는 데는 단순한 매력이 있다. 내 두개골에 대고 쿵쿵 박아대는 소리가 들린다. 클로드가 속도를 올려 이제 거친 숨소리를 내며 질주한다. 내 세계가 흔들리지만

---

* 널리 알려진 햄릿의 독백 "죽느냐 사느냐 그것이 문제로다"에 이어지는 대사. 작품 속 해당 구절은 다음과 같다. "대체 생의 굴레를 벗어나 영원한 잠을 잘 때 어떤 꿈을 꾸게 될지."

올가미는 제자리에 있고, 나는 두 손으로 그것을 꽉 잡고 허리를 구부려 종지기처럼 온 힘을 다해 세게 끌어내린다. 얼마나 쉬운지. 목을 벨 때 애용되는 핵심 혈관인 총경동맥을 죄어오는 미끄러운 줄이 느껴진다. 나는 할 수 있다. 더 세게! 몸이 기우뚱하는 아찔한 감각. 소리가 맛이 되고, 촉감은 소리가 된다. 사방이 캄캄해진다. 지금까지 보았던 그 어떤 어둠보다 캄캄하다. 어머니가 작별인사를 웅얼거린다.

하지만 물론, 뇌를 죽이는 건 뇌를 죽이겠다는 의지를 죽이는 것이다. 의식이 흐려지기 시작하면서 주먹에 힘이 빠지고 생명이 돌아온다. 즉시 나는 원기 왕성한 생명의 신호를 듣는다─싸구려 호텔방 벽 너머에서 들려오는 듯 은밀한 소리. 소리는 점점 더 요란해진다. 어머니다. 그녀가 위험한 황홀경에 이른 것이다.

하지만 죽음이라는 나 자신의 감옥은 벽이 너무도 높다. 나는 멍청한 존재의 운동장으로 도로 나가떨어진다.

마침내 클로드가 그 혐오스러운 무게를 거둬들이고─그의 막된 간결성에 경의를 표한다─다리가 저리긴 하지만 내 공간이 복원된다. 트루디가 탈진상태로 축 늘어져 다시 회한에 젖어 누워 있는 동안 나는 회복되어간다.

                    *   *   *

　내가 제일 두려운 건 천국과 지옥 테마파크―그 천국 같은 놀
이기구와 지옥 같은 군중―가 아니며, 영원한 망각이라는 모욕
은 감수할 수 있다. 심지어 어떤 삶을 살게 될지 모르는 것도 괜
찮다. 내가 두려운 건 기회를 놓치는 것이다. 그게 건강한 욕망
이건 단순한 탐욕이건, 나는 무엇보다도 내 삶을, 내게 마땅히
주어져야 할 것을, 무한한 시간 속에서 내 몫의 지극히 작은 일
부를, 의식을 가질 한 번의 확실한 기회를 원한다. 나는 자유분
방한 행성 위에서 내 운을 시험할 수십 년이라는 한 줌의 시간을
가질 자격이 있다. 삶의 벽―그것이 나를 위한 놀이기구다. 나는
내 기회를 원한다. 존재가 되고 싶다. 달리 말해, 나는 읽고 싶은
책이 있다. 아직 출간도 집필도 되지 않았지만 시작은 된 책. 나
는『나의 21세기 역사』를 끝까지 읽고 싶다. 그 책의 마지막 페이
지에 여든 초반의 노쇠한, 그러나 2099년 12월 31일 저녁에 지
그*를 추는 정정한 모습으로 등장하고 싶다.
　그전에 내 삶이 끝날 수도 있으니 폭력적이고 선정적이며 매
우 상업적인 스릴러라고 할 수 있다. 공포의 요소가 포함된 꿈

_____

* 빠르고 경쾌한 춤의 일종.

개요서. 하지만 사랑 이야기이기도, 멋진 발명에 관한 영웅담이기도 할 것이다. 맛보기를 원한다면 전편을, 백 년 전을 보라. 적어도 중간까지는 암울한 내용이지만 흥미진진할 것이다. 아인슈타인과 스트라빈스키처럼 만회가 되는 장이 있다. 새 책에서 다룰 많은 미결 줄거리 중 하나는 이것이다. 구십억 명의 주인공은 핵 교전 없이 살아남을까? 접촉 스포츠라고 생각해보자. 팀을 배치해보겠다. 인도 대 파키스탄, 이란 대 사우디아라비아, 이스라엘 대 이란, 미국 대 중국, 러시아 대 미국과 나토, 북한 대 나머지. 득점 기회를 높이기 위해 팀을 추가하자면, 비국가 선수들이 합류할 것이다.

우리 주인공들은 그들의 보금자리를 과열시키려는 결의가 얼마나 강한가? 몇몇 회의론자의 예상(혹은 희망)처럼 지구 온도가 1.6도만 상승하면 툰드라에 밀이 산더미처럼 쌓이고, 발트 해변에 작은 그리스 음식점이 생기고, 캐나다 노스웨스트에서 화려한 나비가 날아다닐 것이다. 하지만 더 비관적인 관점으로는 지구 온도가 4도나 상승해 홍수와 가뭄의 재앙이 일어나고 정치 기후의 악화로 큰 혼란에 빠질 것이다. 지역 문제를 다룬 부차적인 줄거리에서 서사적 긴장이 고조된다. 중동지역은 광분상태로 남아 있을까, 아니면 유럽으로 흘러들어가 그곳을 영영 변화시킬까? 이슬람교는 과열된 극단주의를 개혁이라는 냉각수에 담글까? 이스라엘은 자신들이 쫓아낸 이들에게 사막을 조금은 양보할까? 연합에 대한 유럽의 세속적인 꿈들은 해묵은 증오와 편협한 민족주의, 재정적 재앙, 불화 앞에서 사라질 수 있다. 아니면 초지일관으로 나아갈 수도 있다. 나는 알아야겠다. 미국은 조용히 몰락할까? 그럴 것 같지는 않다. 중국은 양심을 기를까? 러시아는? 국제금융과 기업들은? 다음으로 인간의 매혹적인 상수常數들이 떠오른다. 모든 섹스와 예술, 와인과 과학, 대성당, 풍경, 의미의 추구. 그리고 마지막으로 사적인 욕망의 바다—내 경우는 해변에 맨발로 모닥불과 구운 생선, 레몬주스, 음악, 친구들, 그리고 나를 사랑해주는, 트루디가 아닌 누군가와 함께 있는 것이다. 그것이 책 속에 있는 나의 생득권이다.

그래서 나는 자살 기도가 부끄럽고, 결국 실패한 것이 다행스럽다. 클로드는(이제 소리가 울리는 욕실에서 요란하게 콧노래를 부르고 있다) 다른 방법으로 응징해야 한다.

그가 내 어머니의 옷을 벗긴 지 채 십오 분도 지나지 않았다. 나는 우리가 이 저녁의 새로운 국면으로 접어들고 있음을 느낀다. 그가 물소리 너머로 배가 고프다고 외친다. 모멸적인 일을 당하고 맥박이 진정되어가는 어머니는 다시금 결백이라는 주제로 돌아갈 것이다. 그녀에게 클로드의 식사 이야기는 부적절한 것으로, 심지어 냉담하게 느껴질 것이다. 그녀는 일어나서 원피

스를 입고, 이부자리에서 팬티를 찾아내고, 샌들을 신고서 화장
대 거울로 간다. 그리고 흐트러진, 남편이 시에서 찬양한 적 있
는 고불거리는 금발을 땋기 시작한다. 그러면서 평정을 되찾고
생각할 시간을 갖는다. 그녀는 클로드가 나오면 욕실을 쓸 것이
다. 지금은 그 가까이 머문다는 생각이 역겹다.

혐오감은 그녀에게 순수와 목적이라는 개념을 되돌려준다. 몇
시간 전만 해도 그녀가 주도권을 잡고 있었다. 또다른 역겹고 굴
종적인 황홀경을 거부할 수만 있다면 다시 그렇게 될 수 있다.
지금은 양호한 상태다. 욕정이 충족되어 생기를 되찾았고 면역
이 생겼다. 하지만 그 작은 짐승이 다시 야수로 변해 생각을 왜
곡하고 그녀를 타락시킬 수도 있다―클로드의 소유물이 되는
것이다. 하지만, 주도권을 쥔다는 건…… 나는 그녀가 거울 앞에
서 또 한 가닥의 머리를 땋기 위해 아름다운 얼굴을 비스듬히 기
울인 채 생각에 잠긴 모습을 상상한다. 오늘 아침 부엌에서 그랬
던 것처럼 지시를 내리고 다음 단계를 계획한다는 건 범죄를 인
정하는 것이다. 남편을 잃은 아내의 떳떳한 슬픔에 침잠할 수 있
으면 좋으련만.

지금으로선 현실적인 과제가 있다. 모든 오염된 도구, 플라스
틱 컵, 그리고 믹서기까지 집에서 멀리 떨어진 곳에 버려야 한
다. 부엌에서 모든 흔적을 지워야 한다. 커피잔들만 씻지 않은

채로 식탁에 두어야 한다. 그런 따분한 잡일이 한 시간은 공포와 거리를 둘 수 있게 해줄 것이다. 어쩌면 바로 그런 이유로 그녀가 나를 담고 있는 둔덕에, 내 등허리 근처에 위안을 주는 손을 댄 것인지 모른다. 우리의 미래에 대한 애정 어린 희망의 제스처로. 어떻게 나를 버릴 생각을 할 수 있었을까? 그녀에게는 내가 필요할 것이다. 나는 환한 빛으로 그녀가 원할 결백과 비애의 반그늘을 만들어줄 것이다. 어머니와 아들—이 강력한 상징에서 어느 위대한 종교는 최고의 이야기들을 뽑아냈다. 나는 어머니 무릎에 앉아 하늘을 가리키며 그녀가 기소를 면하도록 해줄 것이다. 반면—이 말이 어쩌나 싫은지—나의 탄생에 대한 준비는 전혀 이루어지지 않았다. 옷도, 가구도, 강박적인 둥지 만들기도 없다. 나는 어머니와 함께 가게에 가본 적이 없다. 사랑 가득한 미래는 환상이다.

클로드가 욕실에서 나와 전화기 쪽으로 간다. 그는 음식 생각뿐이며, 인도 음식을 배달시키겠다고 웅얼거린다. 트루디는 그를 돌아 걸어가서 자신의 몸을 씻기 시작한다. 우리가 욕실에서 나왔을 때 그는 아직도 전화기를 붙들고 있다. 인도 음식은 포기하고 덴마크 음식을 택했다—오픈 샌드위치와 식초에 절인 청어, 구운 고기다. 너무 많은 양을 주문하고 있고 그건 살인 후의 자연스러운 충동이다. 주문이 끝났을 때쯤엔 트루디도 머리를 딿고, 몸을 씻고, 깨끗한 속옷을 입고, 새 원피스를 입고, 샌들 대신 단화를 신고, 향수까지 찍어바르고 준비를 마친다. 그녀가 주도권을 잡는다.

"계단 밑 찬장에 낡은 캔버스 가방이 있어."

"먹고 할 거야. 배고파 죽겠어."

"지금 가. 경찰이 언제 다시 올지 몰라."

"내가 알아서 할게."

"자기는 내가—"

그녀는 정말 '시키는 대로 해'라고 말하려 했을까? 방금 전까지만 해도 그의 애완동물이었던 그녀가 그를 어린애처럼 다루다니, 얼마나 큰 발전인가. 그가 그 말을 무시했나보다. 한바탕 싸움이 벌어졌을지 모른다. 하지만 지금 그는 수화기를 집어들고 있다. 그의 주문을 확인하려는 덴마크 음식점이 아니고 심지어 그 전화기도 아니다. 어머니가 그의 뒤로 가서 지켜보고 있다. 집전화가 아니라 현관 비디오폰이다. 그들은 놀라서 화면을 들여다보고 있다. 비디오폰에서 저음역대가 지워져 왜곡된 목소리가, 가늘고 날카로운 애원이 들려온다.

"부탁드려요. 지금 꼭 만나야겠어요!"

"아 하느님." 어머니가 노골적인 혐오감을 드러내며 말한다. "지금은 안 돼."

하지만 명령을 받아 아직 화가 나 있는 클로드는 자신의 자율성을 주장할 이유가 있다. 그가 버튼을 누른 뒤 수화기를 제자리에 놓고, 잠시 침묵이 흐른다. 그들은 서로에게 할 말이 없다. 아니면 너무 많거나.

그리고 우리 모두 올빼미 시인을 맞이하러 아래층으로 내려간다.

14

나는 계단을 내려가는 동안 나의 다행스러운 결의 부족과 스
스로 목을 조르는 사람의 자멸적 올가미에 대해 더 생각할 시간
을 갖는다. 비겁함 때문이 아니라 그 자체의 본성 때문에 애초에
실패할 운명인 시도들이 있다. '하늘을 나는 재단사' 프란츠 라
이헬트는 자신의 발명품이 비행사들의 생명을 구할 수 있으리란
확신으로 1912년 에펠탑에서 헐렁한 낙하산 옷을 입고 떨어졌
다. 뛰어내리기 전 그는 사십 초간 주저했다. 그리고 마침내 몸
을 앞으로 기울여 허공에 발을 디딘 순간, 상승기류에 옷이 몸에
단단히 감겼고 그는 돌처럼 떨어졌다. 사실들은, 수학적 계산은
그의 편이 아니었다. 에펠탑 밑 얼어붙은 파리의 땅에는 15센티
미터 깊이의 얕은 무덤이 패었다.

트루디가 첫번째 층계참에서 천천히 유턴할 때 나는 죽음을 거쳐 복수의 문제로 나아간다. 그 문제는 더 분명하게 다가와 나는 안도한다. 복수, 그것을 향한 충동은 본능적이고 강력하다— 그리고 용서할 수 있다. 모욕당하고, 속고, 불구가 되면 누구나 복수심에 찬 생각을 품기 마련이다. 그리고 나처럼 사랑하는 사람이 살해당한 극단적인 경우 환상은 눈부시게 강렬하다. 우리는 사회적 동물이며, 과거에는 개떼처럼 폭력이나 위협으로 서로를 견제했다. 우리는 이 매력적인 기대를 즐기도록 태어났다. 피비린내 나는 가능성을 만들어 곱씹는 과정을 반복하지 않는다면 상상력이란 게 무얼 위해 존재하겠는가? 복수는 불면의 하룻밤 사이 백 번쯤 이루어질 수도 있다. 그 충동, 그 몽상 속의 의도는 인간적이고 정상적인 것이며 우리는 스스로를 용서해야 한다.

하지만 치켜든 손, 실제 폭력행위는 저주를 받는다. 수학적 계산이 그렇게 말한다. 예전 상태로의 복귀는 불가능하며 위로는, 달콤한 위안은, 적어도 오래 지속되는 것은 없다. 두번째 범죄가 있을 뿐이다. 공자 말씀이, 복수의 여정에 오르기 전에는 무덤을 두 개 파놓으라고 했다. 복수는 문명사회의 솔기를 뜯어버린다. 그것은 지속적이고 본능적인 공포로의 회귀다. 카눈*이라는 만

---

* 살인, 상해의 피해자 가족이 가해자에게 그대로 되갚을 권리를 부여받는 관습법.

성적 공포에 시달리는 비참한 알바니아인들을, 그들의 어리석은 피의 복수를 보라.

그리하여 소중한 내 아버지의 서재 앞 층계참에 다다랐을 때 나는 지금 생, 혹은 출생 후의 생에 아버지의 죽음에 복수를, 생각이 아닌 실제 행위를 할 책임에 스스로 면죄부를 부여했다. 비겁하다는 책망에서도 벗어나고 있다. 클로드를 제거한다고 아버지가 돌아오지는 않는다. 나는 라이헬트의 사십 초간의 망설임을 평생으로 늘인다. 충동적인 행동을 거부한다. 목을 졸라 죽는 데 성공한들 의사는 사인을 탯줄로 보지 클로드로 보지는 않을 것이다. 아마 불행하지만 특이할 것 없는 사건으로 기록할 것이다. 공연히 어머니와 삼촌만 좋은 일이 될 뿐이다.

계단을 내려가면서 그런 생각을 할 여유가 있는 건 트루디가 늘보원숭이처럼 느릿느릿 움직이기 때문이다. 그녀는 모처럼 난간을 꽉 잡고 있다. 한 번에 한 단씩 내려가고, 가끔 멈춰 서서 생각에 잠겼다가 한숨짓는다. 나는 지금 상황이 어떻게 돌아가고 있는지 안다. 손님 때문에 중대한 집 청소가 중단될 것이다. 경찰이 다시 찾아올 수도 있다. 지금 트루디는 질투에 찬 쟁탈전을 치를 기분이 아니다. 우선순위의 문제가 있는 것이다. 그녀는 시신을 확인할 권리를 빼앗겼다—그게 마음에 맺혀 있다. 엘로디는 최근의 연인에 불과하다. 그렇게 최근은 아닐지 모르지만. 두 사람의 관계는 존이 쇼어디치로 이사하기 전에 시작되었을 수도 있다. 그것 역시 치료가 필요한 쓰라린 상처다. 그런데 그 여자가 왜 왔지? 위로를 주거나 받기 위해서는 아닐 것이다. 어쩌면 내막을 눈치챘거나 유죄의 증거를 갖고 있는지 모른다. 트루디와 클로드를 개떼에게 던져버릴 수도 있다. 아니면 협박하거나. 장례 절차를 의논하러 왔을까? 그건 아니다. 아니, 아니다! 어머니에게는 애써 부정해야 할 것이 너무 많다. 그 많은 것(숙취, 살인, 진 빠지는 섹스, 만삭상태)도 모자라 의지력을 발휘해 손님에게 지나친 증오까지 보내야 하는 어머니는 녹초가 된다.

하지만 그녀는 결연하다. 땋은 머리가 나를 제외한 모든 사람으로부터 생각을 감춰주고, 속옷—내 느낌에 실크가 아닌 면이다—과 적당히 헐렁하면서도 아주 크지는 않은 짧은 여름용 날염 원피스는 새로 갈아입은 것이다. 훤히 드러난 분홍빛 팔다리, 자주색으로 칠한 발톱, 완벽하고 반박할 수 없는 아름다움이 위협적으로 전시되고 있다. 그녀의 모습은 마지못해서이긴 하나 의장을 완전히 마치고 포문을 내린 전함과도 같다. 그리고 나는 그 뱃머리의 자랑스러운 조각상이다. 그녀는 물위로 미끄러지듯, 그러나 간간이 멈추면서 내려간다. 무슨 일이 닥치든 잘 대처할 것이다.

우리가 복도에 이르렀을 때는 일이 이미 시작된 다음이다. 그것도 나쁘게. 현관문이 열렸다 닫혔다. 엘로디가 들어와 클로드의 품에 안겨 있다.

"그래요, 그래요. 자, 자." 엘로디가 울며 드문드문 뱉어내는 말들 사이로 클로드가 웅얼거린다.

"이러면 안 되는데. 잘못된 일인데. 하지만 난. 아 미안해요. 심정이 어떨지. 당신에겐. 난 어쩔 수가. 당신 형. 난 어쩔 수가 없어요."

계단 발치에 뻣뻣이 굳은 채 서 있는 어머니의 불신은 손님만을 향한 것이 아니다. 그러니까, 저게 시인의 비탄이로군.

엘로디는 아직 우리의 존재를 의식하지 못했다. 그녀는 문 쪽을 보고 있을 것이다. 그녀가 스타카토의 흐느낌으로 소식을 전한다. "내일 밤. 시인 오십 명. 전국에서 와요. 아, 우린 그를 사랑했어요! 낭송회가 베스널. 그린 도서관에서. 밖에서나. 촛불. 시 한 편씩. 두 분도 왔으면 해요."

그녀는 말을 멈추고 코를 푼다. 그러기 위해 클로드에게서 떨어져 트루디를 본다.

"시인 오십 명." 클로드가 무력하게 따라 말한다. 그에게 그보다 더 혐오스러운 게 있을까? "많네요."

엘로디는 흐느낌을 거의 그쳤지만 자기 말에 담긴 비애에 다시 훌쩍이기 시작한다. "아. 안녕하세요 트루디. 정말, 정말 유감

184

이에요. 만일 당신이. 몇 마디 해줄 수 있다면. 하지만 당신이. 당신이 못 온대도. 우린 이해해요. 그게 얼마나 힘든지."

슬픔에 빠진 그녀는 급기야 비둘기 같은 소리를 낸다. 그녀는 사과하려 애쓰고 마침내 우리는 그녀의 이 말을 듣는다. "당신에 비하면, 정말 미안해요! 내가 이럴 입장이 아닌데."

그 말이 옳고 트루디도 그걸 안다. 트루디는 다시 한번 역할을 빼앗겼다. 겉으로 드러내 슬퍼하고 울어야 할 트루디는 냉정하게 계단 옆에 서 있다. 쓰레기의 악취가 여전히 남아 있을 복도에서 우리는 사교적 중간지대에 갇혀 있다. 우리가 엘로디에게 귀기울이는 사이 시간은 흘러간다. 이제 어쩌지? 클로드에게 답이 있다.

"내려가죠. 냉장고에 푸이 퓌메가 있어요."

"아니에요. 난 그저."

"이쪽으로."

클로드가 엘로디를 데리고 어머니 곁을 지나갈 때 두 사람은 분명 눈짓을 교환했을 것이다—트루디는 번득이는 힐난의 시선을 보내고 클로드는 무심하게 어깨를 으쓱했으리라. 두 여자는 가까이 있을 때도 포옹하기는커녕 만지거나 말을 하지도 않는다. 트루디는 그들을 먼저 보내고 뒤따라 부엌으로, 두 고발자 글리콜과 저드 스트리트 스무디가 난장판 속 법의학적 얼룩들 사이에 숨어 있는 곳으로 내려간다.

"괜찮으시다면." 어머니가 끈적거리는 부엌 바닥에 발을 들이며 말한다. "클로드가 샌드위치를 만들어줄 거예요."

그 순수한 제안은 많은 가시를 감추고 있다. 상황에 맞지 않는 제안이다. 클로드는 평생 샌드위치를 만들어본 적이 없고, 집에 빵도 없는데다, 빵 사이에 끼울 것도 조미땅콩 부스러기뿐이다. 게다가 그런 부엌에서 어느 누가 마음 편히 샌드위치를 먹을 수 있겠는가? 날카롭게도, 그녀는 자신이 만들어주겠다고 제안하지 않았다. 날카롭게도, 엘로디와 클로드를 자신과 분리해서 한데 엮어버렸다. 그건 손님 접대로 포장된 하나의 비난이자 거부, 차가운 철수다. 나는 못마땅한 한편으로 감동한다. 그런 세련된 태도는 팟캐스트에서 배울 수 없는 것이다.

트루디의 적의는 엘로디의 어법에 유익한 영향을 미친다. "아무것도 못 먹겠어요. 고마워요."

"술은 한잔 할 수 있겠죠." 클로드가 말한다.

"예."

귀에 익은 한 묶음의 소리가 들려온다―냉장고 문소리, 오프너가 부주의하게 병에 부딪히는 소리, 코르크 마개가 뽑히는 낭랑한 소리, 어젯밤 사용한 유리잔을 헹구는 소리. 푸이. 상세르에서 강 하나만 건너면 되는 곳이다. 안 될 게 뭔가? 일곱시 반이다 되었다. 안개 같은 잿빛 과분이 덮인 작은 포도 알갱이가 역시 무덥고 숨막히는 런던 저녁의 우리에게 잘 맞을 것이다. 하지만 나는 그 이상을 원한다. 트루디와 내가 일주일은 굶은 기분이다. 클로드의 전화 주문에 식욕이 동한 나는 구식이라 간과되어온 요리 아랑 폼 아 뤨을 안주로 갈구한다. 미끌거리는 훈제 청어, 전분이 적은 햇감자, 첫번째 착유한 최고급 올리브오일, 양파, 다진 파슬리─나는 그런 앙트레를 갈망한다. 푸이 퓌메가 얼마나 우아하게 풍미를 돋울까. 하지만 어머니를 어떻게 설득하지? 그건 삼촌의 목을 베는 것만큼 어려운 일이다. 내가 세번째로 좋아하는 우아한 나라가 이토록 멀게 느껴진 적이 없었다.

이제 우리 모두 식탁에 앉아 있다. 클로드가 술을 따르고, 모두 잔을 들어 침울하게 고인을 위해 건배한다.

엘로디가 침묵을 깨고 두려움에 찬 목소리로 속삭인다. "그래도 자살이라니. 그건 너무…… 그답지 않아요."

"아 글쎄요." 트루디는 그렇게 말하고 잠시 뜸을 들인다. 기회를 간파한 것이다. "그를 안 지 얼마나 됐어요?"

"이 년요. 존이 시를 가르칠 때─"

"그럼 우울증에 대해서는 모르겠네요."

어머니의 조용한 목소리가 내 심장을 찌른다. 정신질환과 자살에 관한 논리적인 이야기를 믿는 건 그녀에게 얼마나 큰 위안인가.

"형은 환락의 길*에 어울리는 사람이 아니었죠."

나는 클로드가 일류 거짓말쟁이가 아님을 깨닫기 시작한다.

"전 몰랐어요." 엘로디가 조그만 목소리로 말한다. "그는 늘 너무도 관대했어요. 특히 우리, 젊은 세대의—"

"완전히 다른 면이 있었죠." 트루디가 못을 박는다. "학생들은 전혀 몰랐다니 다행이네요."

"어렸을 때도 그랬죠." 클로드가 말한다. "한번은 망치를 갖고—"

"지금은 그 이야기를 할 때가 아냐." 트루디가 이야기를 중단시켜 흥미를 더 높인다.

"맞아." 클로드가 말한다. "어쨌든 우린 형을 사랑했어요."

나는 어머니가 얼굴을 가리거나 눈물을 닦으려고 손을 올리는 걸 느낀다. "하지만 존은 치료를 받은 적이 없어요. 자신이 병들었다는 사실을 받아들이지 못했거든요."

엘로디의 목소리에는 어머니와 삼촌이 달가워하지 않을 반발, 혹은 불만이 어려 있다. "이해가 안 돼요. 그는 인쇄소에 대금을 치르러 루턴으로 가던 길이었어요. 현금으로요. 빚을 갚게 돼서

---

*『햄릿』1막 3장, 『맥베스』2막 3장.

무척 행복해했죠. 오늘밤 낭송회도 있었고요. 킹스칼리지 시 학회에서. 우리 셋은 말하자면 지원군 같은 거였죠."

"형은 자기 시들을 사랑했어요." 클로드가 말한다.

엘로디의 목소리가 그녀의 고통과 함께 높아진다. "왜 거기 차를 세우고……? 그런 식으로. 자기 시집도 탈고했는데. 오든 상후보에도 올랐는데."

"우울증은 잔인한 거예요." 나는 클로드의 통찰력에 놀란다. "삶의 좋은 일이 모두 사라지고—"

어머니가 끼어든다. 모진 목소리다. 참을 만큼 참은 것이다. "당신이 나보다 어린 거 알아요. 하지만 정말로 내가 다 설명해 줘야 알겠어요? 출판사도 빚에 허덕였고, 개인적으로도 빚이 있었어요. 자기 일도 마음에 안 들었고. 임신중인 아이도 원치 않았어요. 아내는 동생과 눈이 맞았고. 고질적인 피부병도 있었죠. 거기다가 우울증까지. 이제 알겠어요? 당신의 연극, 시 낭송회와 상 이야기만으로도 충분히 괴로운 나한테 이해가 안 된다는 말까지 하는 건가요? 당신은 그의 침대에 들어갔어요. 운이 좋다고 생각하세요."

이번에는 트루디의 말이 중단된다. 날카로운 비명과 의자가 뒤로 넘어지는 소리 때문이다.

나는 이 시점에서 아버지라는 사람이 희미해졌음을 깨닫는다.

그는 물리학의 입자처럼 우리에게서 날아가 명확한 상으로부터 벗어난다. 차분히 자신의 집, 자기 아버지의 집을 되찾으려는 적극적이고 성공적인 시인이자 스승이자 출판인, 혹은 바람난 아내에게 이용당하는 박복한 남편이자 빚과 불행과 재능 부족에 짓눌린 세속적이지 못한 바보. 우리는 그의 한쪽 면모에 대해 더 많이 들을수록 다른 쪽 면모는 덜 믿게 된다.

엘로디가 처음 뱉은 소리는 말인 동시에 흐느낌이다. "절대!"

침묵이 흐르고 나는 클로드가, 그다음 어머니가 자기 잔으로 손을 뻗는 걸 느낀다.

"어젯밤 존이 무슨 말을 하려고 했는지 난 몰랐어요. 다 거짓말이었어요! 그는 당신이 돌아오기를 바랐어요. 그래서 당신이 질투하게 만들려고 했던 거예요. 당신을 내쫓을 생각이 전혀 없었다고요."

그녀가 의자를 세우려고 몸을 숙이면서 목소리의 위치도 낮아진다. "그래서 찾아온 거예요. 사실을 말해주려고. 당신도 진실을 아는 게 나을 테니까요. 우리 사이엔 아무 일도 없었어요. 아무 일도! 존 케언크로스는 내게 그저 편집자이자 친구이자 스승이었을 뿐이에요. 내가 작가가 될 수 있도록 도와준 사람이라고요. 아시겠어요?"

나는 비정하게 의심을 품지만 클로드와 어머니는 그 말을 믿는다. 엘로디가 아버지의 연인이 아니었다는 사실은 그들에게 다행스럽겠지만, 내가 볼 때는 다른 가능성이 생긴다. 아버지가 살았어야만 하는 이유를 낱낱이 증언하는 불편한 여자. 얼마나 유감스러운 노릇인가.

"앉아요." 트루디가 조용히 말한다. "당신 말 믿어요. 제발 소리 좀 지르지 말아요."

클로드가 잔들을 채운다. 내게는 푸이 퓌메가 너무 약하고 너무 시큼하다. 이 상황에 맞지 않게 숙성이 덜 되기도 했다. 여름 저녁의 더위만 아니라면 강렬한 감정들이 표출되는 지금 묵직한 포므롤이 우리에게 더 잘 맞을 것이다. 집에 와인 저장고가 있고 지금 거기 내려갈 수만 있다면, 그 먼지투성이 어둠 속으로 들어가 선반에서 와인을 한 병 꺼낼 수만 있다면. 잠시 가만히 서서 눈을 가늘게 뜨고 손에 든 병의 상표를 바라보고, 그걸 가지고 올라가며 자신에게 신중하게 고개를 끄덕인다. 어른의 삶, 머나먼 오아시스. 그건 신기루조차 못 된다.

나는 어머니가 팔짱 낀 팔을 식탁 위에 올려놓은 채 흔들림 없이 맑은 시선으로 앞을 보고 있으리라 상상한다. 아무도 그녀의 고통을 짐작할 수 없다. 존은 오직 그녀만을 사랑했다. 그가 두브로브니크의 추억을 불러낸 건 진심이었고, 그녀를 증오한다는 선언, 그녀의 목을 조르는 꿈을 꾼다는 말, 엘로디를 사랑한다는 말—그것은 모두 희망을 담은 거짓이었다. 하지만 무너져선 안된다. 정신 바짝 차려야 한다. 그녀는 짐짓 적의가 없어 보이는, 진지하게 진상을 묻는 모습을, 그런 분위기를 취한다.

"당신이 시신을 확인했죠."

엘로디도 차분해진다. "경찰에서 당신에게 연락했는데 받지 않았대요. 그들은 존의 휴대전화를 갖고 있었고 나와 통화한 기록을 봤대요. 오늘밤 낭송회에 관한 통화였죠—다른 내용은 없었어요. 난 약혼자에게 함께 가달라고 부탁했어요. 너무 무서워서."

"어떤 모습이던가요?"

"존 말하는 거예요." 클로드가 말한다.

"보고 놀랐어요. 평화로운 모습이라. 다만……" 그녀는 날카롭게 숨을 들이마신다. "다만 입이, 너무 길고 너무 컸어요. 거의 입꼬리가 귀에 걸려 있었죠. 미친 사람의 미소처럼. 하지만 다물어져 있었어요. 그래서 다행이라 여겼어요."

나는 주위의 벽과 그 너머 심홍색 방들을 통해 어머니의 떨림을 느낀다. 이런 자세한 이야기를 하나만 더 하면 그녀는 무너질 것이다.

15

내게 의식이 생기고 얼마 지나지 않았을 때, 당시 내 영향력의 지배를 받지도 않았던 손가락 중 하나가 가랑이 사이 새우처럼 생긴 돌기를 스쳤다. 그리고 새우와 손가락은 뇌로부터 거리가 다른데도 동시에 서로를 느꼈다. 신경학에서 결합 문제라 불리는 흥미로운 주제와 관련된 현상이다. 며칠 후 똑같은 일이 다른 손가락에 일어났다. 얼마간의 발육기를 거치고 나서 나는 거기 함축된 의미를 파악했다. 생물학은 운명이고, 운명은 숫자로 표시되며, 이 경우 이진법이다. 절망적일 정도로 단순했다. 모든 출생의 핵심에 있는 이상한 필수 요건의 수수께끼가 풀렸다. 이것이냐―저것이냐. 그외에는 없다. 눈부신 출생의 순간 아무도 사람이다!라고 외치지 않는다. 딸이다, 아들이다, 라고 외친다. 분홍이냐 파랑이냐―모든 차를 검은색으로 내놓은 헨리 포드의 방침에서 최소한의 개선만 이루어진 셈이다. 오직 두 개의 성. 나는 실망스러웠다. 인간의 몸과 마음, 운명이 그토록 복잡한데, 인간은 다른 어느 포유동물보다 자유로운데, 다양성은 왜 제한되어 있단 말인가? 나는 분노로 속을 끓이다가 다른 모든 사람과 마찬가지로 결국 진정되었고, 내가 물려받은 걸 최대한 좋은 쪽으로 생각했다. 때가 되면 내게도 분명 복잡성이 찾아올 터였다. 그때까지 내 계획은 영국의 자유인으로, 영국 및 스코틀랜드, 프랑스 계몽주의 이후의 존재로 태어나는 것이었다. 바위와 나무가 비, 바람, 세월로 조각되듯 나의 자아는 기쁨, 갈등, 경험, 의견, 나 자신의 판단에 의해 형상을 갖추게 될 터였다. 게다가 이곳에 갇혀 지내는 나는 다른 걱정거리도 있었다. 자신의 음주 문제, 가족에 대한 염려, 감옥에 감금될지 13층에 맡겨져 리바이어던의 무심한 '보호'를 받으며 살지 불확실한 미래.

하지만 최근 어머니가 자신이 저지른 범죄에 대한 입장을 바꾸는 과정을 지켜보고 있노라니, 파랑과 분홍 문제와 관련해 새로운 허가가 날 거라는 소문을 들은 기억이 났다. 소원을 빌 때는 신중하라. 대학가에 새로 생겨난 정치를 살펴보자. 이런 여담은 대수롭지 않아 보일 수도 있지만, 나는 최대한 빨리 대학에 지원할 작정이다. 물리학과든 게일어과든 아무데나. 그러니 관심을 가져야 마땅하다. 교육을 거의 마친 대학생들이 이상한 분위기에 휩싸였다. 그들은 스스로 선택한 정체성에 대한 당국의 축복을, 승인을 갈망하며 가끔은 분노에 차서, 하지만 대부분 필요에 의해 가두행진을 벌이고 있다. 어쩌면 서구의 몰락이 새로운 얼굴로 나타난 것일 수도 있다. 아니면 자아의 격상과 해방이거나. 한 소셜미디어 사이트에서는 일흔한 개의 성 선택권을 제안해 눈길을 끌고 있다. 중성, 두 개의 영혼,* 양성…… 아무 색이나 선택하세요, 헨리 포드 씨. 결국 생물학은 운명이 아니고, 축하할 만한 일이다. 새우는 제한적이지도, 변하지 않는 것 같지도 않다. 나는 내가 누구인지 부정할 수 없는 느낌을 표명할 것이다. 백인으로 태어나 스스로를 흑인으로 정의할 수도 있다. 그 반대 경우도 마찬가지다. 나 자신을 장애인, 혹은 상황상 장애인이라고 선언할 수도 있다. 만일 신앙인의 정체성을 지녔다면 쉽게 상처입는 나는 누군가 내 믿음에 의문을 제기할 경우 살이 찢겨 피가 날 것이다. 기분이 상해서 신의 은총 아래 들 것이다. 만일 불편한 의견들이 마치 타락한 천사나 사악한 정령처럼 가까이서(1.6킬로미터도 너무 가깝다) 얼쩡댄다면, 플레이도 점토와

---

* 북아메리카 토착민 사이에서 여러 성을 한몸에 지닌 사람을 가리킨 말로, 현재는 성 소수자를 포괄적으로 일컫는 용어로 쓰인다.

뛰노는 강아지의 반복 영상이 구비된 캠퍼스 특수 안전실이 필요할 수도 있다. 아, 그 지적인 삶! 마음을 동요시키는 책이나 생각이 유해한 개처럼 지나치게 가까이 다가와 내 얼굴에, 뇌에 입김을 불어 존재 자체를 위협할 경우에 대비해 사전 경고가 필요할 수도 있다.[*]

나는 느낄 것이고, 고로 존재할 것이다. 가난은 구걸하러 다니고, 기후변화는 지옥이나 푹푹 삶게 하라. 사회정의는 잉크 속에서 익사해도 좋다. 나는 감정 운동가, 요란한 캠페인 정신이 되어 나의 공격받기 쉬운 자아를 둘러싼 제도들을 내게 맞는 형태로 구축하기 위해 눈물과 한숨으로 싸울 것이다. 내 정체성은 나의 소중한 보물, 나의 단 하나뿐인 진짜 소유물이 될 것이다. 단 하나의 진실에 이르는 길이 될 것이다. 세상은 나처럼 그걸 사랑하고, 키워주고, 보호해야 한다. 만일 내 대학이 나를 축복하고, 인정하고, 내가 분명히 필요로 하는 걸 주지 않는다면 나는 부총장의 옷깃에 얼굴을 묻고 울 것이다. 그리고 그의 사임을 요구할 것이다.

---

[*] 안전실은 그 어떤 차별이나 공격적 발언으로부터 자유로운 공간이고, 사전 경고는 피해자의 트라우마를 자극할 만한 선정적이거나 폭력적인 내용이 포함되었다는 사실을 고지하는 것으로 둘 다 대학을 중심으로 소수자를 보호하기 위해 마련된 장치다.

자궁은, 아니 이 자궁은 그리 나쁜 장소가 아니다. 아버지가 좋아하는 시에 묘사된 "훌륭하고 은밀한" 무덤과 조금 비슷한 구석이 있다.* 나는 학생 때 로스비프, 작, 프로그**의 계몽사상은 무시하고 자궁 같은 공간을 만들 것이다. 현실, 따분한 사실과 가증스러운 객관성의 과시는 가라. 느낌이 여왕이다. 그녀가 왕이라는 정체성만 갖지 않는다면.

나도 안다. 빈정거림은 태아에게 어울리지 않는다는 것을. 그리고 그런 여담은 왜 했느냐고? 어머니가 새로운 시대에 보조를 맞추고 있기 때문이다. 본인은 모를 수도 있지만 하나의 흐름과 함께 걸어나가고 있다. 그녀가 살인자라는 것은 하나의 사실, 그녀를 둘러싼 외부 세계의 한 항목이다. 하지만 그건 구식 사고 방식이다. 그녀는 자신이 결백하다고 단언한다. 심지어 부엌에서 흔적을 지우려고 안간힘을 쓰면서도 자신이 떳떳하다 느끼고, 그래서 실제로 떳떳하다―거의. 그녀의 슬픔, 그녀의 눈물은 정직함의 증거다. 그녀는 자신이 지어낸 우울증과 자살의 이야기를 스스로도 확신하기 시작했다. 자동차 안의 거짓 증거도 거의 믿을 수 있다. 스스로 설득만 하면 쉽게, 한결같이 속아넘어

---

* 영국 시인 앤드루 마벌의 「수줍은 여인에게」.
** 각각 영국인, 스코틀랜드인, 프랑스인을 비하해 부르는 명칭.

간다. 거짓말들은 그녀의 진실이 될 것이다. 하지만 그녀의 구조물은 새로 지은 것이고, 약하다. 내 아버지의 섬뜩한 미소에 무너질 수 있다. 시체의 얼굴에 차갑게 그어진, 진실을 알고 있다는 듯한 미소. 바로 그렇기 때문에 어머니는 자신의 결백한 자아에 대한 엘로디의 인정이 필요한 것이다. 그래서 지금 나를 품은 몸을 앞으로 기울이고 시인이 더듬더듬 하는 말을 다정하게 경청하는 것이다. 왜냐하면 엘로디가 곧 경찰과 면담을 할 테니까. 엘로디의 기억과 설명을 통제하고 관리할 믿음들이 제대로 형성되어야 하니까.

클로드는 트루디와 달리 자기 죄를 인정한다. 그는 살인을 저지르고도 빠져나갈 수 있으리라 믿는 르네상스인이자 마키아벨리적 인간이며 구식 악당이다. 그에게 세상은 주관성의 안개 속에서 다가오는 것이 아니라 유리나 물을 통과하며 꺾이듯 어리석음과 탐욕에 굴절된 채 다가온다. 하지만 내면의 눈앞 화면에 아로새겨져 거짓이 진실만큼이나 선명하고 밝게 보인다. 클로드는 자신이 어리석다는 걸 모른다. 어리석은 사람이 자신의 어리석음을 어찌 알겠는가? 그는 비록 상투어의 덤불 속을 더듬거리며 지나다녀도 자신이 무슨 일을 저질렀고 왜 그랬는지 안다. 붙잡혀서 벌을 받지 않는 한 뒤 한번 돌아보지 않고 잘살 것이다. 무슨 일이 생겨도 불운을 탓하지 자신을 비난하지는 않을 것이다. 그는 자신이 합리주의의 계승자로서 평생 그렇게 살 권리가 있다고 주장할 수도 있다. 계몽주의의 적들은 그가 계몽주의 정신의 화신이라고 말할 것이다. 헛소리!

하지만 나는 그들이 무슨 의미로 그런 말을 하는지 안다.

16

엘로디는 반쯤 기억나는 노래처럼—아니, 미완의 멜로디처럼 나를 교묘히 피해간다. 복도에서 그녀가 우리 곁을 스쳐지나갔을 때, 그러니까 아직 우리가 그녀를 아버지의 연인으로 알고 있을 때 나는 고혹적인 가죽옷 소리를 들으려고 귀를 쫑긋 세웠다. 하지만 오늘 그녀는 어제보다 부드러운 스타일로 입었고 아마 색깔도 더 다채로울 것이다. 오늘밤 시 행사에서 단연 돋보이리라. 고통스럽게 울부짖는 그녀의 목소리는 순수했다. 하지만 약혼자의 손목을 부여잡고 시체안치소에 갔던 일을 이야기할 때는 한마디 한마디 으르렁거리는 소리가 잦아들 때마다 목구멍 뒤쪽에서 나오는 도시적이고 맛깔스러운 보컬 프라이 발성이 연상되었다. 어머니가 식탁 너머로 팔을 뻗어 손님의 손을 감싸쥔 지금 나는 손님의 모음에서 오리의 꽥꽥거림이 되살아나는 걸 느낀다. 내 어머니의 신뢰에 긴장이 풀린 엘로디는 시인으로서 내 아버지의 시를 찬양한다. 그녀는 그의 소네트를 가장 좋아한단다.

"존은 소네트를 대화체로 썼지만 의미가 응축되어 있었죠. 너무도 음악적이었고요."

그녀의 시제 사용은 적절할지라도 모욕적이다. 그녀는 존 케언크로스의 죽음이 이미 완전히 확인되고 받아들여지고 공공연하게 인정된 일, '로마 약탈'처럼 이미 애도하기에 늦은 역사적 사건인 듯 말한다. 트루디가 나보다 더 거슬릴 것이다. 나는 아버지의 시가 실패작이라고 믿도록 길들여졌다. 오늘은 모든 게 재평가되는 날이다.

트루디가 짐짓 엄숙한 목소리로 말한다. "우리가 시인으로서의 그를 온전히 알게 되려면 오랜 시간이 필요할 거예요."

"아 그럼요, 아 그럼요! 하지만 이미 어느 정도는 알죠. 테드 휴스보다 위예요. 제임스 펜턴, 셰이머스 히니, 실비아 플라스와 어깨를 나란히 하죠."

"중요한 이름들이군." 클로드가 말한다.

내가 엘로디를 이해할 수 없는 이유는 이렇다. 지금 여기서 뭘 하고 있는 걸까? 그녀는 거친 코리반트*처럼 춤을 추며 초점 안으로 들어왔다 벗어났다 한다. 내 아버지에 대한 과도한 칭찬은

내 어머니를 위로하기 위한 것일 수도 있다. 만일 그렇다면, 잘
못 생각한 것이다. 어쩌면 슬픔으로 판단력이 흐려진 것일 수도
있다. 그건 용서할 만하다. 어쩌면 그녀의 자부심이 후원자의 자
부심과 밀접하게 관계되어 있기 때문일 수도 있다. 그건 용서할
수 없다. 어쩌면 누가 자신의 연인을 죽였는지 알아내러 온 것인
지도 모른다. 그건 흥미롭다.

　나는 그녀를 좋아해야 할까, 아니면 불신해야 할까?

　어머니는 그녀에게 빠져 손을 놓아주지 않는다. "당신이 나보
다 더 잘 알겠지만, 그런 정도의 재능이 있으면 대가를 치르게
되어 있죠. 그 대가는 자신만 치르는 게 아니고요. 존은 가깝지
않은 사람에겐 친절하죠. 모르는 사람들에게도요. 그래서 사람
들은 '거의 셰이머스 히니만큼 친절해'라고들 하죠. 난 그 시인
을 알지 못하고 그의 시도 읽어본 적 없지만요. 하지만 존은 속
으로는 고통에 시달렸고―"

　"아니에요!"

　"자기회의. 끊임없는 정신적 고통. 그는 사랑하는 사람들에게
가혹했어요. 하지만 자신에게 가장 잔인했죠. 그러고 나면 마침

---

* 그리스신화에 등장하는 키벨레 여신의 사제로 광적인 춤과 폭음을 즐긴 것으로
유명하다.

내 시가 나오고—"

"그리고 나면 햇살이 비치고." 클로드가 형수의 말뜻을 파악하고 거든다.

트루디가 큰 소리로 그의 말을 막는다. "그 대화체 시요? 그걸 영혼에서 뽑아내기 위해 그는 긴 혈전을 치러야 했고—"

"아!"

"사생활은 엉망이 됐죠. 그리고 이제—"

트루디는 운명적인 현재를 담은 그 작은 단어에 목이 메어온다. 모든 것이 재평가되는 날이니 내가 틀렸을 수도 있다. 하지만 나는 늘 아버지가 비난받을 만큼 쉽고 빠르게 시를 쓴다고 생각했다. 언젠가 아버지가 자신의 무관심을 증명하기 위해 소리내어 읽어준 비평에도 그런 지적이 있었다. 그는 슬픈 방문중 어머니에게 이렇게 말하기도 했다. 시는 즉각 나오지 않으면 안 나오는 거지. 재능에는 특별한 은총이 있어. 모든 예술가는 모차르트의 경지에 이르기를 열망해. 그러더니 자신의 가정에 웃음을 터뜨렸다. 트루디는 기억 못할 것이다. 그리고 존의 정신 건강에 대해 거짓말을 할 때조차 자신이 그의 시 덕에 품격 있는 단어를 사용할 수 있었음을 결코 깨닫지 못할 것이다. 가혹했다고? 뽑아내? 영혼? 빌린 옷처럼 그녀에게 어울리지 않는 단어들이다!

하지만 그녀의 말은 감동을 주었다. 냉혹한 어머니, 그녀는 만

사에 빈틈이 없다.

엘로디가 속삭인다. "전혀 몰랐어요."

그리고, 다시 침묵이 흐른다. 트루디는 멋지게 미끼를 던진 낚시꾼처럼 잔뜩 노리고 있다. 클로드가 말을 하려다가 그녀에게 눈짓을 받았는지 모음만 내뱉고 얼른 입을 다문다.

우리의 손님이 극적으로 이야기를 시작한다. "존의 모든 가르침은 제 가슴에 새겨져 있어요. 행갈이를 할 때. '절대 우연에 맡기지 마라. 주도권을 놓치지 마라. 하나의 단위로서 의미가 통하게 하라. 결정하라, 결정하라, 결정하라.' 그리고 '고의로 박자를 무시할 수 있도록' 자신의 운율을 알아야 한다. 그리고, '형식은 시를 가두는 우리가 아니다. 그저 떠나는 척만 할 수 있을 뿐인 오랜 친구다.' 그리고 감정에 대해선 이렇게 말했죠. '네 가슴을 풀어헤치지 마라. 하나의 지엽이 진실을 말해준다.' 그리고 이런 말도 했어요. '종이가 아니라 목소리를 위해 써라. 교회 강당의 어수선한 저녁을 위해 써라.' 제임스 펜턴의 시들을 읽고 강약격의 천재성을 느껴보라고도 했어요. 그러면서 다음 주 숙제를 내줬죠—강약 4보격 불완전 운각의 4연으로 이루어진 시를 써오라고요. 우린 그 난해한 용어들에 웃음을 터뜨렸어요. 그는 우리에게 그런 시의 예가 되는 동요를 부르게 했어요. 'Boys and girls come out to play(얘들아 나와서 놀자).' 그러곤 오든의 「가을 노래」를 암송했어요. 'Now the leaves are falling fast(이제 낙엽이 빠르게 지네),/Nurse's flowers will not last(유모의 꽃들도 시들겠네).' 시행 끝에서 음절이 빠지면 왜 그토록 효과적인가? 우리는 그의 질문에 대답을 못했어요. 그렇다면 약음절이 복원된 시는 어떤가? 'Wendy speeded my undressing(웬디는 내가 옷을 빨리 벗게 했네),/Wendy is the sheet's caressing(웬디는 시트의 애무네).' 그는 베처먼의 「뉴베리 근처의 실내경기」를 다 알았고 우리를 낄낄거리게 만들었죠. 그리고 난 그 숙제로 첫 올빼미 시를 썼어요—「가을 노래」와 같은 음보로.

그는 우리에게 각자가 쓴 가장 강한 시들을 외우라고 했어요. 그래야 첫 낭송 때 대답할 수 있고 시가 적힌 종이 없이도 무대에 설 수 있다고요. 그땐 그 생각만으로도 두려워서 기절할 것 같았죠. 잠깐만요, 나도 모르게 강약격으로 이야기하고 있네요!"

운율 이야기에 흥미를 느끼는 사람은 나뿐이다. 나는 어머니의 조바심을 감지한다. 이야기가 너무 길어졌다. 내가 호흡을 할 수 있다면 지금쯤 숨을 죽였을 것이다.

"그는 우리에게 술을 사주고, 돌려받을 수 없는 돈을 빌려주고, 우리의 연애 문제, 부모님과의 갈등, 소위 작가적 슬럼프라고 하는 것에 대한 고민을 들어줬어요. 술에 취해 문제를 일으킨

예비 시인에게 보석 보증인이 되어주기도 했고요. 우리가 보조금을 받거나 문학과 관련된 소소한 일자리를 얻을 수 있도록 추천장도 써줬어요. 우린 그가 사랑하는 시인들을 사랑했고, 그의 의견을 우리 것으로 만들었어요. 그의 라디오 강연을 듣고, 그가 보내주는 낭송회에 갔어요. 그의 낭송회에도 갔고요. 우리는 그의 시와 일화, 그가 버릇처럼 하는 말을 알았어요. 우린 그를 안다고 생각했죠. 어른이며 대사제인 존에게 문제가 있을 거란 생각은 꿈에도 못했어요. 존도 우리처럼 자신의 시에 회의를 느낀다는 것도요. 우린 주로 섹스와 돈 걱정뿐이었어요. 그의 고통과는 질이 달랐죠. 미리 알았더라면 좋았을걸."

고기가 미끼를 물어 낚싯줄이 팽팽하게 떨리고, 잡힌 고기는 살림망으로 들어간다. 나는 어머니가 긴장을 푸는 걸 느낀다.

나의 아버지라는 신비의 입자가 질량을 얻고 진지함과 고결함이 증가한다. 나는 자랑스러움과 죄책감 사이에서 어쩔 줄 모른다.

트루디가 용감하고 다정한 목소리로 말한다. "알았어도 달라지는 건 없었을 거예요. 자책감 느끼지 말아요. 우린, 클로드와 난 모든 걸 알고 있었어요. 온갖 방법을 다 써봤고요."

자기 이름을 듣고 자극받은 클로드가 목청을 가다듬고 말한다. "가망이 없었어요. 형의 가장 무서운 적은 형이었죠."

"가기 전에." 트루디가 말한다. "당신에게 꼭 주고 싶은 것이 있어요."

우리는 계단을 올라 복도로, 2층으로 향한다. 어머니와 내가 침울하게 앞장서고 엘로디는 바로 뒤에 따라온다. 클로드에게 증거를 없앨 시간을 주기 위한 목적이 분명하다. 이제 우리는 서재에 서 있다. 나는 젊은 시인이 벽 세 면에 가득찬 시집을 둘러보며 숨을 들이쉬는 소리를 듣는다.

"이 방은 곰팡이 냄새가 심해서 미안해요."

벌써. 책들이, 서재의 공기 자체가 애도하고 있다.

"한 권 가져가세요."

"아, 그럴 수 없어요. 다 간직하셔야 되는 거 아니에요?"

"당신에게 한 권 주고 싶어요. 존도 그럴 거예요."

우리는 엘로디가 결정을 내릴 때까지 기다린다.

엘로디는 당황했고 그래서 빠르다. 그녀는 자신이 선택한 시집을 우리에게 보여준다.

"존이 이 안에 자기 이름을 써넣었네요. 피터 포터의 시집이에요. 『진지함의 대가』. 여기 「장례」라는 시가 수록되어 있어요. 역시 4보격이죠. 가장 아름다운."

"아 그래요. 그 시인, 우리집에 저녁 먹으러 온 적이 있어요. 그랬을 거예요."

마지막 말이 떨어지기 무섭게 초인종 소리가 들린다. 유난히
요란하고 길다. 어머니가 긴장한다. 그녀의 심장이 쿵쿵 뛰기 시
작한다. 뭘 두려워하는 걸까?

"조문객이 많이 찾아오겠죠. 이 시집 너무 고맙—"

"쉿!"

우리는 조용히 충계참으로 간다. 트루디가 조심스럽게 난간
너머로 몸을 기울인다. 이제 조심성이 많아졌다. 멀리서 클로드
가 비디오폰에 대고 이야기하는 소리, 그다음 부엌에서 계단을
올라오는 발소리가 들려온다.

"이런 젠장." 어머니가 속삭인다.

"괜찮아요? 앉을래요?"

"그래야겠어요."

우리는 뒤로 물러선다. 현관문에서 눈에 띄지 않는 곳에 있는
게 나을 테니까. 엘로디는 내 어머니를 갈라진 가죽 안락의자에,
남편이 시를 낭송해줄 때 앉아 공상에 젖곤 하던 그곳에 앉힌다.

현관문 열리는 소리, 웅얼거리는 목소리, 문 닫히는 소리가 들
려온다. 그다음 딱 한 사람이 복도를 따라 걸어오는 발소리가 이
어진다. 물론, 덴마크 요리가 배달된 것이고, 오픈 샌드위치와
청어에 대한 내 꿈이 부분적으로나마 실현되려 하고 있다.

트루디도 그 모든 걸 알아챈다. "현관문까지 배웅해줄게요."

아래층 현관문 앞에서 떠나기 전 엘로디가 트루디에게 돌아서며 말한다. "내일 아침 아홉시에 경찰서에 가요."

"정말 유감이네요. 힘들 텐데. 그냥 아는 걸 다 말하세요."

"그럴게요. 고마워요. 이 책도 고맙고요."

두 사람이 포옹과 키스를 나누고 엘로디는 떠난다. 나는 그녀가 여기 온 목적을 달성했으리라 짐작한다.

우리는 부엌으로 돌아간다. 나는 기분이 이상하다. 허기지고, 기진맥진하고, 필사적이다. 트루디가 클로드에게 도저히 아무것도 못 먹겠다고 말할까봐 걱정스럽다. 아까 초인종 소리를 듣고 나서부터 그렇다. 공포는 구토제 역할을 하니까. 나는 태어나지도 못한 채 하찮은 죽음을 맞이할 것이다. 하지만 그녀와 나와 허기는 한몸이며, 아니나 다를까 은박지로 포장된 상자들은 뜯어졌다. 그녀와 클로드는 어제 사용한 커피잔들이 아직 그대로 남아 있을 식탁 옆에 서서 급히 음식을 먹는다.

클로드가 입안에 음식이 가득 든 채로 말한다. "다 챙겨서 갈 준비 됐어."

호밀 흑빵에 얹은 식초 절임 청어, 오이 피클, 얇게 썬 레몬 한 조각. 그것들은 내게 도달하는 데 오래 걸리지 않는다. 곧 나는 피보다 짠 자극적인 진액에, 외로운 청어떼가 얼음처럼 차고 맑고 검은 물을 헤치고 북쪽으로 헤엄쳐가는 광대한 바닷길에서 날아온 물보라의 톡 쏘는 맛에 정신이 번쩍 든다. 마치 빙하의 자유 속으로 용감히 나아가는 배의 뱃머리에 대담하게 서 있는 것처럼 차디찬 북극의 미풍이 계속해서 내 얼굴을 때린다. 트루디가 오픈 샌드위치를 몇 개씩 먹어치우고 있는 것이고, 그러다 마침내 마지막 것은 한입 먹고 던져버린다. 그녀는 비틀거린다. 의자가 필요하다.

그녀가 탄성을 내지른다. "좋았어! 이거 봐, 눈물. 나 지금 좋아서 울고 있어."

"난 나갈게." 클로드가 말한다. "혼자 울어."

나는 이미 오래전부터 이곳에 있기에는 큰 편이었다. 그리고 지금은 너무 크다. 팔다리를 구부려 가슴에 바싹 붙이고 머리는 유일한 출구에 쑤셔넣고 있다. 어머니를 머리에 꽉 끼는 모자처럼 쓰고 있는 셈이다. 나는 등도 아프고, 꼴도 엉망이고, 손톱 발톱도 깎아야 하고, 너무 지쳤으며, 무기력이 생각을 말소시키기는커녕 자유롭게 풀어놓는 황혼 속에서 얼쩡거리고 있다. 허기, 그다음은 졸음. 하나가 충족되면 다른 것이 찾아온다. 무한히, 욕구들이 그저 변덕, 사치가 될 때까지. 이 과정에서 인간 조건의 핵심에 접근하기도 하지만, 그건 다른 사람들 얘기다. 나는 식초에 절여졌고, 청어들이 나를 데리고 간다. 거대한 청어떼의 어깨에 타고 북쪽으로 향하는 나는 거기 닿으면 물개나 우르릉

거리는 빙하의 음악이 아닌 사라져가는 증거의 음악을, 틀어놓은 수돗물, 터지는 비눗방울의 음악을 들을 것이다. 한밤중에 냄비가 달가닥거리는 소리, 부엌 바닥의 음식 부스러기와 인간의 털과 생쥐 똥을 드러내며 식탁에 의자들을 엎어놓는 소리를 들을 것이다. 그래, 그가 다시 그녀를 침대로 유혹하고, 그녀를 나의 생쥐라 부르고, 그녀의 젖꼭지를 세게 꼬집고, 그의 거짓된 숨결과 상투어로 부푼 혀로 그녀의 두 뺨을 가득 채울 때, 나는 거기 있었다.

그리고 나는 아무것도 하지 않았다.

17

깨어보니 완벽에 가까운 정적이 흐르고 나는 가로로 누워 있다. 늘 그러듯, 나는 세심하게 귀기울인다. 트루디의 심장이 끈질기게 발을 구르는 소리 너머, 한숨 같은 숨소리와 흉곽의 미세한 삐걱거림 너머 드러나지 않는 관리와 통제 시스템에 의해 유지되는 신체의 사각거림과 졸졸거림이 한밤중 문제없이 관리되는 도시의 소음처럼 들린다. 벽 너머 삼촌의 리드미컬한 코 고는 소리가 평소보다 조용하게 들려온다. 방 너머 자동차 소리는 들리지 않는다. 다른 때 같았으면 최선을 다해 몸을 돌려 도로 꿈없는 잠에 빠져들었을 것이다. 하지만 지금은 가시 하나가, 어제의 예리한 진실 하나가 잠의 섬세한 조직에 구멍을 낸다. 그리고 모든 것, 모든 사람이, 소규모의 적극적인 출연진이 그 구멍으로 미끄러져들어온다. 첫 등장은 누구인가? 나의 미소짓는 아버지, 그의 인품과 재능에 관한 새롭고 곤란한 소문. 내가 매여 있는 어머니, 사랑하고 증오해야 마땅한 그녀. 호색적이고 악마적인 클로드. 운율을 맞추는 시인, 신뢰가 가지 않는 강약약격의 엘로디. 스스로에게 복수를 면제한, 생각만 빼고 모든 걸 면제한 비겁한 나. 이 다섯 인물이 내 앞에 나타나 자신이 가담한 바로 그 사건에서, 그리고 가담했을 수도 있거나 가담할 수도 있는 사건에서 각자의 역할을 한다. 나는 그들의 행동을 감독할 권한이 없다. 그저 지켜볼 수 있을 뿐. 시간이 지나간다.

나중에 나는 목소리들에 잠이 깬다. 나는 비탈 위에 있는데, 그건 어머니가 침대에서 베개로 등을 받치고 앉아 있다는 뜻이다. 바깥 거리에서는 아직 자동차 소리가 평소만큼 빈번하게 들려오지 않는다. 아마 새벽 여섯시쯤 되었을 것이다. 처음 고개를 드는 걱정은 이른 아침 죽음의 벽 방문이다. 하지만 아니다. 그들은 서로 건드리지도 않는다. 대화만 나눈다. 이미 최소한 정오까지는 효과가 지속될 만큼 충분히 쾌락을 즐긴 그들에게 이제는 증오, 혹은 이성, 심지어 후회의 기회가 열려 있다. 그들은 첫번째를 선택했다. 어머니가 분노할 때만 나오는 억양 없는 어조로 말하는 중이다. 내가 처음 알아들은 완전한 문장은 다음과 같다.

"자기가 내 인생에 없었더라면 존은 살아 있을 거야."

클로드가 생각 끝에 대꾸한다. "자기가 내 인생에 없었더라도 마찬가지겠지."

그의 차단에 침묵이 흐른다. 트루디가 다시 공격을 시도한다. "자기가 멍청한 장난을 다른 뭔가로 바꿔놨어, 그 물건을 집에 가져와서."

"자기가 형에게 먹인 그거 말이지."

"만일 자기가—"

"잘 들어. 내 사랑."

그 애칭은 위협에 가깝다. 그는 숨을 들이마시고 다시 생각에 잠긴다. 그는 다정하게 굴어야 한다는 걸 안다. 하지만 그는 욕망 없이는, 성적 보상에 대한 약속 없이는 다정해지기 어려운 사람이다. 그의 목이 긴장한다. "괜찮아. 형사 문제가 아니잖아. 우리 계획대로 잘되고 있어. 그 여자가 경찰에 말을 잘할 거야."

"내 덕이지."

"자기 덕 맞아. 사망진단서도 됐고. 유서도 됐고. 화장장하고 다른 문제도 됐고. 아기랑 집 파는 것도 됐고—"

"하지만 450만—"

"괜찮아. 최악의 경우, 제2의 안으로—괜찮아."

말만 들으면 나를 팔려고 내놓은 줄 알 수도 있다. 하지만 나는 태어나는 즉시 자유의 몸이 될 것이다. 아니면 무가치한 존재가 되거나.

트루디가 경멸을 담아 되풀이해 말한다. "450만이라니."

"빠르잖아. 따지는 것도 없고."

이미 전에도 주고받았을지 모르는 연인의 교리문답식 대화가 이어진다. 내가 항상 듣고 있는 건 아니니까. 그녀가 묻는다. "왜 그렇게 서둘러?" 그가 대답한다. "일이 잘못될 수도 있으니까." 그녀가 묻는다. "왜 내가 자기를 믿어야 해?" 그가 대답한다. "선택의 여지가 없으니까."

벌써 집 매매 서류가 왔나? 그녀가 이미 서명한 건가? 나는 모른다. 가끔 졸기 때문에 전부 듣지는 못한다. 그리고 신경도 안 쓴다. 가진 게 없는 나는 재산에 관심 없다. 고층 빌딩이건, 양철 판잣집이건, 그 사이의 다리건 사원이건. 다 가져라. 내 관심은 철저히 산후에, 바위에 남은 발굽 자국, 피 흘리며 하늘을 향해 올라가는 새끼양에 쏠려 있다. 늘 위로 향하는. 열기구 없는 뜨거운 공기. 바닥짐을 던져버리고 나를 데려가라. 나에게 기회를, 후생後生을, 지상에서의 천국을, 아니 지옥이라도, 13층이라도 달라. 견딜 수 있다. 나는 출생 후의 삶을 믿는다. 사실에서 희망을 분리하는 것이 어려운 일임을 알고 있지만 말이다. 영원에 미치지 못하는 정도면 된다. 칠십 년 인생? 포장해달라. 갖겠다. 희망에 대해서라면—나는 내생의 꿈을 추구하는 최근의 살육자들에 대해 들어왔다. 이생에서의 테러행위가 내생의 복이 된다. 볼테르 거리에서 아름다운 피부에 이제 막 턱수염이 나기 시작한 청년들이 긴 총을 든 채 동시대인들의 아름답고 믿음이 없는 눈을 들여다보고 있다.* 무고한 그들을 죽인 건 증오가 아닌 믿음, 심지어 매우 온건한 지역에서도 아직까지 숭배되고 있는 그 굶주린 유령이었다. 오래전 누군가가 근거 없는 확신을 미덕이라고 선언했다. 그리고 지금은 가장 예의바른 사람들이 그렇다고 말한다. 나는 성당 경내로부터 그들의 주일 아침 방송을 들었다. 유럽의 가장 고결한 유령. 즉 종교와 종교가 흔들릴 때면 과학적 증거로 넘치는 무신론적 유토피아가 다 함께 10세기부터 20세기까지 세상을 초토화했다. 여기 그들이 다시 온다. 동방에서 일어나 그들의 천년왕국을 추구하며 걸음마를 하는 아기에게 곰인형 목 베는 걸 가르친다. 그리고 나는 내생에 대해 이곳의 토착적 믿음이 있다. 나는 출생 후의 삶이 라디오 프로그램 이상의 것임을 안다. 내가 듣는 목소리들은 내 머릿속에만 있는 게 아니다. 나는 내 시간이 올 것임을 믿는다. 그 믿음 또한 미덕이다.

---

* 2015년 11월 파리에서 발생한 동시다발적 테러에 볼테르 거리의 총격사건도 포함되어 있다.

*　　　*　　　*

　그 아침은 별일 없이 지나간다. 트루디와 클로드의 소리 죽인 신랄한 대화는 잦아들다가 몇 시간의 잠에 굴복하고, 그후 트루디는 침대를 빠져나와 샤워를 한다. 빠르게 떨어져 몸을 때리는 물방울의 따스함과 어머니의 아름다운 콧노래에 나는 설명할 수 없는 기쁨과 흥분을 느낀다. 어쩔 수가 없다, 나도 행복감을 억누를 수 없다. 어머니에게 빌린 호르몬 때문인가? 그건 거의 문제되지 않는다. 나는 세상을 황금빛으로 본다. 그 색조는 하나의 이름에 지나지 않지만, 나는 그것이 색상표에서 그 또한 하나의 단어일 뿐인 노랑에 가깝다는 걸 안다. 하지만 황금빛이 맞다. 뜨거운 물이 내 두개골 뒤쪽으로 폭포수처럼 쏟아질 때 나는 그걸 느끼고, 맛본다. 이토록 아무 근심 걱정 없는 즐거움을 누려본 기억이 없다. 나는 준비가 되었고 세상으로 나아가고 있으며, 세상은 나를 붙잡고 보살펴줄 것이다. 나를 거부할 수 없으니까. 태반이 아닌 잔을 통해 마시는 와인, 불빛 아래 직접 읽는 책, 바흐의 음악, 해변 산책, 달빛 아래서의 키스. 나는 지금까지 배운 지식을 통해 그 모든 것이 비싸지 않고, 손에 넣을 수 있으며, 내 앞에 놓여 있음을 안다. 요란한 물소리가 그치고 차가운 공기 속으로 나아간 트루디가 수건으로 물기를 닦는 동작에 몸이 흔들려 시야가 흐릿해질 때까지도 나는 머릿속으로 노래가 들려오는 듯한 기분이다. 천사들의 합창!

오늘도 더운 날이니 트루디는 역시 하늘하늘한 옷을 입을 것이고, 그래서 나는 날염 면 원피스와 어제 신었던 샌들을 상상한다. 클로드가 준 비누를 썼다면 치자꽃과 파촐리 향이 날 테니 향수는 뿌리지 않을 것이다. 오늘은 머리를 땋지 않는다. 대신 분명 색이 강렬할 플라스틱 기구 두 개를 양쪽 귀 위에 부착해 머리가 앞으로 넘어오지 않게 고정한다. 친숙한 계단을 내려가는 동안 나는 기분이 가라앉기 시작하는 걸 느낀다. 몇 분 동안이나 아버지를 까맣게 잊고 있었으니까! 우리는 깨끗한 부엌으로 들어간다. 부자연스러운 그 질서는 어머니가 밤사이 아버지에게 바친 것이다. 그녀의 장례. 음향이 달라졌고, 그녀의 샌들이 더는 바닥에 달라붙지 않는다. 파리들은 다른 천국으로 이주했다. 어머니는 커피머신을 향해 다가가며 지금 나처럼 이제 엘로디가 경찰 조사를 마쳤으리라 생각할 것이다. 경찰관들은 그들이 받은 첫인상을 그대로 굳히거나 아니면 버릴 것이다. 사실상, 지금으로선, 우리에게는, 그 두 가지가 다 옳다. 우리 앞에서 길이 두 갈래로 갈라질 것 같지만 길은 이미 갈라져 있다. 아무튼, 손님은 찾아올 것이다.

트루디는 손을 뻗어 찬장에서 가루커피 깡통과 필터 종이를 꺼내고 찬물을 틀어 주전자에 받은 후 수저를 가져온다. 대부분의 컵이 깨끗하다. 그녀는 두 개를 꺼낸다. 이 친숙한 일상에, 가정적인 물건들이 부딪히는 소리에는 비애가 깃들어 있다. 그녀가 우리의 거추장스러운 몸을 돌리거나 살짝 구부리면서 내는 작은 한숨소리에도. 삶의 얼마나 많은 것이 일어나고 있는 그 순간에도 잊히는지 나는 이미 잘 안다. 대부분이 그렇다. 현재는 주목받지 못한 채 실처럼 우리에게서 풀려나간다. 특별할 것 없는 생각들이 헝클어져 수북이 쌓이고, 존재의 기적은 오래도록 방치된다. 더이상 스물여덟 살의 아름다운, 심지어 자유롭기까지 한 임산부가 아닐 때 그녀는 자신이 수저를 내려놓던 일, 수저가 점판암에 닿는 소리, 오늘 입은 원피스, 발가락 사이로 느껴지는 샌들 끈의 감촉, 여름의 더위, 집 벽 너머에서 들려오는 도시의 백색소음, 닫힌 창 근처에서 짤막하게 울려퍼지는 새소리를 기억하지 못할 것이다. 모두 사라졌다. 이미.

하지만 오늘은 특별하다. 만일 그녀가 현재를 잊는다면 그건 바짝 다가오고 있는 미래에 정신이 팔렸기 때문이다. 그녀는 자신이 해야만 하는 거짓말들에 대해 생각하는 중이다. 다 일관성이 있어야 하고, 클로드의 거짓말들과도 일치해야 한다. 시험 전 느끼곤 했던 압박감이 그녀를 괴롭힌다. 뱃속이 서늘하고, 무릎 밑으로 힘이 풀리고, 자꾸 하품이 나온다. 그녀는 자신의 대사를 기억해야 한다. 실패의 대가는 그 어느 학교 시험보다 크고 흥미로울 것이다. 어릴 적 힘이 되던 말을 되새겨볼 수도 있다―누가 죽을 일도 아닌데 뭐. 하지만 도움이 되지 않을 것이다. 그녀가 가엾다. 나는 그녀를 사랑한다.

지금 나는 보호자의 기분을 느낀다. 미인에게는 별도의 법규가 적용되어야 한다는 쓸모없는 생각을 떨쳐버릴 수가 없다. 내 상상 속 어머니처럼 생긴 사람에게는 특별한 예우가 필요하다. 그녀를 감옥에 보내는 건 잔인무도한 짓이다. 자연에 역행하는 일이다. 나는 벌써 이 가정적인 순간에 향수를 느낀다. 이 순간은 기억의 저장고에 소중히 보관해야 할 보석이다. 클로드가 늦잠을 자는 동안 이 정돈된 부엌에서, 이 햇살과 평화 속에서 나는 그녀를 독차지했다. 그녀와 나는 가까운 사이여야 한다. 연인보다 더. 우리는 서로의 귀에 속삭여야 할 말이 있다.

어쩌면 그건 작별인사일 수도 있다.

18

이른 오후 전화벨이 울리고 미래가 자기소개를 한다. 클레어
앨리슨 경감, 이제 사건을 맡게 되었다는 것이다. 우호적인 목소
리에 비난 같은 건 느껴지지 않는다. 그건 나쁜 징조일 수도 있다.

우리는 다시 부엌에 모였고, 클로드가 전화를 받았다. 수화기
를 들지 않은 손에는 그가 오늘 처음 마시는 커피가 들려 있다.
트루디가 가까이 서 있어서 우리는 저쪽 목소리까지 들을 수 있
다. 사건? 위협이 담긴 단어다. 경김? 역시 도움이 안 된다.

나는 지나치게 협조적인 삼촌의 태도에서 그가 얼마나 불안한
지 가늠한다. "아 그럼요. 그럼요! 물론이죠. 그러세요."

앨리슨 경감이 찾아온단다. 통상적인 관행에 따르자면 클로
드와 트루디가 경찰서로 가서 이야기를 나눠야 한다. 필요하면

진술을 하거나. 하지만 트루디가 만삭의 몸인데다 가족의 슬픔도 클 테니 경감과 경사가 한 시간 내로 방문하겠다는 것이다. 경감은 고인의 마지막 행적이 남겨진 장소를 둘러보고 싶다고 말한다.

내 귀에는 악의 없이 합리적으로 들리는 이 마지막 말에 클로드는 광적인 환영으로 반응한다. "예, 오세요. 대환영입니다. 오세요. 갑작스러운 방문이라 준비도 없이 뵙겠지만. 무척 기다려지네요. 오시면—"

경감이 전화를 끊는다. 클로드가 우리를 향해 돌아서서, 필시 얼굴이 사색이 되어 실망스러운 어조로 말한다. "아."

트루디가 참지 못하고 빈정거린다. "괜찮다며. 다…… 됐다며."

"왜 사건이라고 하지? 형사 문제가 아닌데." 그는 가상의 청중에게, 원로회에, 배심원단에게 호소한다.

"정말 싫다." 어머니가 혼잣말에 가깝게 중얼거린다. 어쩌면 나에게 한 말인지 모른다. 그렇게 믿고 싶다. "싫어. 정말 싫어."

"검시 때문에 오는 걸 거야." 클로드는 괴로워하며 멀어졌다가 부엌을 한 바퀴 돌아 격분해서 우리에게 다가온다. 이제 그의 불만은 트루디를 향한다. "그건 경찰이 나설 문제가 아니라고."

"아 진짜?" 트루디가 말한다. "그럼 경감한테 전화해서 그렇게 말하지그래."

"그 시인이라는 여자. 못 믿을 인간이라는 거 난 알고 있었어."

우리가 알기로 엘로디는 어쨌든 트루디의 책임이므로 그건 비난이다.

"자기 그 여자한테 반했잖아."

"그 여자가 쓸모 있을 거라고 자기가 말했지."

"자기 그 여자한테 반했잖아."

하지만 그 무덤덤한 반복은 그를 자극하지 못한다.

"누군들 안 그랬겠어? 누가 신경이나 쓴대?"

"내가."

두 사람 사이가 틀어지면 내가 얻는 건 무엇일지 나는 다시 자문한다. 그들은 파멸할 수도 있다. 그럼 난 트루디를 갖게 될 것이다. 나는 그녀가 감옥에서는 아기를 키우는 엄마가 더 나은 대우를 받는다고 말하는 걸 들어왔다. 하지만 감옥에 가면 나는 내 생득권이자 모든 인간의 꿈인 자유를 잃을 것이다. 반면 클로드와 어머니가 팀워크를 발휘한다면 간신히 위기는 모면할 것이다. 그럼 그들은 나를 버릴 것이다. 어머니는 없지만, 나는 자유로울 것이다. 그렇다면 어느 편이 나을까? 전에도 몇 번 해본 고민이고, 늘 같은 신성한 지점에, 원칙에 입각한 유일한 결론에 이른다. 나는 물질적 안락을 포기하고 더 넓은 세상으로 나아갈 것이다. 그동안 너무 오래 갇혀 있었으니까. 나는 자유를 택할 것이다. 그러니 살인자들은 잡히지 말아야 한다. 그렇다면 바로 지금, 엘로디를 둘러싼 말다툼이 도를 넘기 전에 어머니의 배를 차서 나의 존재라는 흥미로운 사실로 관심을 돌려야 한다. 한 번도, 두 번도 아니고 최고의 옛날이야기들에 등장하는 마법의 숫자. 세 번. 베드로가 예수를 세 번 부인한 것처럼.

"아, 아, 아!" 어머니가 거의 노래하듯 말한다. 클로드가 그녀를 위해 의자를 빼주고 물을 한 잔 가져다준다.

"자기 땀 흘린다."

"응 더워."

클로드가 창문을 열려고 한다. 하지만 창문은 몇 년째 꿈쩍도 하지 않는 상태다. 그는 얼음이 있는지 냉동실을 들여다본다. 최근 진토닉을 만들어 먹은 게 세 번이라 다 떨어졌다. 그래서 그는 트루디 맞은편에 앉아 열을 식혀줄 연민의 말을 건넨다.

"괜찮을 거야."

"아니, 안 그래."

클로드가 침묵으로 동의한다. 나는 네번째 발길질을 할까 생각해봤지만, 트루디의 기분상태가 위험하다. 그녀가 공격을 가해 위험한 반응을 초래할 수도 있다.

잠시 후 클로드가 달래듯 말한다. "마지막으로 한번 더 말을 맞춰보자."

"변호사를 부르는 건 어때?"

"지금은 이미 조금 늦었어."

"변호사 없이는 아무 말도 안 하겠다고 해."

"그들이 그냥 이야기나 나누러 오는 거면 좋게 보이지 않을 거야."

"정말 싫다."

"마지막으로 한번 더 말을 맞춰보자."

하지만 그들은 말을 맞추지 않는다. 얼이 빠진 채로 앨리슨 경감의 방문에 대해 생각한다. 한 시간 내라고 했으니 지금쯤이면 금방일 수도 있다. 모든 걸, 거의 모든 걸 알고 있는 나는 공범이고, 경찰의 심문이야 면할 수 있지만 그래도 두렵다. 그리고 경감의 수사 실력을 보고 싶은 호기심과 조바심도 느낀다. 열린 마음으로 수사한다면 몇 분 내로 두 사람의 껍데기를 벗길 수 있을 것이다. 트루디는 신경과민으로, 클로드는 어리석음으로 무너질 것이다.

나는 아비지가 왔을 때 쓴 커피잔들이 지금 어디 있을까 생각해본다. 아직 씻지 않고 싱크대 옆에 두었을 것이다. 잔에 남은 DNA가 어머니와 삼촌의 말이 진실임을 증명해줄 것이다. 덴마크 요리 부스러기도 근처에 있을 것이다.

"빨리." 이윽고 클로드가 말한다. "해보자. 싸움은 어디서 시작됐지?"

"부엌에서."

"아니. 문간에서. 무엇 때문에 싸웠지?"

"돈."

"아니. 자기를 내쫓으려고 해서. 존이 우울증을 얼마나 오래
앓았지?"

"몇 년."

"몇 달. 내가 존에게 얼마를 빌려줬지?"

"천 파운드."

"5천. 맙소사. 트루디."

"난 임신중이야. 임신하면 정신이 흐려진단 말이야."

"어제 자기 입으로 한 얘기잖아. 다 그대로 말하되, 우울증은
더하고, 스무디는 빼고, 싸움은 더하라고."

"장갑도 더하고. 존이 이 집으로 들어오려고 한 건 빼고."

"아 맞아. 다시. 존이 무엇 때문에 우울증에 걸렸지?"

"우리. 빚. 일. 아기."

"좋아."

그들은 한번 더 맞춰본다. 세번째에는 훨씬 그럴듯하게 들린
다. 그들의 성공을 바랄 수밖에 없는 공모자의 처지는 끔찍하다.

"그럼 말해봐."

"있는 그대로. 스무디는 빼고, 싸움과 장갑은 더하고, 우울증은 빼고, 존이 집으로 들어오려고 한 건 더하고."

"아니라고. 쌍! 트루디. 있는 그대로. 우울증은 더하고, 스무디는 빼고, 싸움은 더하고, 장갑은 더하고, 존이 들어오려고 한 건 빼고."

초인종이 울리고, 그들은 얼어붙는다.

"아직 준비가 안 됐다고 해."

어머니가 농담이랍시고 한 말이다. 아니면, 겁에 질렸다는 증거거나.

클로드는 그의 입에서 나옴직한 욕설을 웅얼거리며 비디오폰을 향하다가 마음을 바꾸고 계단을 올라 현관문으로 간다.

트루디와 나는 초조하게 부엌을 서성인다. 그녀는 자신의 이야기에 열중해 웅얼거리고 있다. 편리하게도, 기억을 하려는 잇따른 노력이 그녀를 실제 사건에서 멀리 떼어놓는다. 그녀는 자신의 기억을 외우는 중이다. 그 과정에서 생기는 오류들은 그녀에게 유리하게 작용할 것이다. 처음에는 유용한 완충물 역할을 했다가 진실이 되어갈 것이다. 그녀는 또한 자신에게 이렇게 말할 수 있다—나는 글리콜을 사지도 않았고, 저드 스트리트에 가지도 않았고, 음료에 무언가 섞지도 않았고, 차 안에 물건들을 갖다놓지도 않았고, 믹서기를 버리지도 않았다. 부엌을 치우긴

했다—그건 법에 어긋나지 않는다. 확신을 얻은 그녀는 의식적인 기만에서 해방되어 승산을 높일 수도 있다. 효과적인 거짓말은 대가의 골프 스윙처럼 자의식에서 자유로워야 하니까. 나는 스포츠 해설도 들었다.

나는 계단을 내려오는 발소리에 세심하게 귀기울여 가늠한다. 앨리슨 경감은 직위가 높은 것치고는 뼈가 가벼워 새처럼 느껴진다. 악수들이 오간다. 나는 안부를 묻는 경사의 경직된 목소리에서 그가 어제 방문한 나이 많은 경찰관임을 알아차린다. 무엇이 그의 승진을 막았을까? 신분, 학력, IQ, 스캔들—나는 마지막 것이기를 바란다. 그래야 그의 탓이 되고 내 동정은 필요치 않으니까.

민첩한 경감이 식탁에 앉으며 자기가 집주인이라도 되는 양 우리 모두에게 앉으라고 권한다. 나는 어머니가 남자 경찰관이라면 속이기 더 쉬울 거라는 생각을 하고 있으리라 상상한다. 앨리슨이 서류철을 펼치고 볼펜 꼭지를 똑딱거리며 말한다. 그녀는 무엇보다도 먼저—그다음 잠시 멈춘 그녀는 틀림없이 강력한 효과를 발휘하는 그 침묵의 순간 트루디와 클로드의 눈을 깊이 들여다보았으리라—소중한 남편, 소중한 형제, 소중한 친구를 잃게 되어 참으로 안타깝게 생각한다고 말한다. 소중한 아버지는 언급되지 않는다. 나는 이미 익숙해진, 싸늘하게 솟구치는 소외감과 싸운다. 하지만 그 목소리는 따스하고, 그녀의 체구에 비해 크며, 공직의 부담 속에서도 느긋하다. 도회적 침착성이 뚜렷이 드러나는 그녀의 약한 코크니*는 쉽게 도전을 허락지 않을 것이다. 모음을 억제한 내 어머니의 돈 냄새 나는 어투에는. 그 낡은 수법은 쓰지 말자. 역사는 흐른다. 언젠가는 영국 정치인 대부분이 경감처럼 말할 것이다. 나는 경감이 총을 가졌을지 궁금하다. 그러기에는 직급이 너무 높다. 여왕이 돈을 갖고 다니지 않는 것처럼. 사람을 쏘는 건 경사나 그 아랫사람들이 할 일이다.

앨리슨은 이 비극적 사건을 더 철저히 파악하기 위해 비공식적인 대화를 나누러 온 거라고 설명한다. 트루디와 클로드가 질문에 대답할 의무는 없다는 것이다. 하지만 경감이 틀렸다. 그들은 그럴 의무가 있다고 느낀다. 대답을 거부하면 의심을 살 테니까. 하지만 만일 경감이 한 수 앞서 있다면, 그들의 협조적인 태도가 더 의심스럽다고 생각할 수도 있다. 감출 게 없는 사람들이라면 경찰의 실수나 불법 침입에 대비해 변호사를 부르겠다고 고집할 테니까.

우리가 식탁에 자리잡고 앉았을 때, 나는 경찰관들이 나에 대해 묻는 예의를 갖추지 않아 분노한다. 예정일이 언젠가요? 아들

---

* 런던의 시민과 젊은 층이 주로 쓰는 어투.

인가요, 딸인가요?

오히려 경감은 시간 낭비를 하지 않는다. "이야기가 끝나면 집을 한번 둘러보고 싶군요."

요청이라기보다는 선언이다. 클로드가 열성적으로, 지나치게 열성적으로 응한다. "아 그러세요. 그러세요!"

수색영장을 요구할 수도 있었다. 하지만 위층에는 불결함 말고 경찰의 관심을 끌 만한 것이 없다.

경감이 트루디에게 말한다. "남편께서 어제 오전 열시쯤 여기 오셨다고요?"

"맞아요." 트루디는 무덤덤하게 대답한다. 클로드에게 본을 보이기 위해서다.

"그리고 갈등이 있었고요."

"당연하죠."

"왜 당연하죠?"

"존이 자기 집이라고 생각하는 데서 내가 그의 동생과 살고 있었으니까요."

"그럼 누구 집인가요?"

"우리가 결혼생활을 해온 집이에요."

"그 관계는 끝났고요?"

"예."

"이런 질문 해도 될까요? 남편도 두 분의 관계가 끝났다고 생각했나요?"

트루디는 망설인다. 그 질문에는 정답과 오답이 있을 수 있다.

"존은 내가 돌아오길 바랐지만 여자 친구들도 원했어요."

"아는 이름이 있나요?"

"아뇨."

"그래도 남편분이 부인께 그 친구들 이야기는 한 거죠."

"아뇨."

"그래도 부인은 알 수 있었던 거고요."

"당연히 알 수 있죠."

트루디는 약간의 경멸을 내보인다. 여기서 진짜 여자는 자신이라는 것처럼. 하지만 그녀는 클로드의 코치를 무시했다. 있는 그대로의 진실을 말하고 그와 합의한 것만 더하거나 빼야 한다. 나는 삼촌이 의자에 앉아 부스럭거리는 소리를 듣는다.

앨리슨이 쉬지 않고 화제를 돌린다. "커피를 마셨고요."

"예."

"세 분 다. 이 식탁에 앉아서요?"

"셋이 다요." 자신의 침묵이 좋지 않은 인상을 줄 수도 있다고 걱정했는지 클로드가 끼어든다.

"다른 건요?"

"뭐요?"

"커피와 같이요. 남편분께 다른 건 안 줬나요?"

"예." 어머니가 조심스럽게 대답한다.

"커피엔 뭘 넣었죠?"

"무슨 말씀인가요?"

"우유? 설탕?"

"존은 늘 블랙으로 마셨어요." 트루디의 심장이 달음박질치고

있다.

하지만 클레어 앨리슨의 태도는 도저히 속을 알 수 없게 중립

적이다. 그녀가 클로드에게로 고개를 돌린다. "형님께 돈을 빌려

주셨다고요."

"예."

"얼마나요?"

"5천 파운드요." 클로드와 트루디가 잘 맞지 않는 합창으로 대

답한다.

"수표로요?"

"현금으로요. 형이 그렇게 달라고 했거든요."

"저드 스트리트에 있는 주스 가게는 가본 적 있나요?"

클로드의 대답은 질문만큼이나 빠르다. "한두 번요. 형이 우리

한테 소개해준 곳이죠."

"어제는 안 가셨을 테고요."

"예."

"형님 검은 모자, 챙 넓은 거 빌린 적 없죠?"

"전혀 없어요. 내 취향이 아니라서."

그건 오답일 수도 있지만 머리를 굴릴 시간이 없다. 경감의 질문에 무게가 실리기 시작했다. 트루디의 심장이 빠르게 뛰고 있다. 나는 그녀가 말을 하는 게 불안하다. 하지만 그녀가 잠긴 목소리로 말한다.

"제가 생일선물로 준 거예요. 남편은 그 모자를 좋아했어요."

경감은 다른 문제로 넘어가려다가 되돌아온다. "우리가 CCTV로 볼 수 있는 건 모자뿐이에요. DNA 검사를 맡겼죠."

"그러고 보니 차나 커피도 안 권했네요." 트루디가 목소리를 달리해 말한다.

경감은 둘 다 사양하고 아직 침묵을 지키고 있는 경사도 고개를 저었을 것이다. "요즘은 그게 거의 다예요." 경감이 향수 어린 목소리로 말한다. "과학과 컴퓨터 화면. 자, 우리가 어디까지―아 그래요. 갈등이 있었다고요. 그런데 메모를 보니 싸웠다고 돼 있네요."

클로드는 나처럼 열심히 계산하고 있을 것이다. 모자에서 그의 머리카락이 발견될 것이다. 그러니까 정답은, 예, 얼마 전에 모자를 빌린 적이 있습니다, 였다.

"예." 트루디가 말한다. "우린 자주 싸웠어요."

"실례가 안 된다면 싸운 이유를—"

"남편은 제가 이 집에서 나가기를 원했어요. 전 제가 원할 때 나간다고 했고요."

"차를 몰고 갈 때 남편께선 마음상태가 어땠나요?"

"안 좋았어요. 뒤죽박죽, 혼란스러운 상태였죠. 남편은 진심으로 제가 나가기를 원한 게 아니었어요. 자기에게 돌아오길 원했죠. 제가 질투하게 만들려고 엘로디와 연인 사이인 척한 거예요. 엘로디가 사실대로 말해줬고요. 두 사람은 그런 관계가 아니었대요."

너무 자세했다. 트루디는 자제력을 되찾으려고 애쓴다. 하지만 말이 너무 빠르게 나온다. 심호흡이 필요하다.

클레어 앨리슨이 침묵을 지키는 동안 우리는 그녀가 이제 어느 방향으로 갈지 몰라 잠자코 기다린다. 하지만 그녀는 화제를 돌리지 않고 최대한 조심스럽게 말한다. "제가 아는 정보와는 다르군요."

소리 자체가 살해되기라도 한 것처럼 순간적인 무감각이 찾아온다. 트루디의 기가 꺾이면서 나를 둘러싼 공간이 수축된다. 그녀의 척추가 노파처럼 구부정해진다. 나는 조금 자부심을 느낀다. 나는 내내 의심을 품었으니까. 그들은 얼마나 열성적으로 엘로디를 믿었던가. 이제 그들도 안다. 유모의 꽃들도 확실히 시든다는 것을. 하지만 나 역시 신중해야 한다. 경감이 나름의 이유로 거짓말을 하는 것일 수도 있으니까. 그녀가 다음 질문으로 넘어갈 준비를 하며 볼펜을 똑딱거린다.

어머니가 조그만 소리로 말한다. "그러니까, 내가 더 많이 속은 거군요."

"유감입니다, 케언크로스 부인. 하지만 제 정보원은 믿을 만합니다. 그냥 복잡한 젊은 여자라고 해두죠."

나는 트루디로서는 피해자가 되는 것이, 부정한 남편 이야기를 뒷받침해줄 확증을 갖는 것이 나쁘지 않다는 이론을 검토할수도 있다. 하지만 정신이 멍하다. 우리 둘 다 그렇다. 나의 아버지라는 불확실한 존재가 빙빙 돌며 내게서 더 멀어져가는 동안 경감이 다른 질문으로 어머니를 공격한다. 어머니는 여전히 작은 목소리로, 거기에 벌받는 어린 소녀의 떨림을 더해 대답한다.

"폭력은 없었나요?"

"예."

"협박은요?"

"없었어요."

"부인 쪽에서도요."

"예."

"남편분 우울증은 어땠나요? 그것에 대해 해줄 말씀이 있으신
가요?"

경감의 말투는 친절하고, 그건 분명 함정이다. 하지만 트루디
는 멈추지 않는다. 새로 거짓말을 지어내기에는 너무 심란한데
다 자신의 진실에 완전히 설득당한 그녀는 전에 했던 말을 그때
처럼 자기에게 어울리지 않는 언어 그대로 쏟아낸다. 끊임없는
정신적 고통…… 사랑하는 사람들에게 가혹했고…… 영혼에서
시를 뽑아냈어요. 나는 망가진 깃털을 단 기진맥진한 병사들의
행렬을 생생히 떠올린다. 어느 팟캐스트에서 여러 회차에 걸쳐
언급된 나폴레옹전쟁에 관한 세피아색 기억이다. 어머니와 내가
편안했던 때 들은 것. 나는 그때, 아, 보니*가 자기 나라 국경 안
에 머물며 프랑스를 위해 훌륭한 법이나 계속 만들었으면 좋았
을걸, 하고 생각했던 기억이 난다.

클로드가 끼어든다. "형의 가장 무서운 적은 형이었죠."

음향이 달라진 것으로 미루어 경감이 클로드에게 고개를 돌린
게 분명하다. "그 자신 말고 다른 적은 없었나요?"

담백한 어조다. 좋게 생각하면 가볍게 던지는 질문이고, 최악

---

* 영국에서 나폴레옹 보나파르트를 낮춰 부르는 약칭.

의 경우 사악한 의도로 가득차 있을 수 있다.

"나야 모르죠. 우린 가까웠던 적이 없으니까."

"말해주세요." 경감이 더 따뜻한 목소리로 말한다. "형님과의 어린 시절은 어땠는지. 물론, 강요하는 건 아닙니다."

클로드는 순순히 응한다. "내가 세 살 어렸습니다. 형은 다 잘했죠. 스포츠, 공부, 여자. 형은 나를 하찮은 놈 취급했어요. 어른이 되어서 나는 형이 못하는 유일한 걸 했죠. 돈 버는 거."

"부동산."

"그런 거죠."

경감이 다시 트루디를 돌아본다. "이 집 팔려고 내놨나요?"

"절대 아니에요."

"내놨다고 들었는데요."

트루디는 대답하지 않는다. 요 몇 분 사이 그녀가 처음 보인 훌륭한 대처다.

나는 경감이 제복을 입고 있을지 궁금해진다. 아마 그럴 것이다. 그녀의 뾰족한 모자가 식탁 위 팔꿈치 옆에 거대한 부리처럼 놓여 있을 것이다. 나는 포유류의 연민에서 자유로운, 좁은 얼굴에 입술이 얇고 단추를 단단히 채운 그녀를 상상한다. 분명 걸을 때는 비둘기처럼 고개를 까딱거릴 것이다. 경사는 그녀를 까다로운 사람이라고 생각한다. 그의 부류에서 벗어나 승진을 향해

가는. 그녀는 날아갈 것이다. 그녀는 존 케언크로스가 자살한 거라고 판단했을 수도 있고, 만삭의 상태가 범죄를 덮는 훌륭한 은폐막이라고 믿을 만한 이유가 있기도 하다. 경감의 말 한마디 한마디는 아주 사소한 발언도 해석의 대상이다. 우리가 가진 유일한 힘은 추정하는 것이다. 클로드처럼 그녀는 영리할 수도 있고 어리석을 수도 있으며 둘 다일 수도 있다. 우리는 알 수 없다. 우리의 무지는 그녀가 쥔 완벽한 패다. 내 추측으로 그녀는 거의 의심하고 있지 않으며 아무것도 모른다. 그리고 그녀의 윗선이 지켜보고 있다. 이 대화는 변칙적인 것이고 정당한 법 절차에 저촉될 수 있으므로, 그녀는 조심해야 한다. 진실보다는 적절한 것을 선택할 것이다. 그녀에게 이력은 알처럼 따뜻이 품고서 때를 기다리는 것이다.

　하지만 내 추측은 전에도 틀린 적이 있다.

19

그다음은? 클레어 앨리슨은 집을 둘러보고 싶어한다. 좋은 생각이 아니다. 하지만 우리가 알기로 일이 꼬이고 있는 지금, 집을 둘러봐도 된다는 말을 취소한다면 상황은 더 악화되기만 할 것이다. 경사가 앞장서서 나무계단을 오르고 그 뒤를 클로드, 경감, 어머니와 내가 따른다. 1층에서 경감이, 우리만 괜찮다면 맨 위층에서부터 '내려오며 보고 싶다고' 말한다. 트루디는 더이상 계단을 오르고 싶어하지 않는다. 다른 사람들이 계속 올라가는 사이 우리는 거실로 가 앉아서 생각에 잠긴다.

나는 발 빠른 내 생각을 그들보다 먼저, 우선 서재로 보낸다. 석고가루, 죽음의 냄새, 하지만 상대적으로 정돈되어 있다. 위층의 침실과 욕실은 내밀한 혼돈의 장이다. 침대에는 욕정과 토막

난 잠이 뒤엉켜 있고, 바닥에는 트루디가 벗어던진 옷가지가 어지러이 널려 있거나 쌓여 있으며, 욕실 또한 뚜껑 없는 통, 연고, 더러운 속옷으로 어수선하다. 의심에 찬 눈에는 무질서가 어떻게 비칠까. 도덕적으로 중립일 수는 없다. 사물, 질서, 청결에 대한 경멸은 법, 가치, 생명 그 자체에 대한 냉소와 같은 영역에 있을 것이다. 범죄자가 무질서한 정신의 소유자가 아니고 무엇이란 말인가? 하지만 침실이 지나치리만큼 완벽하게 정리되어 있어도 의심을 살 것이다. 울새처럼 눈이 밝은 경감은 한눈에 파악하고 나올 것이다. 하지만 의식적인 사고의 층위 아래 혐오감이 그녀의 판단력을 굴복시킬 수도 있다.

3층 위도 방들이 있지만 가본 적이 없다. 나는 위층으로 가 있던 생각을 불러들여 효자라도 된 양 어머니의 상태에 주목한다. 심장박동은 진정되었다. 이제 거의 차분해진 듯하다. 어쩌면 체념한 것인지도. 그녀의 잔뜩 부푼 방광이 내 머리를 누른다. 하지만 그녀는 굳이 움직이지 않는다. 계산을 하느라, 어쩌면 그들의 계획을 생각하느라 여념이 없다. 하지만 그녀 자신에게 무엇이 유리한지 따져봐야 한다. 클로드에게서 떨어져야 한다. 어떻게든 그를 곤경에 빠뜨리는 것이다. 둘 다 감옥에 가는 건 부질없는 짓이다. 그럼 어머니와 나는 여기 머물 수 있다. 큰 집에서 혼자 살게 되면 어머니는 나를 버리지 않을 것이다. 그럴 경우

나는 그녀를 용서할 것을 약속한다. 아니면 그 문제는 나중에 처리하겠다.

하지만 계획을 짤 시간이 없다. 그들이 계단을 내려오는 소리가 들린다. 그들은 현관으로 가는 길에 열린 거실 문 앞을 지난다. 경감은 남편을 잃은 그녀에게 정중한 작별인사를 건네기 전에는 이 집을 떠날 수 없을 것이다. 클로드가 현관문을 열고 앨리슨에게 형이 어디 차를 세웠었는지 보여준 다음, 처음에는 말을 듣지 않던 차 시동이 이윽고 걸려서 후진해 도로로 나갈 때는 서로 싸운 뒤였지만 그에게 손을 흔들어주었다는 이야기를 한다. 있는 그대로 진실 말하기의 본보기다.

그러더니 클로드와 경찰이 우리 앞으로 온다.

"트루디—트루디라고 불러도 될까요? 심경이 말이 아닐 텐데 이렇게 협조를 잘해주고 친절하게 대해줘서 뭐라고—" 경감이 딴 데 정신이 팔려 말을 끊는다. "저것들은 남편분 물건인가요?"

그녀는 아버지가 가져와 퇴창 아래 놓아둔 종이상자들을 보고 있다. 어머니가 일어선다. 문제가 생긴다면 자신의 키를 이용하는 게 좋을 것이다. 넓이도.

"남편이 집으로 들어오려던 참이었어요. 쇼어디치를 떠나서."

"좀 봐도 될까요?"

"책밖에 없는데. 그래도 보세요."

경사가 헐떡거리며 무릎을 꿇고 앉아 상자들을 연다. 웅크리고 앉은 경감은 이제 울새가 아니라 거대한 오리라고 해야 할 것이다. 내가 그녀를 싫어하는 건 잘못이다. 그녀는 법규고, 나는 이미 토머스 홉스의 법정에 속해 있다. 국가가 폭력의 독점권을 가져야만 한다. 하지만 내 아버지의 소유물을, 그가 가장 아끼던 책들을 훌훌 넘겨 살펴보며 우리가 들을 수밖에 없다는 걸 알면서도 혼잣말처럼 중얼거리는 경감의 태도에 화가 난다.

"정말 모르겠어. 아주, 아주 슬프게도…… 고속도로 진입로에서……"

물론 그건 연기고, 서막이다. 확실하다. 그녀가 일어선다. 내 생각에 트루디를 보고 있을 것이다. 어쩌면 나를 보는 건지도 모른다.

"하지만 진짜 미스터리는 이거예요. 글리콜 병에 지문이 하나도 없어요. 컵에도. 방금 감식반에서 연락이 왔어요. 흔적이 없대요. 너무 이상해요."

"아!" 클로드가 입을 연다. 하지만 트루디가 가로막는다. 내가 그녀에게 경고를 해줘야 한다. 너무 열성적이어선 안 된다고. 그녀의 설명이 너무 빨리 나온다. "장갑 때문이에요. 피부병이 있어서. 남편은 자기 손을 몹시 부끄러워했어요."

"아, 장갑!" 경감이 탄성을 지른다. "맞아요. 까맣게 잊고 있었네요!" 그녀가 종이를 펼친다. "이거요?"

어머니가 다가가 들여다본다. 사진을 프린터로 출력해온 게 분명하다. "맞아요."

"다른 장갑은 없었나요?"

"이런 장갑은요. 전 남편에게 장갑 끼고 다닐 필요 없다고 늘 말했었죠. 아무도 신경 안 쓴다고."

"항상 꼈나요?"

"아뇨. 하지만 많이 꼈어요. 특히 기분이 안 좋을 때."

경감이 거실을 나선다. 다행스러운 일이다. 우리 모두 그녀를 따라 복도로 나간다.

"재미난 게 하나 있어요. 또 감식반 얘기예요. 아침 내내 통화했는데, 그걸 깜빡했네요. 부인께 말해줬어야 했는데. 다른 사건이 하도 많아서. 대민 서비스는 축소됐지, 지역범죄는 급증해서요. 그건 그렇고, 오른쪽 장갑 검지와 엄지 말인데요. 짐작도 못했을걸요. 거기 작은 거미들이 둥지를 틀고 있었어요. 거미 수십 마리가 있었죠. 트루디, 기뻐할 소식이 있어요―새끼들이 다 잘 크고 있었어요. 벌써 기어다니더라고요!"

현관문이 열린다. 아마 경사가 열었을 것이다. 경감이 밖으로 나간다. 그녀가 걸음을 옮기면서 목소리는 멀어져 지나가는 차들 소리와 뒤섞인다. "거미의 라틴명이 죽어도 안 떠오르네요.

그 장갑에 손이 들어간 지 오래되었다는 얘기죠."

　이윽고 경사가 내 어머니의 팔을 살짝 잡으며 조용히 작별의
말을 건넨다. "내일 아침 다시 오겠습니다. 마지막으로 몇 가지
확실히 해둘 게 있어서요."

20

마침내 우리에게 그 순간이 닥쳤다. 뒤집을 수 없는 자멸의 결정들을 긴급히 내려야 한다. 하지만 우선 트루디에게는 이 분간의 고독이 필요하다. 우리는 황급히 지하로, 익살스러운 스코틀랜드인들이 '클러지'*라고 부르는 시설로 내려간다. 그곳에서 내 두개골에 가해지던 압력이 줄어들고, 어머니가 홀로 한숨지으며 몇 초쯤 필요 이상으로 오래 쪼그리고 앉아 있는 동안 내 생각이 분명해진다. 아니, 새롭게 방향을 튼다. 나는 내 자유를 위해 살인자들이 처벌을 면해야 한다고 생각해왔다. 그건 지나치게 편

---

* cludgie. 변소를 뜻하는 속어로 closet(개인실)과 lodge(오두막)의 합성어로 추정된다.

협하고 이기적인 견해일 수 있다. 다른 것들도 고려해야 한다. 삼촌을 향한 증오가 어머니에 대한 사랑을 능가할 수도 있다. 삼촌을 벌하는 것이 어머니를 구하는 것보다 더 숭고할 수 있다. 하지만 그 두 가지를 다 이루는 것도 가능할지 모른다.

부엌으로 돌아가는 내내 나는 그런 생각을 한다. 경찰이 가고 나서 클로드는 자신에게 스카치가 필요하다는 걸 깨달은 듯하다. 부엌으로 들어서며 병에서 스카치를 따르는 매혹적인 소리를 들은 트루디는 자기 역시 스카치 한 잔이 필요하다는 걸 깨닫는다. 크게 한 잔. 수돗물을 반 섞어서. 삼촌은 말없이 그녀의 요구를 들어준다. 두 사람은 말없이 싱크대 앞에 마주서 있다. 건배를 할 때는 아니다. 그들은 서로의 실수를, 어쩌면 그에 더해 자신의 실수를 곱씹고 있다. 아니면 앞으로 어떻게 할지 고민중일 수도 있다. 그들이 두려워하며 대책을 세워온 비상사태니까. 그들은 벌컥벌컥 잔을 비우고 말없이 한 잔 더 마시기로 결정한다. 우리의 삶이 바뀌려 하고 있다. 앨리슨 경감이 우리 머리 위에서 변덕스러운 신의 형상으로 미소짓고 있다. 왜 아까 우리를 체포하지 않았는지, 왜 그냥 두고 갔는지는 이미 손쓰기에 너무 늦어버렸을 때야 알게 될 것이다. 모자의 DNA 검사 결과가 나올 때까지 이 건은 접어두고 다른 사건으로 넘어간 걸까? 어머니와 삼촌은 지금 그들이 하는 어떤 선택도 경감이 염두에 두고 기다리고 있을지 모른다는 걸 감안해야 한다. 동시에 지금 그들이 품고 있는 베일에 싸인 계획은 경감이 미처 생각지 못했던 것이며 그들이 한발 앞설 수도 있다. 그건 과감히 행동에 나설 타당한 이유다. 하지만 지금 그들은 술을 더 원한다. 어쩌면 그들이 무엇을 하건 그건, 싱글몰트 위스키가 있는 막간까지도, 클레어 앨리슨을 기쁘게 해주는 일일지 모른다. 아니, 그들에게 남은 유일한 기회는 극단적인 선택을 하는 것이다─지금 당장.

트루디가 세번째 잔을 거절하기 위해 한 팔을 든다. 클로드는 더 확고하다. 그는 엄격하게 정신의 명료함을 추구하고 있다. 우리는 그가 술 따르는 소리에─물도 타지 않고 긴 잔에─뒤이어 꿀꺽꿀꺽 넘기는 익숙한 소리에 귀기울인다. 그들은 공동의 목적이 필요한 이때 어떻게 싸움을 피할지 궁리하고 있는지도 모른다. 멀리서 사이렌 소리가 들려오고, 앰뷸런스일 뿐이지만 그 소리는 그들의 두려움에 호소한다. 국가의 격자창이 보이지 않게 도시 전역에 깔려 있다. 거기서 벗어나기는 힘들다. 그 소리에 자극받아 마침내 한마디가, 명백한 것에 대한 유용한 진술이 나온다.

"상황이 안 좋아." 어머니가 쉰 목소리로 낮게 말한다.

"여권 어디 있지?"

"내가 갖고 있어. 현금은?"

"내 여행가방에."

하지만 그들은 움직이지 않고, 삼촌은 그 불공정한 교환—트루디의 회피적인 대답—에 발끈하지 않는다. 그는 세번째 잔을 꽤 마셨고, 트루디의 첫잔이 내게 닿는다. 감각적이라고는 할 수 없는 술기운이 지금의 상황에, 시작점이 보이지 않는 종말의 예감에 교감, 혹은 침잠한다. 나는 차가운 협곡을 따라 이어진 옛 군용로를, 코에 훅 끼치는 젖은 돌과 토탄 냄새를, 흔들거리는 바위 위를 완고하고 끈기 있게 터덜터덜 걸어가는 발소리를, 쓰디쓴 부당함의 무게를 상상한다. 남향 비탈과는, 칙칙한 과분에 덮인 탐스러운 자줏빛 열매 다발들이 테두리를 이룬 언덕, 멀수록 쪽빛 색조가 옅어져가는 겹겹의 그 언덕들과는 너무도 멀다. 나는 차라리 거기 있고 싶다. 하지만 인정한다—처음 마신 스카치가 무언가를 풀어놓는다. 가혹한 해방이다—열린 문 너머에는 정신이 고안해낼 것에 대한 두려움과 분투가 있다. 지금 나에게 그 일이 일어나고 있다. 나는 지금 가장 원하는 게 무엇인지 질문을 받는다. 내가 스스로에게 하는 질문이다. 무엇이든 내가 원하는 것. 제한 요인 따윈 없는 사실성. 밧줄을 끊고 정신을 해방시켜라. 나는 고민 없이 대답할 수 있다—나는 열린 문을 통과할 것이다.

계단에서 발소리가 들린다. 트루디와 클로드가 흠칫 놀라 올려다본다. 경감이 집안으로 들어오는 방법을 찾아낸 걸까? 강도가 하필 오늘밤을 택했나? 느리고 무거운 걸음이다. 그들은 검은 가죽구두를, 그다음은 벨트 찬 허리를, 토사물로 얼룩진 셔츠를, 그다음은 무표정하면서도 결의에 찬 끔찍한 얼굴을 본다. 아버지는 죽을 때 입었던 옷차림 그대로다. 얼굴은 핏기가 없고, 벌써 썩어가는 입술은 검푸른색을 띠고 있으며, 두 눈은 작고 날카롭다. 이제 계단 발치에 선 그는 우리가 기억하는 모습보다 크다. 그는 영안실에서 우리를 찾아왔고, 자신이 원하는 걸 정확히 안다. 나는 떨고 있다. 어머니가 떨고 있으니까. 아버지에게서는 어른거리는 빛도, 유령다운 면모도 전혀 보이지 않는다. 그건 환각이 아니다. 육체를 지닌 내 아버지 존 케언크로스, 그의 존재 그대로다. 어머니의 공포에 찬 신음이 유혹으로 작용해 그가 우리를 향해 다가온다.

"존." 클로드가 경계하며 말끝을 올린다. 마치 자신이 그 형상을 비존재라는 올바른 상태로 돌아가게 할 수 있다는 듯이. "존, 우리야."

그 말은 잘 이해된 듯하다. 아버지가 글리콜과 구더기 친화적 육신의 단내를 풍기며 우리 앞에 가까이 선다. 그가 불멸의 돌로 만들어진 작고 단단한 검은 눈으로 바라보는 건 어머니다. 그의 혐오스러운 입술이 달싹거리지만 아무 소리도 나지 않는다. 혀는 입술보다 더 검다. 그가 어머니에게 시선을 고정한 채 한 팔을 뻗는다. 살 없는 손이 삼촌의 목을 조른다. 어머니는 비명조차 지르지 못한다. 아버지의 눈길은 여전히 그녀에게 머물러 있다. 이건 그녀를 위한 그의 선물이다. 클로드의 목을 감아쥔 그의 무자비한 손에 힘이 들어간다. 클로드는 털썩 무릎을 꿇은 채 눈알이 툭 불거지고, 두 손은 헛되이 형의 팔을 때리고 잡아당긴다. 희미하게 찍찍거리는 소리만이, 생쥐의 애처로운 울음만이 그가 아직 살아 있음을 알려준다. 그러다 그는 죽는다. 아버지는 눈길 한번 주지 않았던 그를 놓아주고 이제 아내를 자신에게로 끌어당겨 쇠막대기처럼 가늘고 튼튼한 두 팔로 감싸안는다. 그는 그녀의 얼굴을 가까이 끌어당겨 얼음처럼 차갑고 부패한 입술로 길고 격렬한 키스를 퍼붓는다. 그녀는 공포와 혐오감과 수치심에 압도된다. 이 순간은 죽는 날까지 그녀를 괴롭힐 것이다. 아버지는 냉담하게 그녀를 놓아주고 왔던 대로 돌아간다. 그는 계단을 오르자마자 희미해지기 시작한다.

그래, 나는 질문을 받았다. 스스로에게 질문했다. 그리고 그게 내가 원하는 것이었다. 어린애 같은 핼러윈 판타지. 이 속된 시대에 유령에게 달리 어떻게 복수를 의뢰하겠는가? 고딕은 합리에 근거해 추방되었고, 마녀들은 황야에서 도망쳤으며, 내게 남겨진 건 영혼을 괴롭히는 물질주의뿐이다. 나는 라디오에서 우리가 물질에 대해 완전히 이해하게 되면 더 행복해질 거라는 말을 들은 적이 있다. 하지만 그럴 것 같지 않다. 나는 내가 원하는 걸 절대로 갖지 못할 것이다.

*   *   *

몽상에서 깨어나니 우리는 침실에 있다. 계단을 올라온 기억이 없다. 옷장 문의 공허한 울림, 코트 걸이의 짤랑거림, 침대에 여행가방을 하나, 또하나 올려놓는 소리, 그리고 잠금쇠를 푸는 찰칵 소리. 미리 짐을 싸두어야 했다. 경감이 오늘밤에 들이닥칠 수도 있으니까. 그들은 이걸 계획이라고 하는 걸까? 욕설과 웅얼거림이 들린다.

"어디 있지? 여기 있었는데. 내 손에!"

그들은 침실을 이리저리 누비고, 서랍을 열고, 욕실을 들락거린다. 트루디가 바닥에 유리잔을 떨어뜨려 박살이 난다. 하지만 개의치 않는다. 무슨 까닭인지, 라디오가 켜져 있다. 클로드가 노트북 앞에 앉아 웅얼거린다. "아홉시 기차야. 택시는 불렀고."

나는 브뤼셀보다 파리가 좋다. 그다음 이동이 더 쉬우니까. 아직 욕실에서 트루디가 혼잣말로 웅얼거린다. "달러…… 유로."

그들이 하는 모든 말이, 심지어 그들이 내는 소리까지도 하나의 슬픈 화음, 작별의 노래처럼 고별의 분위기를 풍긴다. 이제 마지막이다. 우리는 돌아오지 않는다. 할아버지의 집이, 내가 자라났어야 할 이 집이 희미해지려 한다. 나는 이 집을 기억 못할 것이다. 범죄인 인도 조약을 맺지 않은 국가들의 명단을 기억해내고 싶다. 대부분 불편하고 통제 불능인데다 더운 나라다. 나는 베이징이 도망자가 살기 좋은 곳이라는 이야기를 들었다. 영어를 하는 악당들이 국제도시의 조밀한 광대함 속에 깊이 파묻혀 지내는 번성하는 고장. 도망을 끝내기에 좋은 곳이다.

"수면제, 진통제." 클로드가 외친다.

그의 목소리가, 어조가 나를 자극한다. 결정을 내려야 할 때다. 그가 여행가방을 닫고 가죽끈을 맨다. 아주 빠르다. 이미 반쯤 짐을 싸놨던 게 분명하다. 바퀴가 네 개가 아닌 두 개 달린 구식 여행가방들이다. 클로드가 가방들을 들어 바닥에 내려놓는다.

트루디가 말한다. "어떤 거?"

목도리 두 개를 들고 있는 듯하다. 클로드가 투덜거리며 둘 중 하나를 선택한다. 그건 정상적인 상황임을 연출하는 것일 뿐이다. 그들이 기차를 탈 때, 국경을 지날 때 그들의 죄는 스스로 밝혀질 것이다. 한 시간밖에 여유가 없으니 서둘러야 한다. 트루디는 입고 싶은 코트가 있는데 못 찾겠다고 말한다. 클로드가 그 코트는 필요 없을 거라고 우긴다.

"경량 코트야. 흰색." 트루디가 말한다.

"그걸 입으면 눈에 띌 거야. CCTV에서."

하지만 그녀는 결국 그 코트를 찾아낸다. 마침 그때 빅벤 시계 탑이 여덟시를 알리고 뉴스가 나온다. 그들은 그걸 들으려고 동작을 멈추진 않는다. 마지막으로 챙겨야 할 물건들이 있다. 나이지리아에서 아이들이 부모의 눈앞에서 불의 수호자들에 의해 산 채로 불탔다. 북한에서는 로켓이 발사되었다. 세계적으로 해수면 상승이 예측을 능가하고 있다. 하지만 이것들은 첫번째 뉴스가 아니다. 첫번째는 새로운 재앙의 몫으로 남겨져 있다. 이미 마련된 기후변화에 가난과 전쟁이 겹쳐 수백만의 사람이 고향에서 내몰리고 봄물에 불어난 강처럼 거대한 흐름이, 분노하거나 비참하거나 희망에 찬 사람들의 다뉴브 강, 라인 강, 론 강이 국경의 철조망문 앞으로 밀려들어 서구의 행운을 함께 누리기 위해 수천 명씩 익사하는 새로운 형태의 고대 서사시. 흡사 성경 속 장면 같지만 바다는, 에게 해도 영국 해협도 그들을 위해 갈라지지 않는다. 늙은 유럽은 꿈들을 버리고 연민과 공포, 도움과 거부 사이에서 요동친다. 이 주에는 감정적이고 친절했다가 다음주에는 인색하고 너무도 이성적으로 변하며, 도움을 주고 싶어하지만 자신이 가진 것을 나누거나 잃고 싶어하지는 않는다.

그리고 언제나 더 절박한 문제는 존재한다. 어디서든 라디오와 텔레비전이 웅웅거리는 가운데 사람들은 각자의 볼일을 본다. 한 커플은 짐 싸는 일을 마쳤다. 여행가방을 다 닫았는데 젊은 여자가 어머니의 사진을 가져가고 싶어한다. 조각 장식이 된 무거운 액자는 여행가방에 넣기에 너무 크다. 적절한 도구가 없으면 액자에서 사진을 꺼낼 수 없는데 그 도구인 특별한 종류의 열쇠는 지하에, 서랍 깊숙한 곳에 있다. 택시가 밖에서 기다리고 있다. 기차는 오십오 분 후에 떠날 것이고, 기차역은 멀리 있으며, 보안 검색과 여권 심사를 기다리는 줄이 길지도 모른다. 남자가 여행가방 하나를 층계참에 들어다놓고 약간 숨이 차서 돌아온다. 바퀴를 이용했으면 덜 힘들었을 텐데.

"우리 지금 출발해야 해."

"난 이 사진 가져가야 해."

"옆구리에 끼고 가."

하지만 그녀는 핸드백과 흰 코트를 들고, 여행가방을 끌고, 나를 품고 가야 한다.

클로드가 끙 소리를 내며 두번째 여행가방을 들어올린다. 이런 불필요한 힘쓰기는 상황의 긴급함을 나타내는 것이다.

"일 분도 안 걸려. 왼쪽 서랍 앞쪽 구석에 있어."

클로드가 돌아온다. "트루디. 가자고. 지금."

퉁명스럽던 대화가 신랄해진다.

"그럼 자기가 들어줘."

"말도 안 돼."

"클로드. 우리 엄마 사진이야."

"상관없어. 출발하자."

하지만 그들은 출발하지 못한다. 나는 그 모든 전환과 수정, 오해, 통찰의 실수, 자기소멸 시도, 수동적인 슬픔 끝에 결정을 내린다. 이제 그만. 나를 담고 있는 양막낭은 곱고도 질긴 투명 실크 주머니다. 그 안에는 세상으로부터, 그리고 세상의 나쁜 꿈들로부터 나를 보호해주는 액체도 담겨 있다. 이제 그만. 세상에 합류할 때가 되었다. 종말을 끝낼 때. 시작할 때. 가슴 앞에 단단히 끼인 오른팔을 빼거나 팔꿈치를 움직이는 건 쉬운 일이 아니다. 하지만 지금 그 일이 이루어진다. 나의 특별한 도구 검지를 사용해 나는 틀에서 어머니를 빼내기로 한다. 예정일을 이 주 앞둔 내 손톱은 무척 길다. 나는 우선 손톱으로 절개를 시도한다. 내 손톱은 부드럽고, 주머니는 곱긴 해도 튼튼하다. 진화는 제 본분을 안다. 나는 손톱으로 낸 자국을 더듬어본다. 분명히 금이가 있고 다시, 또다시 그곳을 공략하자 다섯번째 시도에 주머니가 찢기는 느낌이 아주 희미하게 전해져오고, 여섯번째에 아주 미세한 파열이 생긴다. 그 틈새로 손톱 끝을, 손가락을, 그다음 손가락 두 개를, 세 개를, 네 개를, 그리고 마침내 동그란 주먹을 집어넣고. 그러자 양수가 쏟아져나가 삶의 시작점의 폭포를 이룬다. 물의 보호막이 사라진다.

이제 나는 사진 액자나 아홉시 기차 문제가 어떻게 해결되는지 알 수 없다. 클로드는 침실 밖 층계 꼭대기에 있다. 그는 양손에 여행가방을 들고 계단을 내려갈 준비를 할 것이다.

어머니가 실망에 찬 탄식처럼 외친다. "아 클로드."

"또 뭐야?"

"양수. 터졌어!"

"그 문제는 나중에 처리하자고. 기차에서."

그는 그게 하나의 술책, 말다툼의 연속, 혐오스러운 형태로 발현된 여자들의 문제라고, 경황이 없는 지금 신경쓸 일이 아니라고 믿는 게 분명하다.

나는 대망막을 벗어버리고, 그것이 무언가를 벗는 첫 경험이다. 나는 동작이 서툴다. 3차원은 너무 차원이 많은 듯하다. 나는 물질계가 하나의 도전이 될 것임을 예견한다. 나의 버려진 막이 아직 무릎에 감겨 있다. 상관없다. 이제 머리 아래쪽으로 할 일이 있다. 해야 할 일을 내가 어떻게 알고 있는지는 알 수 없다. 불가사의한 일이다. 우리는 그냥 얼마간의 지식을 가지고 태어난다. 내 경우는 그에 덧붙여 시의 운율에 관한 약간의 지식도 있다. 그러니까 빈 석판은 절대 아니다. 나는 그 손을 뺨으로 가져간 다음 근육으로 이루어진 자궁벽을 따라 아래로 미끄러져내려가 자궁경부를 발견한다. 그곳에 내 뒤통수가 꽉 낀다. 가냘픈 손가락들로 그곳을, 세상으로 나가는 구멍을 조심스럽게 어루만지자 즉시, 무슨 마법의 주문이라도 외운 듯 어머니의 위대한 힘이 촉발되어 주위의 벽이 물결치더니 진동하면서 나를 포위해온다. 그것은 하나의 지진, 그녀의 동굴 안에서 일어나는 거대한 동요다. 마법사의 조수처럼 겁에 질린 나는 고삐 풀린 힘에 짓눌린다. 때가 될 때까지 잠자코 기다렸어야 했다. 그런 힘을 건드리는 건 바보들이나 하는 짓이다. 멀리서 어머니의 목소리가 들려온다. 그건 도움을 청하는 외침일 수도, 승리나 고통의 비명일 수도 있다. 다음 순간, 나는 머리 꼭대기에서, 정수리에서 그 감각을 느낀다―자궁이 1센티미터 열렸다! 되돌리는 건 불가능하다.

트루디는 침대 위로 기어올라가 있다. 클로드는 문 근처 어딘가에 있다. 트루디는 흥분상태로 몹시 두려워하며 헐떡거린다.

"진통이 시작됐어. 너무 빨라! 앰뷸런스 불러."

클로드는 잠시 아무 말이 없더니 묻는다. "내 여권 어디 있어?"

그 실패는 나의 것이다. 나는 그를 과소평가했다. 내가 빨리 태어난 건 클로드를 파멸시키기 위해서였다. 그가 문제 많은 인간이란 건 알고 있었다. 하지만 트루디를 사랑하고 그녀 곁에 있을 거라고 생각했다. 나는 이제 그녀의 의연함이 이해되기 시작한다. 클로드가 그녀의 핸드백을 뒤지느라 동전이 마스카라 통에 부딪혀 짤랑거리는 소리 너머로 그녀가 말한다. "내가 감췄어. 아래층에. 이런 일이 생길 걸 대비해서."

클로드가 머리를 굴린다. 부동산 거래를 해왔고 카디프에 고층 아파트를 소유했던 그는 거래에 대해 안다. "여권이 어디 있는지 말해주면 앰뷸런스를 불러주지. 그다음 나는 떠날 거고."

트루디의 목소리가 조심스럽다. 그녀는 자신의 상태를 면밀히 관찰하며 다음 진통을 원하면서도 두려워하며 기다리고 있다. "아니. 내가 망하면 너도 망하는 거야."

"좋아. 앰뷸런스 안 불러."

"내가 직접 부르지. 두번째—"

두번째 진통이, 첫번째보다 강한 그 진통이 지나가는 즉시. 다시 그녀가 자기도 모르게 비명을 지르고, 온몸에 힘이 들어간다. 그사이 클로드는 방을 가로질러 침대로 오더니 침대 옆 사물함에 놓인 전화기의 선을 끊는다. 한편 나는 거칠게 짓눌렸다가 위로 들리고 3센티미터에서 5센티미터쯤 안식처 아래로 빨려내려간다. 쇠테를 두른 듯한 머리의 압박감은 더 커져간다. 우리 세 사람의 운명이 한 구렁텅이에서 찌그러진다.

진통이 지나갈 때 클로드가 입국 심사원처럼 심드렁하게 말한다. "여권."

트루디는 숨을 고르며 고개를 흔든다. 그들은 팽팽한 균형을 이루며 대치한다.

평정을 되찾은 트루디가 침착한 목소리로 말한다. "그럼 자기가 산파가 돼야 해."

"내 애도 아닌데."

"산파도 자기 애를 받는 게 아냐."

그녀는 겁에 질려 있지만 명령으로 그를 제압할 수 있다.

"아기는 얼굴을 아래로 향한 채 나올 거야. 두 손으로, 머리를 잘 받치고 아주 조심스럽게 받아서 내 위에 올려놔. 그대로 얼굴이 아래로 향하도록 내 가슴에 엎어놔. 심장 가까이에. 탯줄은 걱정하지 마. 탯줄 맥박은 저절로 멈추고 아기가 호흡을 시작할 테니까. 그 위에 춥지 않게 수건 두어 장 덮어줘. 그리고 기다리는 거야."

"기다려? 젠장. 뭘?"

"태반이 나오기를."

그가 움찔했는지 헛구역질을 했는지 나는 모른다. 아직도 우리가 이 상황을 끝내고 나중 기차를 탈 수 있으리란 계산을 하고 있는지도 모른다.

나는 무엇을 해야 할지 배우려고 열심히 듣는다. 수건 밑에 숨는다. 호흡한다. 말은 하지 않는다. 그것 빼고는! 물론, 분홍인지 파랑인지 말이다!

"그러니까 가서 수건 한 무더기 가져와. 지저분해질 테니까. 비누 거품 잔뜩 내서 손톱 솔로 손 깨끗이 닦고."

너무도 깊고 너무도 먼 바다에 빠진 남자, 도망쳐야 하는데 여권이 없는 남자. 그는 그녀가 시키는 대로 하기 위해 돌아선다.

연이은 진통의 파도, 고함과 울부짖음, 고통이 멎게 해달라는 애원이 계속된다. 무자비한 진전, 가차없는 배출. 내가 천천히 앞으로 나아가는 사이 뒤에서 탯줄이 풀린다. 나는 앞으로, 밖으로 나아간다. 냉혹한 자연의 힘이 나를 찌부러뜨리려 한다. 내가 지나는 곳은 삼촌의 일부가 반대쪽에서 너무도 자주 드나들었던 그 구간이다. 하지만 신경쓰지 않는다. 그의 날에 질이었던 것이 지금은 자랑스러운 산도, 나의 파나마운하고 나는 그보다 훨씬 크다. 아주 오래된 정보라는 화물을 싣고 위엄 있게 천천히 나아가는 위풍당당한 유전자의 배다. 뜨내기 남근과는 비교가 안 된다. 한동안 나는 귀머거리, 장님, 벙어리가 되고 온몸이 쑤신다. 하지만 지금 더 큰 고통을 받고 있는 사람은 내 어머니다. 모든 어머니처럼 머리 크고 시끄러운 아기를 위해 희생을 감내하며 비명을 지르는 내 어머니.

왁스를 바른 듯한 길을 삐거덕거리며 내려오다가 주르륵 미끄러지는 순간, 나는 벌거숭이로 여기, 왕국에 자리한다. 굳센 코르테스처럼(언젠가 아버지가 읽어준 시를 기억한다)* 경이감에 차서. 나는 경탄과 추측의 눈으로 보풀이 인 파란 목욕 수건의 표면을 내려다본다. 파랑. 내가 늘 알고 있었던 색이다. 최소한 언어적으로는. 나는 늘 파란 것들을 추정할 수 있었지만—바다, 하늘, 청금석, 용담—그저 추상일 뿐이었다. 이제 마침내 그걸 갖는다. 나는 그걸 갖고, 그것은 나를 사로잡는다. 내가 감히 믿었던 것보다 더 근사하다. 그건 색 스펙트럼의 남색 쪽에서의 첫 시작일 뿐이다.

나의 충실한 탯줄, 나를 죽이는 데 실패한 생명줄이 예정된 죽음을 갑작스럽게 맞이한다. 나는 호흡하고 있다. 달콤하다. 신생아에게 주는 내 조언은 이것이다. 울지 마라, 주위를 둘러보라, 공기를 맛보라. 나는 런던에 있다. 공기가 좋다. 소리들은 산뜻하고, 한껏 키워진 고음이 찬란하다. 은은한 빛을 발하는 수건이 새벽에 아버지를 울게 했다던 이란의 고하르샤드 모스크를 상기시킨다. 어머니가 움찔대는 바람에 내 고개가 돌아간다. 클로드가 얼핏 보인다. 내가 상상했던 것보다 작고 좁은 어깨에 여

---

* 코르테스는 15세기 에스파냐의 정복자로, 존 키츠의 「채프먼의 호메로스를 처음 읽고서」에 '굳센 코르테스처럼'이라는 구절이 등장한다.

우 같은 얼굴이다. 분명 역겨운 표정이다. 플라타너스 나무 사이로 비친 저녁 햇살이 천장에 일렁이는 무늬를 만든다. 아, 다리를 뻗는 기쁨, 침대 옆 탁자의 자명종 시계를 보고 그들이 기차를 놓칠 걸 알게 되는 기쁨. 하지만 그 순간을 오래 음미하지는 못한다. 살인자의 꺼림칙해하는 두 손이 내 여린 가슴을 꽉 잡아 또다른 살인자의 눈처럼 희고 보드라운, 나를 환영하는 배에 올려놓는다.

그녀의 심장박동은 멀고 약하지만 반평생 듣지 못한 옛 합창처럼 친근하다. 그 음악의 빠르기표는 안단테고, 섬세한 발소리가 나를 진정한 열린 문으로 인도한다. 내가 느끼는 두려움을 부인할 수는 없다. 하지만 녹초가 된 나는 행운의 해변에 닿은 난파선 선원이다. 바닷물이 발목 주위를 핥자마자 나는 쓰러진다.

*   *   *

나는 트루디와 함께 졸았던 모양이다. 초인종이 울릴 때까지 얼마나 많은 시간이 지났는지 알 수 없다. 그 소리는 얼마나 명징한지. 클로드는 아직도 여권에 대한 희망을 품고 여기 있다. 그동안 여권을 찾으러 아래층에 내려갔다 왔을 수도 있다. 지금은 비디오폰을 향해 간다. 그가 화면을 흘끗 보더니 고개를 돌린다. 놀랄 것도 없다.

"넷이야." 그가 말한다. 혼잣말에 더 가깝다.

우리는 이 상황을 생각해본다. 끝났다. 좋은 결말은 아니다. 애초에 좋은 결말일 수 없었다.

어머니가 나를 움직여 우리는 긴 시선을 교환한다. 내가 기다려온 순간이다. 아버지 말이 맞았다. 어머니의 얼굴은 사랑스럽다. 머리색은 내가 생각했던 것보다 진하고, 눈동자는 더 옅은 초록, 두 뺨은 아까 애를 써서 아직까지 빨갛고, 코는 정말 작다. 나는 그 얼굴에서 세상 전체를 보는 듯하다. 아름답다. 다정하다. 살인적이다. 클로드가 체념한 발걸음으로 방을 가로질러 아래층으로 내려가는 소리가 들린다. 준비된 말 같은 건 없다. 나는 이 휴식의 순간에도, 탐욕스러운 시선으로 오래도록 어머니의 눈을 바라보면서도 밖에서 기다리고 있을 택시를 생각한다. 낭비다. 택시를 보낼 때다. 그리고 우리의 감방에 대해—너무 좁지는 않기를—육중한 감방문 너머로 뻗은 낡은 계단에 대해서도 생각한다. 처음에는 슬픔, 그다음은 정의, 그다음은 의미. 나머지는 혼돈이다.

지은이 **이언 매큐언**
1948년 영국 서리 지방 알더샷 출생. 1970년 서식스 대학교 영문학부를 졸업한 후 이스트 앵글리아 대학교에서 문학 석사학위를 받았다. 1975년 『첫 사랑 마지막 의식』으로 데뷔했고, 이 책으로 서머싯 몸 상을 수상했다. 1998년 『암스테르담』으로 부커 상을, 2001년 출간한 『속죄』로 LA 타임스 도서상, 전미비평가협회상 등을 수상했다. 2000년 영국 왕실로부터 커맨더 작위를 받았고, 2011년 예루살렘 상을 수상했다.

옮긴이 **민승남**
서울대학교 영어영문학과를 졸업하고 현재 전문 번역가로 활동중이다. 옮긴 책으로 『바퀴벌레』 『스위트 투스』 『솔라』 『켈리 갱의 진짜 이야기』 『지복의 성자』 『시핑 뉴스』 『빌리 린의 전쟁 같은 휴가』 『밤으로의 긴 여로』 『알렉산드로스 대왕』 『멀베이니 가족』 『동물 애호가를 위한 잔혹한 책』 『파운틴 헤드』 『빨강의 자서전』 등이 있다.

문학동네 세계문학
넛셸

1판 1쇄 2017년 6월 7일 | 1판 5쇄 2022년 10월 6일

지은이 이언 매큐언 | 옮긴이 민승남
책임편집 박아름 | 편집 황문정 정소연 | 독자모니터 구소영
디자인 김이정 이원경 | 저작권 박지영 형소진 이영은 김하림
마케팅 정민호 이숙재 박치우 한민아 이민경 안남영 왕지경 김수현 정경주
브랜딩 함유지 함근아 김희숙 고보미 박민재 박진희 정승민
제작 강신은 김동욱 임현식 | 제작처 영신사

펴낸곳 (주)문학동네 | 펴낸이 김소영
출판등록 1993년 10월 22일 제2003-000045호
주소 10881 경기도 파주시 회동길 210
전자우편 editor@munhak.com | 대표전화 031) 955-8888 | 팩스 031) 955-8855
문의전화 031) 955-3578(마케팅) 031) 955-2646(편집)
문학동네카페 http://cafe.naver.com/mhdn
인스타그램 @munhakdongne | 트위터 @munhakdongne
북클럽문학동네 http://bookclubmunhak.com

ISBN 978-89-546-4567-6 03840

잘못된 책은 구입하신 서점에서 교환해드립니다.
기타 교환 문의 031) 955-2661, 3580

www.munhak.com